# BESOIN DE MER

Breton de naissance, Hervé Hamon nous livre ici son besoin de mer, cette nécessité impérieuse qu'éprouvent les marins de sans cesse renouveler leur proximité avec les embruns, les marées et le large de la « grande eau ». Une nécessité qui n'est pas pour lui synonyme d'une élection à quelque rang de navigateur intrépide, mais qui, bien au contraire, ouverte au profane, touche autant les « gens de la terre » que ceux que la mer a accueillis dans ses bras dès leur naissance. Loin donc d'un océan réservé à quelques marins médiatisés, c'est à un plaisir simple et renouvelé, mais combien enthousiasmant que nous convie l'auteur.

De la Nouvelle-Écosse à la passe d'Ouessant, de l'Amérique du Sud au Japon, des glaces du Groenland aux contreforts de la Crète, il narre sa « fréquentation de la mer », telle une histoire amoureuse à la fidélité sans faille. Détails, anecdotes et rapprochements viennent nourrir chacun de ces départs vers d'autres rivages. Et au dépaysement de ces pages, Hervé Hamon allie une éloge de la lenteur : le plaisir de la découverte, l'enseignement que l'immensité houleuse prodigue.

Entre les bonheurs du voyage aux horizons multiples et la confession d'un homme qui observe, avec philosophie et humilité, la petitesse de sa condition humaine face aux vagues déferlantes, ce chant d'amour maritime fait la part des beautés et des rigueurs de l'océan. « Je n'ai pas choisi la mer et elle ne m'a pas choisi. J'*ai* la mer comme certains amis *ont* la foi : par foudre innocente, étrangère à la raison et au calcul. »

*Hervé Hamon, écrivain et éditeur, est l'auteur de nombreux ouvrages – notamment avec Patrick Rotman (*Les Intellocrates, Génération, Tu vois, je n'ai pas oublié*). Et il a publié* Nos médecins *(Seuil, 1994) et récemment* L'Abeille d'Ouessant *(Seuil, 1999).*

Hervé Hamon

# BESOIN DE MER

*Éditions du Seuil*

TEXTE INTÉGRAL

ISBN 2-02-036714-9
(ISBN 2-02-028128-7, 1re édition)

*Pour Jeanne et Jane.*

*... Mais ça ne leur suffit pas. Rien ne peut plus les contenter sinon la plus extrême limite de la terre.*

Herman MELVILLE,
*Moby Dick.*

# 1
# *Prologue trivial*

B*esoin* est un mot dont il faut se justifier, s'acquitter. Car ceci n'est pas une histoire d'amour. Pas une histoire, en tout cas, dont l'amour seul fournirait l'argument, ou le prétexte. J'aime les vagues, assurément, et je n'imagine pas sans excitation le carrousel d'écume qui enveloppe le phare de la Vieille *[blanc, rouge et vert, 3 occultations, période de 12 secondes]* face à l'île de Sein, où les pêcheurs de bars se risquent par vent contre courant. Mais j'aime encore la vigne, les comédies musicales, les cuisines de l'abbaye de Fontevrault, les dialogues d'Ed Mc Bain, la vigueur de Maria João Pires dans les sonates de Mozart, l'humour de ma « blonde » – comme disent les Québécois – ou les autoportraits de Rembrandt. J'aime la paresse et la sueur, c'est selon. J'aime le cirque à l'ancienne, et j'aimais le music-hall, qui n'est plus. J'aime l'amitié, cet amour qui se partage et ne s'épuise pas pour autant. J'aime les femmes qui ont faim. J'aime mieux Lucrèce que Sénèque, loin s'en faut, et Lubitsch que Polanski. J'aime ma sœur, Fra Angelico, les temples japonais, mes filles et les merles moqueurs. Bref, j'« aime » beaucoup trop pour accoler à la mer un verbe aussi désordonné.

Mon éditeur ayant stipulé, lors de la signature du contrat, cérémonie brève mais accommodée d'une exhortation roborative, que ce livre serait « un livre d'auteur » (la formule m'amène à considérer mon œuvre précédente d'un œil perplexe), mes proches se sont inquiétés du titre que j'avais retenu. Un titre, vous l'avez en tête trois années avant d'écrire ou bien vous le cherchez toujours après le mot « Fin », tâtonnant, cerné d'avis contradictoires. Je ne connais pas de moyen terme entre ces deux situations. Et là, le premier cas s'est imposé. De toute éternité, j'ai postulé que l'ouvrage (« d'auteur ») s'intitulerait *Besoin de mer*. Point à la ligne.

Rarement assemblage de lettres m'a procuré un tel sentiment de satiété : c'était cela, exactement cela. L'évidence était si forte que j'ai couru déposer le titre auprès des services compétents, craignant, avec une peur d'enfant, qu'un autre ait été frappé du même éblouissement. Autour de moi, cependant, on a eu la délicatesse de s'inquiéter. La mer, très bien, très ample, homme libre, déferlante, solitude, lumière, menace, Dieu, infini, légende, sable, maillot, congés payés, vieil océan, fucus, amours jaunes, sel, cap, foc, île. Mais pourquoi encombrer un vocable aussi généreux d'un autre mot plus (ici, l'interlocuteur cherche l'épithète, le regard oblique)... revêche et, franchement, terre à terre ?

*Besoin*, il est vrai, ça sonne rustique, ça traîne des relents fangeux. Qui sait d'où ça sort, le besoin ? C'est lesté d'urgence, ça veut s'assouvir toutes affaires cessantes. Il y a de la tripe, là-dedans, de l'appétit obscur, de la réminiscence intra-utérine. C'est prosaïque, le besoin, ça manque de « romanesque », de légèreté « poétique », c'est suspect de premier degré, voire de stade anal. Ça se jette sur vous comme la mort ou la chance, ça n'est pas un morceau de choix, un rendez-vous tendre. Ce n'est pas un désir, non plus, une rage soudaine et prometteuse. C'est comme ça, sans mode d'emploi, parce que c'est comme ça. Si de l'amour et du plaisir vous sont ensuite accordés, tant mieux, mais ce sera par surcroît. Jouissez : ne faites guère le malin, vous n'y êtes pas pour grand-chose.

J'ai lu, à Saint-Malo, la correspondance minutieuse qu'a entretenue le vicomte de Chateaubriand avec la municipalité de la ville afin d'établir son tombeau sur l'îlot du Grand-Bé – ou plutôt le presqu'îlot, puisque, à marée basse, une chaussée de pierre l'unit aux remparts, ce qui facilite à merveille les pèlerinages. Vingt ans avant sa mort, le génial François René déployait tout son talent diplomatique pour obtenir qu'une dalle de granit, dépourvue d'inscription et surmontée d'une croix, lui fût attribuée, face au large. Voilà, précisément, ce que je ne nommerai pas un *besoin* de mer. Certes, Chateaubriand voulait une sépulture maritime. Mais un besoin n'est pas un vœu, une résolution, une cause qui se plaide, une place qui s'achète ou se mérite. C'est, plus simplement, une coïncidence irrésistible. Le Malouin du Grand-Bé, si je l'ai bien lu, jugeait que la mer avait besoin de lui. Moi, j'ai besoin d'elle. Le critique malicieux saisira, je l'espère, une perche à ce point candide, et soulignera qu'entre mon compatriote et moi la distance est affligeante.

Ce qui me plaît, dans *besoin*, c'est ce qui

déplaît à mes amis vigilants. Il n'est pas net, ce mot-là, il se nourrit de trouble et de sous-entendu. Il autorise à penser que l'eau de mer n'est pas vraiment transparente. Les moelleux centres de thalassothérapie que j'ai visités pour les besoins d'une enquête (chantera-t-on assez la tiédeur de ces bars posés sur la vague et désertés par des curistes ivres de Badoit?) arrachent à l'océan le fluide salutaire, le filtrent, l'additionnent de chlore, puis le chauffent jusqu'à 35 degrés. On lave la mer pour mieux la parer d'une fonction lustrale. On la nettoie de la houle, du froid, de l'écume poisseuse. Parfois, même, on l'emprisonne dans des citernes, on l'embarque sur l'autoroute, on la déverse dans les baignoires de marchands citadins, on l'assaisonne de poudre lyophilisée, et l'on certifie, avec blouse blanche, que cette flaque morte est de la mer. Je n'ai pas besoin de cela. D'ailleurs, les curistes non plus. Ce qu'ils viennent chercher, c'est la régression immobile, la fadeur du peignoir, le silence, les caresses du masseur, le boniment du médecin. Ce n'est pas la mer, non, ce sont les bulles qu'ils goûtent.

L'élément dont j'ai besoin est impropre à la captivité. C'est lui qui enclôt les pics et les plateaux provisoires sur lesquels nous sommes juchés, c'est lui, et lui seul, qui fait le tour du monde. Mais son immensité est irréductible à un périmètre. Sous la pellicule dorée ou méchante, ça pue le fauve, la faille, c'est plein de bêtes, de trous, ça bouge confusément, ça mord, ça explose en éclairs et en fleurs. Quand j'étais enfant et que j'apprenais à nager sur la plage du Val-André, mes camarades et moi craignions, pardessus tout, d'ouvrir les yeux dans l'eau. Parce que ça pique, disions-nous. Je crois aujourd'hui que le sel n'était pas le premier ressort de cette crainte ; que nous avions peur de voir ce qui ne se voit pas : le balancement des laminaires, l'effroi des crabes, la rétraction des anémones, et l'essaim de petites choses en suspension qui étaient peut-être des choses, peut-être des vies.

Devenu grand et téméraire, j'ai appris à m'immerger, j'ai appris que la mer est un tout. Je me suis repu de splendeurs tropicales, poissons coffres ou perroquets, et autres locataires polychromes du corail. Plongeant sous l'eau, j'ai aussi plongé dans le temps et j'y ai retrouvé mes frayeurs initiales. En Crète, j'ai sympathisé avec les poulpes qu'Homère baptisait « astucieux » et que les Minoens représentaient dansant sur les vases de Festos ; rien de commun avec le prodige en caoutchouc et en Cinémascope qui menaçait le *Nautilus*, rien d'inquiétant sinon cette précision des archéologues : funambules capricieux et un brin farceurs, les poulpes de Mokhlos avaient mission d'escorter les âmes des trépassés, de leur montrer la route jusqu'à l'empire des ombres.

Les flots, jadis, étaient peuplés de dieux plus ou moins redoutables qu'il était prudent de corrompre, sitôt les amarres larguées, en leur balançant des amphores d'huile et de vin. Les plus pittoresques barques de la Méditerranée sont ancrées à Marsaxlokk, petit port de pêche, sur l'île de Malte. Rondement ventrues, pointues en poupe, elles sont dotées d'une proue phallique, arrogante, et ornées de toutes les couleurs possibles, où dominent le jaune d'or et le bleu léger. Surtout, elles n'omettent jamais, à bâbord et à tribord, deux yeux écarquillés, aigus, prêts à détecter les monstres du dessous, les mêmes yeux surnaturels que peignaient, quinze siècles avant Jésus-Christ, les marins de Khania ou de Psira en route pour l'Égypte, pour l'Afrique, sur leurs navires de douze mètres aux voiles d'alpha ou de papyrus et arborant, à l'étrave, des mufles d'animaux puissants, capables de semer la peur autant qu'ils l'exprimaient.

*Besoin*, c'est un mot qui avoue l'« épaisseur » de la mer. Pas seulement sa profondeur, l'envoûtement des abysses. Je ne compte point, ici, en mètres cubes, je ne suis pas au milliard près. Ce qui m'obsède, c'est que tant de splendeur soit adossée à tant de crudité, de rudesse – l'attrait de la mer brouillant l'ensemble, indistinctement.

La splendeur, la voici. Le soir, par flot et vent portants, le voilier qui franchit le phare de la Croix *[blanc, 1 occultation toutes les 4 secondes]*, à l'embouchure du Trieux, se meut de lui-même, doucement. Il faut prendre ses repères, sur l'île Verte ou l'île à Bois, pour s'apercevoir qu'on progresse très vite vers les roches de Loguivy, que cette paix est réelle mais cette lenteur trompeuse. Les rives touffues, si rares en Bretagne nord, comme empruntées aux archipels d'Asie, s'approchent d'une glissade, ponctuées par le feu du Bodic *[directionnel, blanc scintillant]* et une tour rouge sur bâbord, au pied de laquelle un contre-courant aide à pallier le déventement. C'est savant et simple, pastel et périlleux. La plupart des soirs, je me demande pourquoi je ne suis pas là-bas, pourquoi je manque, le plus gros de mon existence, cette dérive parfaite, cette grâce disponible, indéfiniment corrigée des variations saisonnières.

Mais la mer pacificatrice, au même instant T, pulvérise des squelettes, viole des plaines, mâche des falaises, couche des navires, recueille et brasse toute l'ordure de la vie qu'elle fomente et noie. Elle n'est pas tantôt belle et tantôt laide. Elle est assassine, nourricière, suave, épouvantable.

Les pêcheurs de homard dont j'ai partagé le travail, aux îles de la Madeleine, entre Terre-Neuve et la Nouvelle-Écosse, ont coutume de s'offrir une de leurs prises, cuite dans un peu d'Atlantique, vers 7 heures du matin, à mi-parcours de la pêche ; la brume s'effiloche en direction du cap à Savage et de la Belle Anse, le rocher de l'Homme mort sort de l'ombre, très loin, le grès saignant de la côte intercepte une amorce de jour, et c'est le plus gastronomique petit déjeuner qui soit. Vous brisez les pinces d'un coup, et, tandis que la chair dense cale votre estomac barbouillé de clapot et de vapeurs huileuses, le patron vous explique ses embarras commerciaux : la clientèle japonaise, friande du crabe des neiges, repousse le crustacé bleu, parce que ce dernier passe pour dévorer les cadavres avec une gloutonnerie spéciale. Vous voilà donc en train de manger un mangeur de morts, qui plus est avec gourmandise, et les récits de compagnons ouessantins vous reviennent à l'esprit, des histoires de caseyeurs tombés du bord et dont on avait retrouvé la charogne, beaucoup plus tard, entaillée de partout, furieusement. Il vous revient aussi que ces témoins, la bouche pleine d'horreurs, parlaient sans interrompre leur tâche, la même que celle des Madelinots, disposant la boëte, morceaux de maquereau ou de plie, au fond des pièges qui capturent, avec un doigt de chance, des homards mangeurs d'hommes mangeurs de homards.

*Besoin* inclut tout cela, et la simultanéité de tout cela.

Les enfants ne s'y trompent pas, qui patouillent le long des grèves. Ce n'est pas du sable qu'ils raffolent, c'est du mélange de sable et de liquide, de cette matière mixte qu'on tripote et façonne. Sans détour et sans l'aide de Jacques Lacan, ils proclament l'attirance qu'exerce sur eux la vase, et préfèrent l'eau impure. Ils fouinent dans les mares, arrachent les pattes des crevettes, écrabouillent les berniques, puis se baignent en criant. Ils reniflent l'exhalaison verte et brune des algues, des œufs de seiche ou de raie, ils s'étonnent des carapaces d'araignées défuntes qui flottent entre deux eaux. Leur besoin de mer est assez analogue au mien. Non que j'aie pour le cloaque une affection prononcée. Mais, comme Sartre écrivant *Les Séquestrés d'Altona*, il me semble que nous avons tous un homard au plafond, et quelques morts sur la conscience. Et il me paraît sain, à propos de mer, d'éviter de la mettre en bouteille.

Mon besoin, décidément trivial, est habité d'une vertu majeure : la vertu démocratique. Je n'ai pas choisi la mer et elle ne m'a pas choisi, le hasard qui m'a frappé n'a rien d'un privilège. Elle m'a inondé sans que j'aie manifesté talent ni mérite. J'« ai » la mer, moi qui suis mécréant, comme certains amis religieux me déclarent « avoir » la foi : par foudre innocente, étrangère à la raison ou au calcul. Je ne suis, du reste, nullement prosélyte et n'ai, dans cet écrit, d'autre intérêt que d'approcher avec des mots un élément excentrique – pareil discours est nécessairement une fiction –, et de proposer cette tentative à qui veut, cap-hornier ou paysan, peu m'importe. Denis Roche, qui ne prise guère le varech, m'a dit pour m'encourager : « Je n'aime pas la mer, mais je suis heureux qu'elle existe... » La formule me convient, je ne serai pas moins tolérant que lui. Ajouterai-je que l'océan, pour l'essentiel, me reste à découvrir : j'en ai parcouru quelques bras, mais assidûment, juste assez, peut-être, pour envisager ce que j'ignore.

Dans la mesure où il est subi et non élu, accordé mais non conquis, le besoin ne sécrète aucune distinction. Je suis vite agacé par ceux qui transportent leur amour de la mer en procession, qui rejettent le profane comme les héros de Maupassant récusent le « horsain ». Je souhaiterais affirmer, dans ces pages, que la mer n'est à personne, et sûrement pas à moi. La fréquentation que j'en ai, dont je tire bonheur et vertige, m'autorise seulement à parler d'expérience modeste et singulière. La khâgne m'a enseigné, naguère, que la disqualification d'autrui est le degré premier de l'assurance. J'espère m'en être évadé. L'esprit de clan, de club, fût-ce de yacht-club, m'est aussi rebutant que l'esprit de parti ou de clocher. Je ne suis pas « supporter » de la mer à la façon de ces braillards qui transforment les aires de jeu en arènes fascistes. Et j'avoue mon irritation devant certaine pédanterie qui vous expédie au piquet si vous ignorez que la *fortune carrée* d'une goélette est la voile qui s'établit sous le *hunier*, ou que le *clinfoc* d'un brick est à l'exact opposé de la *brigantine*. Fort attaché au patrimoine maritime, je salue les efforts des spécialistes et des militants qui s'appliquent à le préserver. Pourvu que cette entreprise ne tienne pas le néophyte à l'écart. Que voulez-vous, les intégristes, ces temps-ci, sont partout.

Mon besoin a fini par m'instruire, mais je ne suis pas savant. Ni même habile technicien : je n'ai gagné que des régates sans importance. Tel ami auvergnat, journaliste dans un magazine de voyages, a « chapeauté » l'un de mes récits en me qualifiant de « navigateur ». C'était présomptueux. Le « détroit d'Hamon » est introuvable sur les cartes et je ne suis, au vrai, que caboteur ou plaisancier – ce dernier terme me convenant parfaitement. Je n'ai donc à transmettre aucune érudition remarquable. Mais mon besoin, oui, et la violence de ce besoin.

Le lecteur, à ce stade, requiert probablement un ou deux exemples des effets que produit ce fameux besoin, sous peine de m'imputer l'ésotérisme auquel je me suis déclaré allergique. Je pourrais, d'emblée, raconter la lente apparition de la côte quand elle n'est, au loin, qu'un rébus illisible, ou les brumes, ou les aubes. Mais je serai, cette fois encore, plus terre à terre, et prendrai la direction de Saint-Paul-de-Vence.

Yves Montand vouait à Gérard Depardieu une réelle tendresse. Je le revois, à l'annexe de la Colombe d'Or, là où Queneau engendra *Zazie*, cherchant ses mots, dépliant sa carcasse d'athlète : « Tu comprends, disait-il, Gérard et moi, quand nous sommes dans un palace, avec l'orchestre, les petits fours, tout le tremblement, et les femmes qui rient, nous commençons, même si nous sommes les invités d'honneur, par repérer les issues de secours... » A soixante-huit ans, l'ancien immigré de la Cabucelle, sur les hauteurs de Marseille, avait conservé ses réflexes de survie.

Quoique français « de souche », selon une terminologie qui devient suspecte, et petit-bourgeois de classe originelle, je n'ai eu aucune peine à saisir ce que signifiait Montand : le rapport que j'entretiens avec Paris, ou avec n'importe quelle grande ville, est analogue à ce qu'il décrit. Je n'y suis bien que lorsque je sais comment m'échapper, par quel itinéraire précis. J'ai étudié, aux heures de pointe, toutes les finasseries, les chemins de traverse, les détours, les voies parallèles. Suis-je donc malheureux dans la capitale ? N'étant ni pauvre ni chômeur, j'en accumule, au contraire, les avantages. Mais je ne supporte pas qu'un « bouchon » s'interpose entre la mer et moi. Même si je ne suis nullement sur le départ, si tout me retient dans la cité, il m'est intolérable de penser que la décision soudaine de lever le camp et de filer vers l'eau risquerait d'être inapplicable. Je prends mes précautions. J'ai acheté une motocyclette, un modèle dit de *trail*, propre à escalader les trottoirs, à se faufiler sur les périphériques, à percer le mur de n'importe quel week-end, Pâques et Pentecôte inclus. Et j'ai élu domicile à proximité de portes multiples, de nœuds complexes, en sorte que, par-dessus ou par-dessous, par l'ouest ou par le sud, la fuite soit aisée.

Le syndicalisme m'est cher (mon père était un cégétiste fidèle, quoique peu orthodoxe) et je suis de ceux qui déplorent, en France, sa médiocrité numérique et ses archaïsmes intellectuels. Le principe et l'usage du droit de grève me sont sacrés. Il n'empêche : je ne parviens pas à admettre que l'impact de groupes sociaux soit directement proportionnel à la capacité d'entraver la libre circulation des hommes – ce que je nommerai le « syndrome de l'opération escargot ». Malgré mes attaches et mes convictions, il y a là quelque chose qui me heurte, et qui excède l'inconfort ou la contrariété. Comme une prime au plus gênant. Comme un relent de camionneurs chiliens sous Allende. Comme une résurgence des passeports intérieurs tsaristes puis soviétiques qui contrôlaient et limitaient l'espace des sujets de Nicolas II ou du camarade Staline. La vie, désormais, nous conduit de péage en péage. N'importe qui, pour n'importe quoi, est capable d'occuper ces points clés et de décréter sa propre urgence prioritaire sur les autres. Ce n'est pas la ville qui m'étouffe, c'est la menace du blocus, ce sont les tourniquets, les carrefours giratoires, les échangeurs, toutes nasses déployées. J'exige, quoi qu'il advienne, la permission de sortir.

La mer ne me « manque » pas. Du moins, pas constamment, lorsque j'en suis loin. Rien ne me « manque » à Sienne (dont la place, en forme de coquille Saint-Jacques – son sol est du même corail –, s'emplit, le soir, d'une rumeur comparable à celle des vagues qui s'apaisent au terme de la marée montante). Rien ne me « manque » dans les vallées du Queyras, ni à Kyoto, ni à Vienne. Rien ne m'a « manqué » quand j'ai parcouru à pied les drailles, de crête en crête, à travers les Cévennes. La seule image maritime qui me hantait alors était celle d'une longue rame aperçue au Mas Soubeyran, le musée du Désert, symbole des milliers de galériens huguenots victimes de Louis XIV et de dévots meurtriers. Le besoin dont je parle n'est pas un sentiment d'exaspération, une sensation d'absence. J'éprouve cela, parfois, mais il faut que le blocus, évoqué ci-dessus, m'y force.

C'est plus subtil. Mon besoin de mer n'est pas, *a priori*, une protestation, moins encore le refus d'autre chose que la mer. Mais il déclenche ceci : où que j'aille, et quelles que soient l'effervescence ou la plénitude qui résultent de ce déplacement, je me situe – au sens le plus géographique du terme – par rapport à la mer. Strasbourg, Lyon, Aurillac, c'est « loin ». Moscou, Denver, Bangui, c'est « très loin ». J'ai survolé à plusieurs reprises la Sibérie : j'attendais la mer d'Okhotsk et le détroit de Tatarie, avant Sakhaline, je faisais le guet, je craignais de manquer l'instant où la terre devient rivage. Spontanément, je me situe par rapport à « ma » mer, la Manche. Puis j'élargis le champ, l'Iroise, l'Atlantique, la Baltique, la Méditerranée. Et si je vais au-delà, n'importe laquelle sera bienvenue, et ma boussole impensée pointera dans ce sens.

Je ne crois pas que ce tropisme soit un simple effet de l'habitude ou de la passion. Il s'agit plutôt d'expérience. Mes amis ou relations qui n'ont pas fréquenté la mer de façon assidue, qui l'effleurent le temps d'un congé mais ne se sont pas exercés à deviner les courants, à imaginer que l'eau a du fond, partent du point de vue compréhensible que la mer est un habillage de la terre, un ornement qui la borde comme un massif de fleurs borde une pelouse. C'est particulièrement vrai pour ceux qui visitent la Méditerranée, l'Adriatique, où les marées sont si faibles que le partage des territoires semble défini et constant. Nous autres, gens de la lune, des coefficients, des équinoxes, savons que la terre n'est qu'une émergence, que la mer dessine la terre et non l'inverse. Nous voyons la terre depuis la mer, voilà tout.

De quoi ai-je tant besoin ? Quelquefois, l'hiver, je n'y tiens plus. Sans préparatifs, sans consulter la météorologie, je fonce à la gare Montparnasse – je n'aime pas les gares parisiennes, avec leurs détritus, leurs maîtres-chiens, leurs bidasses pris de bière qui gueulent en courant, les automates imbéciles brillant au milieu de la crasse, les escaliers mécaniques et l'absence de bancs où risquerait de se vautrer le peuple malodorant des trottoirs. Je n'aime pas les gares, mais celle-là, malgré ce qui précède, demeure l'antichambre de la mer.

J'arrive à Saint-Brieuc, ma ville natale, dans la nuit. Saint-Brieuc, le jour, est une ville sombre, granit des murs, ardoise des toits, gris des pavés. La nuit, surtout une nuit d'hiver sans météo préventive, Saint-Brieuc n'existe plus : un halo de bruine devant l'enseigne du loueur de voitures, cinquante mètres de visibilité, et je pars pour

Paimpol. Sur le viaduc monstre qui enjambe les vallées, et les esquinte une fois pour toutes, ma mémoire me rappelle que le port du Légué est à droite, et qu'un jour où il fait jour, on embrasse la baie, vase et filières, au pied d'une tour en ruine. Mais la baie, ce soir, n'existe plus. La route de Lanvollon ajoute la brume au crachin (si je n'étais breton, quelque lecteur m'écrirait certainement que je participe au concours de dénigrement climatique « dont est victime notre belle région »). De Paimpol, je n'aperçois qu'une coque d'ancien chalutier, plantée au milieu du carrefour d'entrée afin d'avertir le touriste que Botrel et Loti furent les chantres du lieu.

Et puis, je la vois. Noire sous le pont de Lézardrieux, elle se débat dans ce col qui l'étrangle, heurte la tourelle du chenal, et se précipite, à 3 ou 4 nœuds, vers l'amont. Au rythme où elle s'engouffre, nous sommes en vives eaux. Le vent a basculé au suroît, la pluie ne s'arrêtera pas et, à la boulangerie, demain, tous répéteront que « c'est la marée ». Je franchis le pont, tourne à gauche. Elle a disparu.

Je me niche dans la maison longue aux poutres vertes. J'allume un feu. La nuit ruisselle, maintenant. Je regarde la cheminée haute qui fume dru, les meubles disparates, les livres, les tableaux à cent sous. Je suis en pleine mer. L'immense pin de mon voisin, déjà mutilé, gronde à chaque rafale. Je dors tard, découvre au matin ce ciel, réputé hostile et que j'apprécie, déchiré de nuages qui rejoignent la terre, éparpillé en langues rêches accrochées aux collines, alourdi d'averses, blanchâtre. Je ne descends pas au port voir mon bateau : il est en bon état, et tout ce que j'y gagnerais serait une bouffée de frustration, une solide envie de changer d'existence et de naviguer fréquemment l'hiver, où la lumière est plus vraie. Je ne roule ni ne marche jusqu'à la côte. Je sais tout. Je sais qu'à cette heure la renverse est achevée au Grand Léjon *[5 éclats, blancs et rouges, période de 20 secondes]*, je sais que ça bouillonne, en revanche, à la Jument, devant Tréguier *[scintillant, rapide]* ; je sais qu'aux Roches Douvres l'éclat blanc ne va pas tarder à briller toutes les cinq secondes, je sais que la lande est noire de pluie. Je m'apprête à rallier le TGV.

J'ai vu la mer.

Il n'en va pas toujours ainsi. D'autres fois, je ne demeure point en place, je cours nez au vent, j'escalade les rochers comme un gosse, je parcours les grèves à la limite du flot – avec ou sans soleil. Ce que j'essaie de dire, sinon d'expliquer, c'est que cette paresse ou cette activité est un facteur négligeable. Dans le premier cas comme dans le second, j'ai retrouvé l'ensemble des signes dont j'étais démuni, je me suis réorienté. Mon besoin de mer n'est pas uniquement besoin de beauté ou de sable. C'est un besoin de cohérence. La vie urbaine, dans nos mégalopoles, est infiniment riche. Mais elle ressemble, pour moi, aux sites d'Internet : une avalanche d'offres juxtaposées, disparates, où la navigation est erratique. Je n'ai pas besoin de m'agiter, au bord de la mer, pour savoir où je suis. Et la ville – que j'aime aussi – m'est ensuite plus « ronde ».

Il n'est pas nécessaire d'avoir affronté les quarantièmes rugissants pour comprendre ce phénomène. Une de mes amies a besoin de solitude lozérienne, une autre des foules chinoises (qui, pourtant, vous balaient mieux qu'un rouleau d'Atlantique) ; tel s'enfouit au fond des cavernes, telle autre se retire dans un couvent. Sans compter ceux pour qui l'anonymat citadin est la liberté fondamentale. Je suis plus près de ces derniers que de riverains des océans collés à leur talus comme la moule sur son bouchot, sans s'être penchés au-dehors. Le moindre mal est d'ignorer son besoin. Le pire est d'en manquer.

Reste le plus précieux : la connivence. L'absence de la mer ne m'est pas consciemment perceptible, en temps ordinaire. Mais l'absence de ceux avec qui j'ai partagé la mer ne me délaisse pas.

Après la mort de mon père, l'employé en chef des pompes funèbres, un grand maigre barbu dont la cravate noire avait été nouée trop précipitamment, s'est approché du cercueil encore vide, a sorti de sa poche un sachet de sels, a déchiré la Cellophane d'un geste théâtral, puis a répandu les cristaux sur le tissu violet. Mon père avait le sens de l'humour. J'ai songé, malgré mon chagrin, que la dérision du geste l'aurait égayé.

En ces jours de deuil, je n'ai pas pensé au sort des cadavres, à la chair qui sèche ou fond. Je dois être un médiocre paroissien : je ne fréquente pas les cimetières, je n'y visite personne, et le cérémonial de la Toussaint, où chaque famille astique sa tombe, blanchit les graviers, arrache les mauvaises herbes et convoite les chrysanthèmes des voisins, appartient sans retour à mes jeunes années. Non, je n'ai pas songé à ce que deviendrait mon père sous la terre, lui qui croyait au ciel et à la résurrection. J'ai pensé que nous ne verrions plus la mer ensemble.

Pour évoquer l'absence et la peine, je n'avais pas, et je n'ai toujours pas d'autres mots : nous n'irions plus sur la falaise d'Erquy, ni au Roselier. Nous ne cheminerions plus vers l'Arcouest, où l'île de Bréhat se révèle d'un coup. Et mon père, qui avait une fâcheuse tendance à se répéter, ne me citerait plus le propos, à cet endroit précis, d'un ancien cap-hornier : « Je connais Rio de Janeiro, monsieur, je connais la Terre de Feu. Mais un coin comme celui-ci, je n'en connais pas d'aussi beau... » Et il n'approuverait plus l'amertume de ces vieux bourlingueurs amoureux de leur rocher, observant d'un œil jaloux la construction de villas par les riches Parisiens aux meilleurs emplacements, tout près du rivage, façade au sud.

Je ne suis pas fils de baleinier, ni de terre-neuvas. Mon père est né devant la Loire. Et il l'a descendue jusqu'à la mer. Du fleuve, il a appris que l'eau est dangereuse et superbe, qu'elle se ramifie en bras inégaux, qu'elle enfle ou s'attarde. Il a appris la lumière sur les sables, la gaieté des coteaux plantés de vigne. Il aurait voulu faire du vin, de la médecine ou de l'histoire. Mais la Première Guerre mondiale lui a volé son père, et la Seconde lui a volé sa jeunesse. Enfant pauvre, sur les quais de Nantes, il guettait l'arrivée des navires blancs, les bananiers, dont la cargaison apportait le rêve et le dessert. Dès qu'il en a eu le choix, c'est-à-dire fort tard, il s'est ancré dans un port et l'a souhaité venteux. Ensuite, ma mère et lui ont tranquillement décliné toute proposition ou promotion susceptible de les déporter. Ils ont jeté leur ambition par-dessus bord. Ce fut ma chance, j'aurais pu naître Mines-Ponts.

Mes parents appartenaient à l'espèce des fouineurs – géographe par nécessité, historienne par inclination, ma mère est une virtuose du *Guide bleu*. Ils étaient capables de tourner, deux heures durant, sur des chemins cahoteux, à la recherche d'une chapelle romane perdue. S'agissant de la côte, ils procédaient de même, caillou par caillou. Je leur dois, sans doute, mon amour des rias, des abers, ces pointes de mer qui s'enfoncent dans la terre. Je leur dois aussi mon goût des criques, des lieux intimes et courbes, imprévisibles, qui ne se donnent pas sans quête. Même si j'ai salué avec émerveillement les dunes de Mauritanie ou les hauts-fonds qui gardent l'estuaire de la Gironde, près du phare de Cordouan *[blanc, rouge et vert, 3 occultations, période de 12 secondes]*, je préfère, comme malgré moi, les creux, les replis, les anses de galets. Les plages linéaires qu'on baptise « grandes » m'apparaissent monotones. Je les parcours vite, et cherche, à côté, une grève cachée, fût-elle moins blonde.

L'été, nous quittions Saint-Brieuc pour des locations saisonnières. Nous avons eu notre période schiste, falaises sombres, rochers tranchants. Puis notre période grès, promontoires enflammés et ras, surpeuplés d'oiseaux. Nous avons eu notre période caressante, eaux mêlées et golfes sereins. Nous sommes partis vers les brumes du bout du monde, granit âpre et cieux immenses. Enfin, nous avons trouvé la synthèse, nous avons élu un endroit où tout était réuni, le rose et le violent, le rond et l'incisif, l'affable, l'austère, les nuages.

En chemin, nous nous étions dotés de rendez-vous définitifs, sans hiérarchie entre eux, sans couronne d'étoiles, mais avec la certitude que nous y partagions la même jubilation. Pour la lumière, le golfe du Morbihan, la Rance, les Abers Ildut et Benoît. Pour l'aplomb, le cap Fréhel et les pointes du Van ou des Espagnols. Pour le goémon, pour l'eau farouche et les landes, Lilia et l'Aber-Wrac'h. Et pour tout cela mêlé, Plougrescant.

J'avais quatorze ans, mon père travaillait alors fréquemment sur le secteur de Tréguier. C'était un peu loin de chez nous, et le soir, en semaine, il y restait quelquefois dormir. Sa tâche accomplie, vers la fin du jour, sa manie fouineuse le reprenait. Le Trégor est un pays riche et frondeur, bâtisseur de cathédrales et prompt à conspuer « la calotte » – Renan, sur la grand-place de sa ville natale, défie en statue le clocher dédié à saint Yves. Le sol y est fécond et les ports nombreux ; les paysans récoltent les primeurs, et leurs champs descendent jusqu'à l'eau. On y danse, on y écrit, on y a l'ironie sur la pointe de la langue : tout le contraire du Léon finistérien, la « terre des prêtres », frugale, soumise et tourmentée. Mon père s'y jugeait en famille.

Un après-midi de novembre, il m'a dit :

– Il faut que tu voies ça.

Nous avons roulé entre les talus hérissés de fougères et atteint un petit bourg ramassé autour d'une singulière chapelle dont le clocher de plomb était tout de guingois. J'appris qu'elle était vouée à saint Gonéry, un moine guérisseur des fièvres, venu d'outre-Manche au VIe siècle. Plougrescant est une presqu'île déchiquetée : une crique à l'ouest, Porz (ou Pors) Scaff (ou Scarff), un havre à l'est, Porz Hir, et, au milieu, un éperon de granit dont la pointe est formée de deux blocs géants qu'on nomme, là-bas, « le gouffre », prolongé sous les flots par un semis d'écueils tantôt visibles, tantôt invisibles. *Ifern Plougouskant* (« l'enfer de Plougrescant »), grognaient les pêcheurs, effrayés par l'abondance des tables sous-marines. Sur les cartes destinées aux navigateurs, un conseil et un bon : passez au large.

Quand nous nous sommes arrêtés à Porz Scaff, le crépuscule était imminent. L'ombre gagnait vite sous un ciel chargé. C'était marée basse, trois canots échoués certifiaient que ce lieu accédait à la mer. Mais elle semblait absente. A sa place, un chaos de roches barrait l'horizon, dominé par un monstre en forme d'armure féodale. Au pied du chevalier de pierre, un rempart de galets finissait de boucler l'endroit. Mais la mer absente se faisait entendre, battant et roulant le roc hors de nos regards. Mon père et moi avons gravi la digue de galets, et les vagues nous ont explosé au nez. Nous avons suivi, dans la nuit, tant bien que mal, une part du chemin qui relie Porz Scaff au gouffre. L'obscurité nous enveloppait mais nous étions guidés par l'écume qui dessinait les grèves et par le chuintement du flot. Sur la lande noire, des blocs informes torturaient le sentier. Ce n'était pas inquiétant, c'était plutôt une douce violence, brassant l'odeur d'automne, cette odeur de fin, de compost général, et l'odeur saline, vivante, de la mer qui revenait.

Nous savions que nous ne quitterions jamais Plougrescant. Et c'est finalement dans ces parages que la maison longue aux poutres vertes est devenue nôtre. La pointe et son gouffre tempétueux, entre le rose de Bréhat et celui de Ploumanac'h, étaient comme un socle, comme une précaution contre la mièvrerie. Inutile garde-fou : rose ou non, le granit est rude. Inversement, Porz Scaff et Porz Hir nous ont livré leur tendresse, aussi déroutante que le parfum des ajoncs, sucré. Ce pays nous échappe, de toute manière.

En Afrique, en Méditerranée, en Espagne, j'ai observé dans les cimetières le même spectacle que chez moi : des femmes sont là, et, souvent, elles parlent « seules », elles s'affairent, elles s'adressent à leurs morts très naturellement ; à l'occasion, elles leur apportent des présents, des fleurs, du pain, de l'huile. Au village de ma grand-mère, paysanne du centre de la Bretagne, on veillait les défunts comme on les veille en Crète, on pleurait, on chantait, on broyait du café, on dévidait leurs vertus et, incidemment, le reste. Je dois être plus citadin que je ne le crois : ces coutumes me sont étrangères.

Je ne rends pas visite à mon père sur sa tombe, dans le cimetière marin où il est enfoui. Mais je suis avec lui, et ne quitte donc pas Plougrescant. Nous partagions le même besoin.

# 2

## *Mais où est passé le centre du monde ?*

Être « marin », ce n'est pas seulement raidir le pataras pour accentuer la quête du mât et rendre le bateau plus ardent, ni glisser son haveneau sous les massifs de goémon à l'heure adéquate où la crevette abonde. Ce n'est pas un arsenal de techniques, de connaissances, ni même un code défini. C'est un regard.

Quand j'étais jeune journaliste, je collectionnais avec gourmandise les congrès du Parti socialiste dont tous les Français, partisans et adversaires, prédisaient l'accession au pouvoir, inaugurant ainsi une alternance gouvernementale sans réel précédent. Chaque rassemblement avait sa dominante : Pau (1975), « jovial », Metz (1979), « haineux »... Mon préféré, et de fort loin, fut le congrès de Nantes (1977), que je qualifierai d'« idéologique ». La gauche s'apprêtait à remporter les élections législatives l'année suivante (elle manqua son but d'un cheveu, le dernier de Valéry Giscard d'Estaing). Et les futurs Jaurès, Blum, Lénine, Mendès ou Mollet s'empoignaient avec la gravité requise. Le débat, d'ailleurs, était simple. La « gauche » du parti (les compagnons de Jean-Pierre Chevènement) exigeait que l'on rompît avec le capitalisme en cent jours. La « droite » du parti (les rocardiens) soutenait qu'un tel objectif n'était guère compatible avec l'environnement international, qu'il fallait abandonner une culture désuète. Et le « centre » du parti (la majorité regroupée autour de François Mitterrand, le premier secrétaire) estimait cette rupture opportune et urgente mais considérait qu'elle prendrait « un certain temps ».

Tous avaient raison, comme on l'a constaté. Après cent jours de gouvernement socialiste, le veau d'or était toujours debout. L'environnement international s'est avéré fort contraignant. Et la rupture avec le capitalisme continue de prendre un certain temps.

La discussion s'ouvrit un vendredi matin, en l'absence du premier secrétaire que ces rites assommaient et qui, escorté de quelques courtisans et vassaux, avait jeté son dévolu sur un restaurant de fruits de mer à Pornic. Pendant ce temps, les délégués provinciaux, reconnaissables à leur trac et à leur pilosité, contestaient l'alinéa 7, point 4, du projet de résolution générale. Vers 15 heures, les portes du hall de la Beaujoire, tendu de bleu, s'ouvrirent brutalement. Trompes et buccins sonnèrent (je crus, du moins, les entendre). Des caméras de télévision entrèrent à reculons, l'objectif braqué sur le petit homme en costume beige qui s'avançait d'un pas lent, digérant ses huîtres. La cour et les vassaux suivaient à distance, Djack Lang en tête. A la tribune, le camarade du Lot-et-Garonne, qui voyait dans l'alliance avec le Parti communiste un rempart salutaire contre une éventuelle dérive social-démocrate, s'arrêta net, barbe et mâchoire pendantes au bord du micro. Le silence, un instant, parut décontenancer le public. Puis le congrès se leva d'un seul élan, et François Mitterrand poursuivit sa marche sous les ovations. Joseph Mankiewicz eût été dans son élément.

Jaurès, Blum, Lénine, Mendès et Mollet semblaient avoir oublié le point 4 de l'alinéa 7, et même l'épineuse question de la synthèse ou de la non-synthèse entre courants contraires. Ils se prosternaient devant leur homme providentiel, ne doutant pas, à l'évidence, que ce dernier occupait le centre du monde, et que, s'approchant de cet homme-là, ils s'approchaient dudit centre par la même occasion.

Je crains que le lecteur ne soit saisi de perplexité. Il croyait avoir acheté ou emprunté un livre sur la mer, et voici qu'il cherche l'erreur, se demandant pourquoi il feuillette un ouvrage de Franz-Olivier Giesbert. Je tiens donc à le rassurer *illico.* Mon escapade chez les politologues n'a qu'une visée pédagogique afin de poser un axiome : en mer ou auprès de la mer, on s'aperçoit vite que le centre du monde est partout, c'est-à-dire nulle part.

La chose n'est pas si commune. Pour les congressistes de Nantes, le centre du monde était François Mitterrand. Pour François Mitterrand, le centre du monde était un palais. Pour nombre d'auteurs et d'éditeurs, le centre du monde est le restaurant Drouant. Pour maints amis universitaires, le centre du monde est l'École des hautes études. Pour les footballeurs du samedi soir, le centre du monde est le stade de Manchester. Pour les présentateurs de télévision, le centre du monde s'allume et s'éteint. Pour les amoureux, le centre du monde est un café, un lit, une rue, un palier. Pour les rédacteurs en chef, le centre du monde est le titre de demain. Et, pour beaucoup de mes concitoyens, le centre du monde est devant leur porte.

Si vous recherchez la mer, si vous souhaitez la trouver, quittez cette idée, de bon gré, l'âme légère. Vous ne perdrez qu'un peu de carton-pâte ou d'étroitesse. Car la mer vous oblige à envisager la multiplicité des mondes, des hiérarchies, des logiques. Rien d'étonnant si Michel Rocard n'est pas devenu président de la République. Il est marin, il sait que le monde est polycentrique, il est donc accessible à la dérision, à la modestie, dispositions incompatibles avec la poursuite monomaniaque d'un pouvoir réputé « suprême ». Mitterrand, lui, s'était donné un objectif unique et concevait – ou feignait de concevoir – que sa fugitive apparition parmi les « grands » de la planète, et l'art qu'il possédait de se faufiler, lui vaudraient une place dans l'Histoire pour les siècles des siècles. Propos de terrien, s'il en est.

C'est une question d'élément. Les pêcheurs, les commerçants, les militaires, les navigateurs de toute espèce et de toute origine n'ont cessé d'annoncer d'autres continents, les uns émergés, les autres engloutis. Autant d'univers parallèles et insoupçonnés. Hannon le Carthaginois s'embarqua en 465 avant notre ère, franchit les colonnes d'Hercule, doubla le cap Vert, longea l'Afrique et découvrit les îles dites « Fortunées ». Himilcon, un de ses compagnons, s'aventura jusqu'à l'île d'Albion. Ils furent les inventeurs, pour mille ans, de routes inédites. Ce sont les hommes du Nord qui les relayèrent. Erik le Rouge, Norvégien basé en Islande, baptisa le Groenland. Son fils, Leif Eriksson, atteignit, dit-on, le golfe du Saint-Laurent (ou, peut-être, Long Island) et relia, dans l'autre sens, le Groenland à la Norvège. Un siècle avant Dias, l'homme qui a doublé le cap des Tempêtes (qualifié ensuite « de Bonne-Espérance »), deux Vénitiens, les frères Zeni, abordèrent l'« Estotiland » (Terre-Neuve, ou le Labrador). Chaque fois, la configuration de la planète fut altérée, redéfinie. Colomb n'arrive que très tard : voilà déjà longtemps que les hommes avaient perdu le centre du monde.

Qu'on m'entende clairement. Je ne prétends pas que les gens de mer ont, ou avaient, sur les autres, je ne sais quelle supériorité philosophique et morale. Avec eux circulaient le courage, le savoir-faire, le lucre, la conquête, le meurtre, et tout ce qui pousse un homme à risquer sa vie. J'en veux pour exemple le peuple anglais, admirable de sens maritime, précurseur de la démocratie représentative, policé à l'extrême et concepteur de pontons où il exterminait ses prisonniers, affameur d'Irlandais, collectionneur de princesses en rut, exportateur de vaches folles et de sportifs assassins, avide de subventions et contempteur de l'Europe, délicieusement lettré, mélomane, cinéphile et fantaisiste. On notera, du reste, que les colonialistes les plus rapaces étaient fréquemment issus de nations insulaires ou jouissant d'amples rivages, comme s'ils tentaient, en asservissant les autres, de compenser leur vertige devant la dispersion du monde.

Mon observation est plus fruste et empirique. Je m'en prends à cette niaiserie coutumière qui juge que « les choses » se passent ici et maintenant. Du jour où j'ai été mêlé à la « vie parisienne », au milieu des « décideurs », du jour où j'ai « couvert » des conférences de presse, des colloques internationaux, où j'ai interviewé des célébrités, fréquenté les salles de rédaction et les plateaux – tout cela, sans bouder mon intérêt, qui reste vif –, j'ai découvert des hommes insignes capables de s'abandonner à l'illusion que le monde tourne autour d'eux. Je ne méconnais point la nécessité, pour qui goûte l'action et manifeste une ambition (ce qui est très légitime), de s'assigner un objectif principal, et j'y sacrifie moi-même. Je parle plutôt d'un système de défense enfantin, d'une barrière mentale érigée entre les inépuisables ramifications de la réalité et l'objet exclusif qui accapare la cervelle.

Le phénomène est remarquable par son omniprésence. Avez-vous ouï l'entraîneur d'une équipe de football commenter la sélection du prochain match ? Le pape fustigeant le stupre et le préservatif n'emploierait pas de termes aussi caverneux. Avez-vous suivi le combat titanesque qui précéda l'élection de M. Léotard à la tête de l'UDF ? Les guerres puniques, à côté, semblaient picrocholines. Avez-vous entendu tel chanteur d'un groupe rock expliquer la qualité du son qu'il a obtenu, après six mois de labeur, dans un studio londonien ? Ou un publicitaire analyser le « concept » de sa nouvelle campagne ? Ou un metteur en scène justifier « son » Wagner ? Chacun, à sa façon, paraît confondre la gravité qui l'envahit et la gravitation universelle.

Ce n'est pas le droit à la passion que je récuse, loin s'en faut. C'est une bizarre perte d'échelle, une atrophie pernicieuse du sens des proportions. L'autre soir, un quotidien national titrait, sur cinq colonnes, que le chef de l'opposition « n'excluait pas de remporter les prochaines élections ». Soit. Le chef de l'opposition est dans son rôle, et l'on serait surpris qu'il renonçât, par avance, à l'emporter. Mais pourquoi cinq colonnes à la une ? Le centre du monde s'est-il déplacé vers le magnétophone dans lequel le chef de l'opposition a déversé cette révélation majeure : opposant, il a l'intention de s'opposer, et même de ne pas s'opposer pour rien ? A la télévision, c'est pire : la confusion y est reine entre l'ubiquité et l'omnipotence, et maints responsables fraîchement nommés, tout étourdis de jouer d'un instrument pareil, ont ceci de commun qu'ils s'imaginent façonner leurs semblables parce qu'ils les atteignent entre deux zaps, et faire exister l'actualité parce qu'ils en nomment les avatars perceptibles. Eux qui sont merveilleusement placés pour montrer que la simultanéité des événements interdit l'absolue maîtrise, qui sont témoins du bouillonnement torrentiel des êtres et des choses, s'appliquent à les résumer, à les compacter, à ficeler tout ce grouillement au moyen de grosses ficelles, et à déverser leur paquet en soutenant que le monde est là.

Redescendons sur mer. L'antidote par excellence.

On me répondra que le monde, justement, est dévoilé, câblé, cerné de satellites, exploré, mesuré, fouillé, radiographié, numérisé, connu. Que les carottes de glace prélevées en Arctique ou en Antarctique nous content, année après année, des millénaires de chaud et de froid. On objectera qu'*ailleurs* est un mot désuet, qu'il n'est plus d'ailleurs, sinon vers ces galaxies nouvelles que les vaisseaux de Stanley Kubrick s'en iront profaner. Et que CNN ou d'autres « téléopérateurs » désireux de nous offrir leurs « bouquets » décideront, chaque jour, en conférence de rédaction, où se situe le centre du monde.

Je n'ai rien contre les bouquets ni contre les carottes, ni contre les progrès en général. Je suggérerai une très rudimentaire expérience maritime. Je parie que vous ignorez l'existence, et plus encore la localisation de Yealm River. A l'orée de la baie de Plymouth, sur la côte sud-ouest de l'Angleterre, une passe étroite et sinueuse, inaccessible de nuit ou par brume, mène à un village parfait pris entre des rives encaissées. Vous mouillez sous un ancien hôtel postvictorien déglingué à souhait. Deux bras de rivière s'unissent en ce point, et donnent à l'eau juste assez de vivacité pour que le reflet des arbres, du clocher, du vol des oiseaux, du blanc des nuages reste frémissant. Des cygnes vous escortent. Le yacht-club est parfaitement snob, et le pub d'autant plus chaleureux qu'il côtoie le yacht-club. L'équipage décide, à l'unanimité, qu'il prendra ici sa retraite, le moment venu.

L'expérience débute le lendemain matin, avec la marée. Le chenal, serré, présente une difficulté : près de l'ouverture, une langue sous-marine, une barre sableuse, contraint les navires à raser la côte et à surveiller de près les hauteurs d'eau. Quittant Yealm River, vous êtes nécessairement escorté par d'autres bateaux qui franchissent au même instant le mur invisible. Et il serait étonnant que le groupe ainsi formé, au large de

Plymouth, ne rencontre pas d'autres unités, marchandes, militaires ou plaisancières, provenant d'une rade où la circulation est intense.

Au début, vous avez l'impression que des routes claires et nettes s'amorcent. Les uns basculent plein est, en direction de Start Point. D'autres, à l'opposé, visent le cap Lizard. D'autres encore, barre au sud-est, ont choisi Guernesey et les îles Anglo-Normandes. Une ou deux heures durant, vous vous croyez sur une autoroute. Vous êtes cinq ou six coques mitoyennes, chacun commentant *in petto* les manœuvres de l'autre, le maintien du bras de spi ou la raideur des bastaques. On se salue discrètement, la coutume est d'éviter les démonstrations inutiles.

Et puis cela s'opère insensiblement. Tel bateau est plus lourd. Tel autre est peu toilé et s'appuie au moteur. Tel autre encore est doté d'une quille profonde et remonte excellemment au vent. Sur le quatrième, l'homme de quart est maladroit et dévie, degré par degré, de sa route théorique. Vous vous apercevez soudain que vous êtes presque seul. Les voiles ou les superstructures voisines se sont délitées. Vous êtes seul. Il n'y a plus d'autoroute, plus de route, plus de chemin, plus de ruelle. Par gros temps, par mer dure, cet évanouissement brutal serre la gorge. Vous avez envie qu'un double de vous-même, à portée de vue, administre la preuve que ces conditions sont banales puisque partagées, et que le prix à payer n'est qu'un peu d'inconfort. Par temps serein, au contraire, une griserie symétrique vous emporte, vous vous rêvez roi des mers, sur une étendue sans trace prédéfinie, tout juste balisée à l'approche d'un but.

En fait, vous n'êtes ni roi ni sujet. Et vous n'êtes pas si seul. Des radars vous captent, des ondes vous trahissent. Vous êtes simplement invisible et aveugle. Et vous expérimentez ceci : vous êtes le centre du monde, vous êtes libre d'aller droit, de tourner en rond, de marcher au près ou au largue ; mais vous savez qu'au même instant chacun de vos semblables a le même pouvoir, la même liberté – et la même illusion. Bref, vous découvrez que le centre du monde est ici et là, et que nous dérivons tous, au gré de solitudes approximatives, sur la mer instable où le point fixe, celui que vous tracez sur la carte ou qu'affiche le GPS, est déjà une fiction quand vous l'enregistrez.

Pour cette raison, peut-être, les rencontres en mer sont troublantes. Je me rappelle, il y a pas mal d'années, avoir erré dans la brume, la plus détestable des compagnes. A l'époque, nous naviguions sans instruments électroniques, relevant ce qui était possible et notant les chiffres d'un loch plus ou moins capricieux, vite prisonnier d'une algue. Il fallait « tenir une estime », et les atterrissages, dans ces conditions, étaient incertains – à 3 ou 4 milles près, on n'était pas mécontent de soi. J'errais, donc, dans la brume, et j'estimais que le gros caillou dont, par moments, j'entrevoyais le contour, devait se nommer la Méloine. Et voici qu'un bateau anglais, une robuste coque familiale équipée d'un radar, est apparu sur bâbord, né de rien. Je n'ai pas fait le fier, j'ai lorgné le radar d'un œil jaloux et agité le bras. Le barreur anglais fumait la pipe, avec la tranquillité de l'homme qui va où il veut et connaît son itinéraire. Notre dialogue fut bref :

– *Is that the* Méloine ?

– *I do hope so...* répondit l'Anglais, placide, entre deux bouffées.

Et il disparut. Bien que nous fussions au même endroit, notre monde n'était pas identique, nous en occupions chacun le centre de manière inégale et différenciée.

Il me revient une histoire analogue, mais d'une tout autre envergure sportive, relatée par l'un des concurrents de la course en solitaire autour du globe. Il passait le Horn dans la nuit, il crevait de froid et d'isolement, la mer était hargneuse, et la radio à longue portée s'avérait inutilisable car les batteries du bord avaient trop faibli. Un cargo a surgi, le premier navire qu'il croisait depuis longtemps. Il s'est précipité sur la VHF (qui consomme peu mais n'autorise que des communications rapprochées) et a appelé fiévreusement, avide de parler et d'entendre. La jonction s'est opérée, il s'est nommé, a commencé à raconter son périple difficile, puis a questionné le matelot de quart. Une voix indifférente et lasse lui a répondu, avec un fort accent. Elle disait :

– J'ai sommeil...

Ce que la mer vous enseigne ou ravive en vous, c'est à la fois l'existence des autres et leur complète altérité. Le crochet par un désert – je reprends, à dessein, l'image de Jean-François Deniau – n'est pas, ou pas uniquement, une retraite. Le désert (j'y ai vécu quelque temps) brise net la représentation homogène que vous vous formez spontanément de la vie sociale. Toute présence y est singulière, importante, légitime, distincte. Toute subordination antérieure y est déplacée. Je ne soutiens pas que la mer est l'unique moyen d'oublier le centre du monde (ni l'unique vecteur de migrations aventureuses). J'observe qu'elle est le plus vaste et le plus fréquenté des déserts.

Je demande pardon à l'amateur exclusif, au passionné fébrile pour qui la mer appelle aussitôt des histoires de bômes, de tornades, d'exploits, de lames. Ou qui guette, enfin, une citation de London, Conrad, Poe, Baudelaire ou Hugo, bref, des ténors de l'océan – ce dont je ne le priverai ni ne me priverai. L'œuvre qui me vient spontanément à l'esprit pour expliciter ou illustrer ma perte naïve du centre du monde n'est pas le journal de bord tenu par Magellan. C'est, par exemple, l'enquête due à l'anthropologue américain Oscar Lewis, voilà plusieurs décennies, parmi le sous-prolétariat d'Amérique latine. Lewis a partagé, dans les (très) bas quartiers de Mexico, la vie d'une famille illettrée. Et il en a rapporté un « roman vrai », *Les Enfants de Sánchez*[1], qui est l'autobiographie croisée et parlée de personnages littérairement muets, privés, par leur condition, du droit d'occuper le centre du monde. Ils sont médiocres, sublimes, fades, flamboyants, amants, assassins, l'un est paresseux mais fornicateur génial, l'autre rêve d'apprendre, de s'élever, et réussira. Lewis les sort du puits et nous indique, du même coup, l'immense gisement d'une vérité qui ne sortira jamais, les puits silencieux dont nous n'avons même pas idée. Et les solidarités que nous manquons d'établir, faute de les concevoir.

1. Paris, Gallimard, 1963.

Quel rapport avec la mer ? Ceci : l'immensité propre à cet élément excède l'étendue. Elle nous invite non point à penser l'infini qui n'est pas pensable, mais à l'entrevoir en mesurant combien nous sommes rejetons de la coïncidence. Ce n'est pas une idée triste, c'est une idée libre et courte, où il n'est pas interdit de trouver de la curiosité et de prendre du plaisir. Quand on vit (au bord de) la mer, on ne peut douter qu'un milliard de mondes « importants » nous sont et nous resteront inconnus. La corrélation est saillante entre mes origines maritimes et le goût que j'éprouve pour les livres d'enquête. Ces derniers m'ont révélé que l'étonnant, dans un entretien, n'est pas ce que l'interlocuteur dissimule, mais l'ampleur de ce qu'il confie, comme une vague imprévue lourde de tous les romans possibles.

Né auprès de la mer, je suis né « provincial », loin, par définition, du centre du monde, et j'aimerais afficher le bonheur que m'a procuré et me procure encore ce hasard. Je ne cherche pas à opposer « ceux de Paris » (ce sont, le plus souvent, des provinciaux déracinés) aux heureux propriétaires d'un label territorial qui se réclament d'une appellation contrôlée, d'un fromage ou d'une race bovine. Je suis parisien malgré moi depuis assez longtemps pour savoir que la vie de village, sous l'œil de Mme Le Goff, de ses filles, de son beau-frère, est redoutable. Et pour savoir, aussi, que la vie de « village à Paris », fable pieuse jouant sur la nostalgie, est une carte postale roublarde et mensongère. J'ai habité et aimé Belleville : la population déménage, en moyenne, tous les trois ans, la vue, rue Piat, est plus belle qu'à Montmartre, les vieux, les rescapés sont délicieux, et les seringues se ramassent à la pelle dans une cité trop lâche pour nommer un drogué un malade. S'il me fallait, aujourd'hui, comparer la province et Paris, je dirais qu'est provincial tout lieu où il n'est pas nécessaire de prendre rendez-vous pour partager un verre avec un ami.

J'ai employé le mot « hasard » de façon hasardeuse. Certes, je suis directement issu du hasard de la guerre. Si mon père, qui en connut la phase réputée « drôle » – l'adjectif lui est resté sur le cœur, il a refusé la médaille qu'on lui offrait et a boudé les réunions d'anciens combattants –, avait levé la tête au moment où une balle traversait sa chevelure, s'il avait gelé tout entier, plutôt que des seuls membres inférieurs, quand il fut capturé pendant que le dernier officier s'enfuyait à bord du dernier véhicule opérationnel, emportant pour comble la barrique de vin du régiment, s'il n'avait survécu à presque cinq années d'internement et de travail forcé outre-Rhin, et si les Alliés n'avaient débarqué, je n'aurais pas vu le jour à l'hôtel du Pignon-Pointu qui faisait office de maternité en cette période de *baby-boom* et de pénurie hospitalière.

Mais ce n'est pas un hasard si je suis né au bord de la mer. Pour justifier leur établissement et leur stabilité définitive, mes parents n'avaient qu'un argument et n'en cherchaient pas d'autre : l'immédiate proximité de cette dernière. La ville avait ses laideurs et ses charmes – murs un peu tristes, cathédrale-forteresse, vallées multiples et profondes –, le débat n'était pas là. Nous avions la mer à portée, et cela ne se discutait pas.

J'ai grandi avec l'idée que la mer est une récompense. Pour mes parents, elle représentait le dédommagement d'une séparation inique et interminable, la rançon d'une guerre. Pour moi, elle était le signe et la quintessence du temps libre. Elle n'était jamais loin. Quatre cents mètres après notre maison, boulevard Pasteur, on tournait à gauche vers le tertre Aubé, et cela suffisait pour la dominer. La vallée du Gouët, en dessous, s'élargissait jusqu'au port. Et c'est là que mes amis et moi nous retrouvions pour jouer, après les cours. Depuis cette butte, nous observions sans y prêter garde le flot et le jusant, comme la chose la plus présente et la plus naturelle qui fût. Nous repérions aussi les navires assidus, tel le *Sloughi*, qui arrivait d'Afrique du Nord après avoir caboté le long de nos côtes, précédé d'une épouvantable odeur de vinasse lorsque le noroît s'y mettait (vaisseau amiral des pinardiers qui choisirent la Bretagne pour écouler leur poison, cette cuve flottante perdit bon nombre d'hectolitres dans le bassin de Tréguier ; les vieux, dit-on, répétaient amèrement : « Si c'est pas malheureux !... » en contemplant l'eau brune, non pour déplorer la pollution, mais au triste spectacle du nectar galvaudé, ignorant qu'Homère, pour en évoquer les peines et les gouffres, qualifiait l'onde menaçante de « vineuse »). Nous étions très fiers de découvrir, dans le manuel de sciences naturelles, au chapitre géologie, une photographie de la vase abondante dans le chenal de Saint-Brieuc, vase onctueuse et argentée qui compliquait l'accès des cargos. Certains jours, si le beau temps n'était pas contrarié par la grande marée, toute la baie, au plus bas de l'eau, dénudait son sable, les filières dangereuses par où le flot enlaçait les imprudents, en un panorama nacré que nous recevions comme un dû, comme notre propriété.

Le retour à la mer symbolisait l'échappée, la part de vie que ne mangeait pas l'école. J'avais de bons maîtres, j'étais bon élève, mais je n'étais pas bon chien. Je sais qu'il est malséant de critiquer la communale, je sais que l'encre violette (à laquelle nous ajoutions de l'huile afin qu'une goutte perverse, surnageant conformément à la loi, rendît impossible et dégoûtant l'usage du porte-plume) a des parfums de *nevermore*. Mais les maîtres du primaire, quoique bons maîtres, régnaient en maîtres d'une manière que les polémistes réactionnaires enjolivent à gogo : hymnes à l'empire colonial, éloge inculte du grand Charlemagne, petites récompenses et châtiments misérables. J'aimais l'instruction, je n'aimais pas cette école[2]. Je n'aimais pas m'enfouir avant l'aube dans les rues désertes, pestant contre le système étrange qui jetait les enfants à la rue tandis que maints parents étaient encore au chaud. Je n'aimais pas la voix qui m'a répété, tout au long de mes années enfantines, que j'écrivais « comme un cochon », sous prétexte que ma calligraphie était insoumise. A force d'écrire comme un cochon, j'ai décidé d'écrire et de publier des livres : c'était le moyen de transmuer la cochon-

2. Cf., du même auteur, *Les Bancs de la communale*, Paris, Éd. Du May, 1994.

nerie en exercice décent, suscitant même, à l'occasion, un espoir d'approbation publique.

J'aimais si peu l'école que je préférais y demeurer le soir, à « l'étude », la classe terminée. Sous la férule de l'instituteur, nous bouclions nos devoirs. Ensuite, le temps était nôtre, complètement nôtre, sans arrière-pensée (je ne parviens plus, aujourd'hui, sauf en voyage lointain ou en mer, à retrouver cette limpidité de la cervelle dans laquelle ne traîne aucune obligation différée). Ce n'était pas vertu, c'était un placement : la qualité de la récréation à venir méritait l'investissement. Les devoirs expédiés et validés, nous retournions vers le tertre Aubé, vers la mer, non sans une halte clandestine à l'ossuaire du cimetière Saint-Michel où crânes et tibias traînaient près d'un mur bas, spectacle qui engendrait la glose et le frisson, et déclenchait un sentiment de transgression pécheresse analogue à ce que déclenchait le concile permanent que nous tenions sur le sexe des femmes.

Les vacances d'hiver n'existaient pas, le ski était réservé à trois fils de notables. Il y avait les « petites fuites » (Noël et Pâques) et la « grande fuite », les vacances d'été qui étaient vraiment « grandes », jusqu'à l'automne. Les vacances, c'était la mer. *Hent ar mor*[3], la petite maison de Trégastel, qui n'avait pas l'eau courante mais conduisait à la plage où mon père et moi pêchions le « bouquet », la fine crevette rose, à volonté. *Les Coquelicots*, à Saint-Cast, une bâtisse vermoulue que frappaient, la nuit, séparés par dix secondes, les deux éclats blancs du phare de Fré-

3. En breton : « le chemin de la mer ».

hel. Le jour et l'heure que nous préférions étaient ceux où la marée haute s'accordait avec le crépuscule. Nous nous attardions alors sur la plage ou sur un rocher, heureux que le soleil attende, pour se coucher, l'instant où la mer achève d'envelopper son territoire. C'était un moment pacifique, harmonieux, les touristes avaient disparu, les pêcheurs avaient mouillé leurs canots et remonté les prames, la grève était déserte, et la lumière décroissait insensiblement. Nous ne bougions plus, muets. Le bruit du flot s'amenuisait avec l'étale. Et nous jouissions de ce privilège gratuit : l'union très lente du silence et de la nuit.

Je ne savais pas que l'eau était froide, en Bretagne, parce que *la* mer était *la* mer, point final. J'avais, assurément, lu nombre d'ouvrages où il était question de mers « du sud » (que j'imaginais chaudes, confondant le sud et le Midi), mais ces histoires magnifiques n'avaient pas plus de réalité, pour moi, que Moby Dick émergeant soudain des vases du Légué. La mer, la vraie, ne pouvait être tiède : c'eût été indigne, avec un relent de bains-douches contestable. Je m'immergeais donc, quel que fût le temps, plusieurs fois par jour, et j'appréciais spécialement les nuées pluvieuses, lapant les gouttes, lavant le sel et bénissant Dieu d'avoir inventé l'eau chaude. J'ai décroché quelques diplômes dans ma vie (plus ou moins probants : Vladimir Jankélévitch, qui présidait mon jury de maîtrise, n'en avait pas lu la moindre ligne, ce que je ne manquai pas de relever insolemment pour sa plus grande joie). Mais il en est un dont mon orgueil n'est pas repu : le jour de mes onze ans, j'ai parcouru 1 000 mètres à la nage, assisté de mon père et guetté par ma mère nantie d'une sortie-de-bain géante afin de favoriser la « réaction ». J'ai perdu le parchemin (comme les autres, d'ailleurs), mais c'était le plus grand, le plus décoré et le plus mérité. L'exemple venait de haut. Mon professeur de latin-grec, en sixième, homme de poésie et d'indignation, paré d'une barbe au carré, excellent mythologue et géniteur prolifique, débarquait sur le rivage en toute saison, escorté de femme et enfants, plongeait un thermomètre dans le liquide barbare... et fixait à 14 degrés la frontière du possible. Il est mort vieux, et je ne serais pas étonné que, dans sa tombe, il profère un de ces tonitruants « Malheur aux barbus ! » dont il ponctuait ses cours, en hommage à Jarry, Alfred, qui fréquenta, avant *Ubu*, notre lycée.

Vers la Saint-Michel – une foire, ce qu'on appelle une foire, avec morue braisée et galettes-saucisses, envahissait la place du Champ-de-Mars –, force était de sortir de l'eau. Mer redevenait synonyme de tertre Aubé, de jeudi ou de dimanche. Quand les tempêtes d'équinoxe s'annonçaient, mes parents s'arrangeaient pour se libérer un peu plus tôt, et nous filions en chœur à Binic, port terre-neuvas dès le XVIIe siècle dont subsiste une digue cyclopéenne et gracieuse, toute de blocs granitiques parfaitement ajustés. Nous ne voulions pas manquer les giclées d'écume qui forçaient le barrage, ni le vert très sombre des lames, ni le blanc du ressac.

Je dois, ici, des excuses à ceux pour qui la mer est tout le contraire des vacances, ou d'un spectacle, et que ces lignes risquent d'indigner. J'ai fait campagne, en mer d'Irlande et du Nord, sur un navire de pêche hauturière, avant que Boulogne et Fécamp ne fussent démantelées par la crise. Je logeais près de la timonerie, chez le radio qui ne cessait d'épier les armements concurrents et de communiquer en code avec le nôtre. Et je n'oublie pas ces nuits où « ça donnait », où les traits succédaient aux traits, dans la lumière inextinguible des projecteurs, où le chalut dégueulait par spasmes sa charge d'animaux nitescents, fatras de bêtes d'où émergeaient des mâchoires, des queues battantes, et l'effroyable gueule dentée des lottes, avec leurs yeux globuleux et leurs épines de *Jurassic Park*. Je n'oublie pas les hommes en cuissardes qui pataugeaient dans les monstres jusqu'à la ceinture, et moins encore les autres, ceux du pont inférieur, qui ébreuillaient, tranchaient, levaient les filets à congeler, tout cela dans un roulis d'enfer et dans l'odeur des entrailles extirpées.

Je garde en mémoire, bien fraîche si j'ose dire, leur rancune contre la houle qui déréglait l'oreille interne et les obligeait à travailler dans le malaise et l'insécurité. Je ne suis pas sûr, pour autant, qu'ils auraient échangé leur tourment et leur solitude contre la bourre d'une filature. Même ceux qui n'étaient, à bord, que des ouvriers embarqués. Ils ne jugeaient pas la mer jolie, ça non, et ne jouaient pas les héros, mais leur protestation recelait une fierté assez proche de ce que j'ai entendu chez les derniers mineurs : métier de chien, certainement, mais pas de n'importe lequel.

Pardon ! la mer m'est venue du bon côté et m'est restée de ce côté-là. Quand j'ai moi-même pratiqué un métier – j'enseignais la philosophie, en Bretagne comme par hasard –, j'ai recouru, suivant la tradition familiale, à la mer consolatrice. Car j'avais besoin de consolation.

Je débutais. J'avais, à quelques mois près, l'âge de mes élèves. Une excellente tradition exigeait que le premier cours fût consacré à l'éloge de Socrate. Cet homme singulier refusait d'être appelé maître, devisait en marchant, dialoguait avec ses interlocuteurs, ne souhaitait point que ces dialogues fussent consignés sous forme de leçons, écartait la tentation de recevoir un salaire et retournait volontiers contre lui-même l'ironie qu'il pratiquait envers autrui. Moi, Socratillon de la dernière heure, j'étais payé par l'État pour dispenser un programme à des élèves enclos et pour les plier à la gymnastique de la dissertation. Je devais, l'espace d'une année, survoler les trésors accumulés depuis Démocrite jusqu'à Husserl (et au-delà), frôler la psychanalyse, tutoyer la linguistique, récuser la finalité en biologie, esquisser un brin de mathématique non euclidienne et cerner le beau, le juste, le bon, le vrai.

Je fus, durant cinq ans, un enseignant heureux. Mais pas un philosophe heureux. D'abord, parce qu'un philosophe heureux perd son fonds de commerce. Ensuite et surtout, parce que j'éprouvais le sentiment de faire « comme si ». Comme si j'avais réponse à ces « grandes » questions dont le « grand » sujet du baccalauréat formulait la grandeur en termes choisis. Paradoxal : *Comment dire l'indicible ? Le bon goût est-il sans saveur ?...* Dialectique : *Doit-on pouvoir ce qu'on doit ? Protester contre une obligation, est-ce parfois un devoir ?...* Nu : *Le rien* ; *L'objet, la chose* ; *Soi, sois, soit...* Vertigineux : *Quand l'avenir commence-t-il ? La mémoire annonce-t-elle le futur ?...* Torturé : *Le juste calcule-t-il ? Peut-on se trahir soi-même ?...* Papal : *Dieu pourrait-il décider qu'il n'existe pas ?...*

Il n'était pas très difficile, sur des questions pareilles, de séduire l'auditoire. Il n'était pas très difficile d'occuper, pour lui, à l'esbroufe, le centre du monde. Mais il me semblait qu'un pédagogue n'est pas un pédophile, et que ma fonction ne consistait point à plaire. Mes copies sous le bras, je m'en allais arpenter l'anse aux Moines, songeant que nous tendions à nos enfants de bizarres pièges. Les vagues avaient la sagesse de ne pas procéder en trois points, avec introduction, conclusion, et transitions moelleuses. Elles ne se laissaient pas décortiquer, décomposer en gouttes fragmentaires. Elles ne se répétaient pas, non plus, le reflux des unes cassant le déferlement des autres. Tout ce mouvement, sans doute, était explicable et ordonné, mais à la fois pendulaire et varié, prévisible et imprévisible. Et moi je ressassais, dans mon métier, je ressassais, j'avais ordre de ressasser des vérités académiques (les sophistes sont des affreux, la science et la technique sont distinctes, les empiristes ne valent pas tripette), je ressassais comme une vague artificielle, ébranlée par une machine pour tester en laboratoire la maquette d'un navire. La mer était le contraire de cela. Je lisais Camus, en disgrâce à l'époque. Et je relisais, dans *La Peste*, le passage où Tarrou et Rieux s'accordent un bain fraternel, le soir, dans une mer d'automne qui suspend provisoirement le malheur, sans mentir.

L'anse aux Moines est une crique voisine du port de Saint-Brieuc. C'est là que ma mère (fille de postier, elle s'était retrouvée « briochine » par le jeu des nominations administratives) avait appris à nager. Ou plutôt non : c'est là qu'elle s'était jetée à l'eau. Au milieu de l'anse aux Moines, un plongeoir rudimentaire accueillait, à marée haute, d'éventuels amateurs. Fort jeune (elle avait douze ans), ma mère s'était installée sur le plongeoir et avait attendu le flot. La tradition familiale était paysanne, les maîtres nageurs n'y avaient pas accès. Quand la mer l'a encerclée, elle a rejoint la plage en barbotant. Elle ne s'était pas accordé d'autre solution. L'expérience ne l'a nullement dégoûtée du bain, loin de là. Tout juste a-t-elle regretté, ensuite, de n'avoir pas acquis un style plus affiné.

Contant cette anecdote, je n'oublie pas la philosophie. Ceux qui l'enseignaient, dans ma région, en prenaient au sérieux les déconvenues ou les contradictions. Georges Palante, qui inspira le Cripure de Louis Guilloux (dont il fut le professeur), s'est suicidé par le plomb. Et, avant lui, Jules Lequier, le 11 février 1862 – il était âgé de quarante-huit ans –, a défié Dieu d'étrange manière. A la nuit tombante, il s'est mis à l'eau et a progressé vers le large. Dieu, disait-il, le sauverait s'il le souhaitait. Lequier était de ces Bretons que la conciliation de la foi et de la raison, du libre arbitre et de la transcendance, tourmentait éperdument. Les courants ramenèrent son corps à la côte. A la différence de ma mère, Lequier était excellent nageur. Dieu pardonne-t-il moins que la marée ? Ou bien répugne-t-il à faire l'objet d'un défi ?

J'ai conclu, pour ma part, qu'il était sage de ne pas suivre l'exemple de mes flamboyants prédécesseurs. J'ai tranquillement rendu mon tablier à l'Éducation nationale, regrettant mes élèves mais ne regrettant toujours pas l'école. J'ai perdu mes « grandes vacances » mais j'ai continué à fréquenter la mer, ne défiant aucune puissance supérieure, heureux que les atomes qui constituent toute chose, atomes décrits par Lucrèce comme animés d'une trajectoire oblique, s'organisent, j'ignore pourquoi, en tant de grâce mouvante.

# 3

# *Ar mor*

« C'est bien simple, disent mes amis, tu as ça dans le sang puisque tu es breton. » Dans le sang... Ils parlent comme mes deux grand-mères, l'une *gallo* née dans les vignes, près d'Ancenis, l'autre bretonnante, née à Glomel, qui grandit à Scrignac, dans la « montagne » finistérienne. Elles employaient la même expression quand elles voyaient mon père épargner avec patience pour s'offrir un petit canot de la Rance, si bien toilé de coton ocre qu'il fallait des gueuses de fonte ou des gros galets pour le lester par vent vif. Mais, à la différence de mes amis, le phénomène n'avait pour elles rien d'évident. Elles l'observaient à distance, étrangères, étonnées.

Cela paraît tellement simple. Cette vaste province qui renifle l'océan par ses deux naseaux, selon le mot de Paol Keineg, l'auteur du *Printemps des bonnets rouges,* est naturellement maritime, et pénétrée par la mer. Le flot remonte jusqu'à Dinan, Châteaulin, Quimper. A soixante-quinze kilomètres de son embouchure, la Loire demeure sensible aux marées. Et pourtant, la fracture est profonde entre l'Armor, le « pays de la mer », le pays du lointain cruel et conquérant, celui du Malouin Jacques Cartier ou de Joseph de Kerguelen, issu de l'Odet, qui découvrit au-delà du froid et de la tempête les « îles de la désolation », et l'Argoat (ou Arch'oat), le « pays des bois », celui des sources, des chaos, des manoirs, des calvaires, des déserts et des contes.

Mais cette frontière-là est encore trop simple. Même dans le Trégor où je suis ancré, les anciens, quand ce n'était pas leur spécialité, tournaient le dos à la mer comme leurs maisons proches de la côte tournaient le dos au vent et réservaient leurs fenêtres pour le côté jardin. Nul, ou presque, ne savait nager avant que la vogue hygiéniste et vacancière des bains de mer ne vînt peupler les plages. On oublie un peu vite que les équipages corsaires croupissaient à bord de leurs bâtiments, attendant des éternités – tout le monde n'est pas Surcouf – qu'un navire marchand pataud, isolé et mal défendu, serve de proie sans coup férir ou presque. On oublie également que c'étaient des paysans qui peuplaient les goélettes de Terre-Neuve ou d'Islande, des paysans pauvres, déshérités, ou prêts à peiner pour un salaire meilleur et une pension de retraite. On oublie enfin que les petits gars à pompon qui assuraient le pittoresque de Recouvrance, l'escale brestoise au bas de la rue de Siam, s'en voulaient fréquemment d'avoir signé trop vite l'engagement qui les soumettait trop longtemps.

La tradition des grands capitaines, des pêcheurs subtils, l'époque des barques sardinières aussi tassées dans les ports de Concarneau ou de Belle-Ile que le poisson dans les boîtes, Lorient et sa Compagnie des Indes, les chantiers innombrables où l'on tordait au feu les bordés, sans compter les palais moins nobles que s'offraient à Nantes les rois de la traite – excellents chrétiens et si peu culpabilisés qu'ils agrémentaient, en guise de caryatides, leurs façades de nègres sculptés –, tout cela n'est pas légende : une part de ce pays vivait de la mer, rêvait de la mer, souffrait de la mer, usait et abusait de la mer. Quant à l'avoir « dans le sang », c'est une autre affaire. Beaucoup, peut-être. Tous, et ontologiquement, cela me semble une fable narrée par Loti, chantée par Botrel et vendue aux touristes, l'été, par les comités des fêtes.

Il n'est pas d'attachement sans ambivalence, et il n'est pas sûr que cette ambivalence même ne renforce l'attachement. J'ai retrouvé, dans un grenier, une carte des Côtes-du-Nord (ancienne appellation des actuelles Côtes-d'Armor, c'est-à-dire Côtes de la mer, beau paroxysme de la tautologie) assortie d'un commentaire psychosociologique remontant, sans doute, à la fin du XIXe siècle : « Les Bretons, peut-on lire, n'aiment point médiocrement, et on les reconnaît assez à leur amour pour la terre natale qui se manifeste avec tant d'ardeur chez eux ; aussi *le mal du pays*[4] les prend-il partout, dans les contrées les plus riantes comme dans les plus lointains voyages, sous les drapeaux comme dans les cités. A toutes choses, même à leur intérêt personnel, même au besoin d'acquérir, ils préfèrent les landes incultes et le ciel humide de la Bretagne... »

Nul doute que les quelque 200 000[5] Bretons

4. En italique dans le texte.
5. Les estimations oscillent entre 120 000 et 240 000.

mâles (dont mon grand-père paternel) expédiés en première ligne avec les Sénégalais durant la Grande Guerre, et morts, lestés de gnôle française et de plomb allemand, au champ d'honneur, ont éprouvé l'incoercible *mal du pays* avant d'expirer. Reste que ce sentiment postulé inné n'est pas si simple non plus. Je sais que, tôt ou tard, et le plus tôt sera le mieux, j'intervertirai mes priorités entre la Bretagne et Paris, accordant à la première le temps que je suis contraint de lui dérober. Mais ce *pays* qui me manque, dont je me juge peu ou prou en « exil », j'ai peine à le dire, à dire sa nature. Et je crois que cette hésitation est partagée par maints « compatriotes ».

Ce n'est pas affaire d'humeur. J'avouerai, quitte à passer pour traître, que je suis rebelle au charme du biniou, que je lui préfère la harpe de Kristen Nogues, d'Alan Stivell et, surtout, l'art du chant pur, de la colonne d'air en suspens, que maîtrisent Denez Prigent ou Yann-Fañch Kermener (c'est en Bretagne intérieure qu'il faut les entendre, loin des *festou-noz* alimentaires, intérieure comme l'est cette voix de tête qui leur est propre et qui les conduit, fréquemment, à chanter les yeux fermés). Ce n'est pas affaire d'humeur, non, c'est un balancement chronique entre le constat d'appartenance et le rejet de ce que Georges Brassens, dont la maison dominait mon mouillage à Lézardrieux, nommait « les imbéciles heureux qui sont nés quelque part ».

Il ne s'agit plus de liquider le « complexe de Bécassine », fruit de l'arrogance jacobine, de la marginalisation économique et de l'éradication obsessionnelle, inadmissible, d'une langue et d'une littérature riches et méprisées. Morvan Lebesque, avec son propice *Comment peut-on être breton ?*[6], Per-Jakez Hélias, atteignant avec son *Cheval d'orgueil*[7] une diffusion inouïe, ont culpabilisé une opinion sensible au déclin d'une certaine France rurale, et contribué au mouvement qui portait vers la décentralisation. Bécassine, la petite bonne « basse bretonne » d'une stupidité franchement exotique, est morte sans appel, et seuls les amateurs de bande dessinée s'intéressent encore à elle.

Ce qui n'est pas mort, c'est une sorte de nationalisme culturel, dépourvu de réelles expression et audience politiques, mais latent, rampant, et qui me rend parfois mon *pays* plus autre, plus lointain. Je me rappelle, au mitan des années 70, un concert de Gilles Servat à Guingamp. Planté sur le devant de la scène, il a bu un coup, s'est essuyé la bouche d'un revers de main, a annoncé une chanson nouvelle, et la chanson nouvelle donnait ceci :

*Ma mie dit que c'est folie d'aller faire la guerre aux Francs*
*Moi je dis que c'est folie d'être enchaîné plus longtemps*
*La voilà la blanche hermine, vive la mouette et l'ajonc*
*La voilà la blanche hermine, vive Fougères et Clisson*

La plupart des spectateurs n'ont perçu là qu'un hommage chaleureux aux grévistes du

6. Paris, Éd. du Seuil, 1972, et coll. « Points », 1984.
7. Paris, Plon, 1975.

Joint français en révolte non seulement contre la médiocrité de leur salaire, mais aussi contre l'impossibilité d'être entendus par des décideurs « distants », dans tous les sens du terme. Mais « la guerre aux Francs »... Malgré la dévotion que je porte à Nominoé, vainqueur de Charles le Chauve le 22 novembre 845, au marquis de Pontcallec, exécuté en 1720 pour une conspiration d'opérette, ou à Georges Cadoudal, qui subit le même sort en 1804, j'avais, écoutant ce refrain, autre chose en tête. Mon père était détenu de fraîche date en Allemagne lorsque ses geôliers ont proposé un marché aux Bretons du camp – ils étaient six. Pour peu qu'ils signent leur adhésion au Parti national breton, organisme de coloration doriotiste allié aux nazis, ils seraient libérés, rapatriés en France, rendus à leur famille. Un seul a signé, et a été effectivement élargi. Les cinq autres sont restés prisonniers jusqu'en 1945. Le morceau de papier, en ce temps-là, coûtait cher.

Quel était le plus « Breton » des six ? Quand j'ai eu l'âge de connaître cette histoire, j'ai mieux compris la faible inclination que manifestait mon père envers le *Gwenn ha du,* le drapeau breton blanc et noir. La composante la plus nationaliste et la plus fasciste de l'*Emzav* (vaste mouvement, idéologiquement fort divers, en quête, avant la guerre, d'une identité bretonne) s'intitulait *Breiz Atao*[8], et était doublée d'une annexe terroriste clandestine baptisée, précisément, *Gwenn ha du.* Le théoricien nazi Rosenberg, épluchant ses publications, lui accorda « sans équivoque » le label national-socialiste. Et *Breiz Atao,* flairant le

8. « Bretagne toujours ».

vent et croyant profiter d'une aubaine en négociant l'émergence d'un gouvernement breton parrainé par le Reich, plongea dans la collaboration et imposa sa ligne, *Na ruz na gwenn* (Ni rouge ni blanc), option qui tourna bientôt au vert-de-gris et au noir SS.

Paradoxe : tandis que le Parti national breton, issu de cette dérive et qui ne compta guère plus de 3 000 adhérents, déshonorait l'étendard qu'il prétendait brandir, les Bretons, y compris maints anciens animateurs de l'*Emzav*, furent particulièrement actifs dans la Résistance[9]. Les hommes de la milice bretonne (formée sur le tard, alors que les occupants eux-mêmes avaient été refroidis par la médiocre audience de leurs compères), qu'on appelait « les noirs », étaient plus encore détestés que leurs homologues nazis (dans les maquis, il est arrivé, m'a-t-on rapporté, qu'on leur coupât les couilles, traitement qui ne fut pas infligé aux soldats allemands capturés). Coïncidence : le curé de Scrignac, la paroisse de ma famille maternelle, était devenu, en fait sinon en droit, l'aumônier des collaborationnistes. Ce n'était pas un mauvais homme, dit-on, ni un nazi : il suivait la pente d'une exaltation déjà ancienne et nourrie de culture. Toujours est-il

9. On notera que cet épisode, qui n'a rien d'anecdotique, est pudiquement passé sous silence, ou promptement esquivé, dans les grands guides consacrés à la Bretagne, qu'il s'agisse de l'excellent *Guide bleu* ou des très polychromes *Guides Gallimard*. En revanche, il est évoqué avec scrupule dans l'ouvrage de Jean-Pierre Le Dantec, *Bretagne*, Paris, Éd. du Seuil, coll. « Points Planète », 1990. Sur la question, un des rares ouvrages de synthèse est celui d'Alain Déniel, *Le Mouvement breton*, Paris, Maspero, coll. « Textes à l'appui », 1976.

qu'il fut exécuté – il rentrait d'une messe dite dans une chapelle à l'écart du bourg – et que le secret de cette exécution fut longuement tenu. Le fils de l'exécuteur, lui-même, n'apprit le geste de son père que le jour de l'enterrement de ce dernier, quelques décennies plus tard. « J'ai vu son sang », m'avait dit un ancien maquisard (membre des Francs tireurs et partisans, proches du Parti communiste) de Scrignac, peu avant de mourir. Il n'en avait pas dit plus.

Sachant cela, où rangez-vous l'image convenue d'une Bretagne soumise aux prêtres, niaisement dévote, confusément chouanne, rythmée par ses pardons et vouée à sainte Anne ? Elle existe, ou a existé, assurément. Ni plus ni moins que la révolte fiévreuse contre les « missions » prêchant l'enfer afin de ramener dans le droit chemin les païens du bout du monde, ou Brest-la-Rouge insurgée en 1907, ou l'anarcho-syndicalisme nantais. La cousine de ma mère et son mari étaient, à Scrignac, résistants intrépides. Il y eut, conte la saga familiale, des arrestations, des évasions, des hommes pendus. Il y eut même des maquisards qui demandèrent à Londres de raser leurs maisons afin que les occupants, voyant les effets du bombardement, croient la population morte et la laissent en paix.

Ambivalence. Au lendemain de la Libération, les Bretons avaient massivement œuvré pour le rétablissement de la République, cette même République qui niait ou nivelait leur différence. Et les « patriotes » bretons (ceux qui avaient rangé la « patrie » bretonne sous la houlette des racistes et des dictateurs) étaient disqualifiés. C'est une des raisons pour lesquelles la protestation contre Paris demeura essentiellement culturelle (ou inscrite dans le cadre institutionnel politique et syndical français). C'est aussi pourquoi les « autonomistes » ont recouru à des attentats inutiles et dérisoires : chaque fois qu'ils ont essayé de s'exprimer démocratiquement, la faiblesse de leurs troupes et de leur impact éclatait plus fort que leurs pétards mouillés. Ils n'étaient pas dans la situation des Basques garrottés sous Franco : leurs devanciers avaient été franquistes. Dommage, la colère bretonne méritait mieux, et n'était pas sans fondement.

Je raconte – trop vite – cette aventure sinistre, tue ou minorée comme on a tu ou minoré, pas seulement en Bretagne, les hontes du temps jadis, pour en finir avec cette affaire de passion maritime inscrite « dans le sang ».

D'abord, il m'apparaît que la Bretagne ne forme pas un tout, moins encore un tout dont chaque membre ou rejeton exprimerait et prorogerait la quintessence. La Bretagne intérieure est pauvre comme sa terre, les villages sont délaissés. Elle paraît contredire la Bretagne souriante de Vannes ou de Pont-Aven, ou la « ceinture dorée » du Trégor dont l'agriculture est féconde. La Bretagne des grandes villes, des métropoles régionales – Rennes, Nantes – où les universités et les centres de recherche sont brillants et producteurs de technologies nouvelles, étouffe les petites cités mourantes qui n'ont plus que le tourisme pour planche de salut. Finalement, une Bretagne musée côtoie une Bretagne performante, et elles se rencontrent de plus en plus difficilement. Les cartes sont brouillées. On vote à droite au sud et à l'est, on vote à gauche au nord et à l'ouest. Nantes, ville clé de l'histoire bretonne, est rattachée à la région des « Pays de Loire ». Bref, la Bretagne est un patchwork complexe dont l'unité se coud et se découd. Et il est probable que les rêves d'unification « nationale » (un peuple, une langue, un territoire), au lieu d'introduire de la cohérence, ont accentué les fractures et incité les populations à s'unifier dans et par la République – signe qui ne trompe pas : l'école, ici, a été plus fréquentée qu'ailleurs, le taux de scolarisation fut précocement élevé.

Ensuite, il m'apparaît imprudent de transférer vers la mer certaine poésie ou mystique du sol dont on a, j'espère, épuisé les errances. L'élément ne s'y prête point. Je ne dis pas que les marins n'ont pas de patrie ni de nationalité. Tant de combats se sont déroulés sur mer que la négation serait grotesque. Il n'empêche. Concevoir un navire comme un fragment mobile de la terre « d'attache » reste, malgré tout, une construction de l'esprit (la prolifération des pavillons de complaisance en est la meilleure illustration). Certes, il existe des eaux « territoriales », des traits sur les cartes. Mais ce sont des frontières virtuelles, invisibles, imaginaires, convenues. La mer, pour l'essentiel, est internationale, et pareille idée me convient.

Le *pays* dont je me réclame, dont je suis excessivement absent, n'est pas (uniquement) un berceau ni une matrice. C'est une *côte.* C'est un fragment de terre que la mer dessine, creuse, et modifie. C'est une zone de contact, tout l'inverse d'un camp retranché où l'on serait, enfin, entre soi. J'ai récemment visionné une cassette vidéo riche en images somptueuses, tournées par des amateurs[10]. Mariage bourgeois à Saint-Brieuc, banquet à Scrignac réunissant tout le village, départ des terre-neuvas, *Internationale* en breton sous l'égide de Marcel Cachin, le spectateur s'attendrit, est ému, sourit. Mais le commentaire... Le commentaire professe que « nous » vivions ainsi autrefois, « nous » étions solidaires sur les goélettes morutières, « nous » n'avions guère de conflits entre « nous », jusqu'à ce que l'étranger, dont l'ultime avatar fut le « congé payé » du Front populaire, ne vienne bousculer « nos » coutumes et rompre « notre » harmonie. Difficile d'évoquer le passé sans barboter dans la niaiserie réactionnaire.

Rien ne m'est plus étranger que ce besoin de similitude. Et rien ne m'agace plus que ces Bretons qui s'infligent, au nom des « peuples opprimés », un devoir de solidarité avec des assassins dont l'unique ennemi est l'incapacité où ils se complaisent de déposer les armes dans une Espagne enfin démocratique (ce qui ne signifie pas qu'il soit raisonnable de considérer comme assassin en puissance quiconque a, l'espace d'un soir, prêté asile, par naïveté ou gentillesse, à un inconnu). Ma vraie « différence », c'est d'aimer le large. Et je serai toujours plus proche de George Orwell, brigadiste sans illusions sur les crêtes de Catalogne, que d'Olier Mordrel, inspirateur de *Breiz Atao*, et, par la même occasion, fossoyeur de l'âme bretonne.

Le large, vous dis-je.

10. *Mémoires de Bretagne, 1905-1937*, Paris, Éd. Montparnasse, 1995.

Il est un homme dont la manière d'être breton, l'ambivalence bretonne m'éclairent et me touchent. C'est Louis Guilloux, le premier écrivain que j'aie rencontré. J'aurais pu tomber plus mal.

Contrairement à l'école primaire, le lycée ne m'a pas déçu. Le souvenir de mes instituteurs reste lié à mon écriture de cochon. Et celui de mes professeurs d'université s'est, en règle générale, estompé sans regret (je me souviens vaguement d'une arrogance paresseuse qui semblait la norme). Mais j'ai conservé une vraie gratitude envers quelques hommes de devoir qui m'ont formé, façonné, à l'échelon secondaire. Édouard Prigent, agrégé de lettres, helléniste rare, fils de sabotier, qui nous tenait en haleine tant son trac était sincère et chaque jour renouvelé. Jean Bars, philosophe scrupuleux, fils d'une épicière de Lilia – son oncle était le gardien du phare de l'île Vierge *[1 éclat blanc toutes les 5 secondes]* –, qui voyait en Simone de Beauvoir la plus sulfureuse créature que l'époque eût engendrée. La discipline scolaire me pesait, ils l'ont rendue légère.

Par malheur, il y avait le *Lagarde et Michard.* On a beaucoup reproché à cette juteuse nécropole ses anecdotes enfilées. Je reprochais autre chose aux deux maîtres khâgneux : ils nous présentaient les écrivains comme porteurs d'une anomalie génétique, d'un chromosome inopiné. Ils fonctionnaient à la dissuasion, tels les militaires de la guerre froide. Leur système reposait sur l'intimidation : glose, ordonnaient-ils, la production géniale de ces êtres exceptionnels, glose, mais n'espère pas t'approcher d'eux, ils sont d'une autre espèce.

J'avais pour voisin, rue Lavoisier, un écrivain. Et il n'était pas d'une autre espèce. Il fumait la pipe avec désinvolture, restaurait les chats errants, grimpait, quand il se décidait à écrire, dans un grenier d'où l'on apercevait la baie, acceptait le renfort de sa femme, Renée, pour bâtir le scénario de certains romans, tournait en rond lorsque la paresse l'emportait (mais connaît-on, sinon à l'école, la frontière entre paresse et rumination ?), c'est-à-dire souvent, et se nourrissait chez les amis, notamment chez mes parents, dès que les droits d'auteur fléchissaient. Les soirs où il passait boire un verre à la maison, mon père plaisantait auparavant avec ma mère :

– Attention, disait-il, Guilloux vient dîner. N'oublie pas qu'après il prend toujours des notes.

Je savais que Louis Guilloux était un écrivain, un vrai, parce que je l'avais lu, parce que *La Maison du peuple* ou *Compagnons* étaient notre histoire collective, parce que *Le Sang noir* – que j'avais déjà exploré trois ou quatre fois – m'avait bouleversé. Je n'ai appris que plus tard la solidité du lien qui l'unissait à Jean Grenier et à Albert Camus, ou l'admiration que lui vouaient Malraux et Aragon, ou le prix Goncourt qu'il avait frôlé, ou la complicité qu'il entretenait avec Guéhenno, René Villard et Max Jacob. L'ange tutélaire du lycée était l'excellent Anatole Le Braz (« C'est ici, affichait le mur du parloir, que j'ai vu pour la première fois le soleil hellénique se lever sur les Cyclades... »), mais les noms de Corbière, Jarry et même Villiers de l'Isle-Adam n'étaient point revendiqués. La vie littéraire qui nous était transmise prohibait l'excentricité, et la vie littéraire locale était trop riche en figures troublantes pour que cette richesse fût exposée.

Guilloux ne figurait pas (encore) dans notre *Lagarde et Michard.* Et c'était de bonne guerre. Il le détestait, si j'ose dire, par essence, par prescience, il le détestait avant même que le projet en fût formé, d'une détestation viscérale et argumentée qui remontait au temps où il était pion pour continuer d'étudier (il avait refusé la qualité de boursier, jugeant cette dernière déjà contraignante), écrivait en sauvage et excluait, quoi qu'il advînt, la perspective du professorat ou de tout ce qui pouvait y ressembler (il fut voyageur de commerce, agent comptable, colporteur, avant de fréquenter la rédaction de *L'Intran*). « Ces gens-là, me disait-il des fonctionnaires de l'Éducation nationale, fais attention, ils te digèrent toujours. » Il m'engueulait quand j'étais enseignant, et, lorsque j'ai démissionné, il a exprimé son contentement en grommelant que ça n'était pas trop tôt.

J'avais seize ans, je crois, quand je lui ai demandé, lors d'une promenade au tertre Aubé, ce qui pouvait compenser la défaillance génétique, le chromosome absent, bref, quand je lui ai demandé comment un individu quelconque se transmue en écrivain. Mon ami Christian Prigent (fils d'Édouard, poète acharné s'il en est) et moi étions alors au comble de la solennité juvénile. J'attendais donc une réponse majeure, un de ces mots qui fournissent les sujets de concours.

Guilloux n'a pas hésité, il a pivoté sur lui-même jusqu'à ce que nous soyons nez à nez. Il a planté ses yeux gris dans les miens et m'a dit, tranquillement, avec cette tranquillité de l'homme qui a déjà tué et qui recommencera :

– L'essentiel, c'est de ne pas se dégonfler.

Il y avait, dans sa détermination crue, toute la boiterie et la culpabilité de ceux qui ont délaissé la rue du Tonneau (où le père Guilloux raccommodait les souliers) pour s'approcher de la culture, avec un mélange d'espoir et de trahison. Louis Guilloux avait franchi le pas résolument, car il voulait écrire – et voulait que des hommes de sa veine fussent écrivains. Le prix Renaudot[11] l'avait flatté et ravitaillé. Mais le prix populiste[12] l'agaçait, dans sa formulation : est « populiste » qui s'en va vers le peuple ; Guilloux, lui, en procédait et n'éprouvait nul besoin d'y retourner, tant le fil demeurait cher et nourricier.

Il balançait entre sa classe et l'univers des lettres comme il balançait entre Paris et Saint-Brieuc (où il finissait toujours par revenir). « Saint-Brieuc les choux », ironisait-il. Ce n'était pas dédain de ses racines, morgue envers le petit monde de la rue Quinquaine et de la place de la Grille. C'était un besoin d'air, un besoin de large. Georges Palante, qui avait enseigné la philosophie à Guilloux, fustigeait déjà, dans son principal écrit[13], « l'ennui proverbial de la petite ville ». « Faute de différenciation et de complications

11. Couronnant *Le Jeu de patience*, en 1949. L'œuvre de Guilloux est, pour l'essentiel, inscrite au catalogue des Éditions Gallimard.

12. Accordé en 1942 au *Pain des rêves*.

13. *Combat pour l'individu*, Paris, Félix Alcan, 1904.

sociales suffisantes, observait-il, l'habitant de la petite ville reste confiné dans les mêmes horizons, il demeure immuablement l'*homo unius societatis*, il ne vit que par sa petite caste qui lui impose tyranniquement ses tristes dogmatismes. »

Le propos était sans doute plus pertinent au début du siècle ou dans l'entre-deux-guerres (j'ai, pour ma part, conservé des années 60 et 70 l'image d'une cité et d'un département effervescents, et la mémoire de rencontres fortes entre des intellectuels patentés et des autodidactes dont la « petite ville » germanopratine n'a aucune représentation). En réalité, c'est l'enfermement qui hantait Palante ou Guilloux – Cripure est obsédé, habité par le voisinage du port, par l'éventualité de l'éloignement, trait que Marcel Maréchal a souligné judicieusement dans l'adaptation théâtrale et le décor du *Sang noir*. La génération de Guilloux craignait d'étouffer en province comme la mienne craint d'étouffer à Paris. Pour l'une comme pour l'autre, le mot de Blaise Cendrars reste salutaire : quand on aime il faut partir...

Louis Guilloux détestait être considéré comme un écrivain « breton » (plus encore comme un écrivain « régional »). Il était un écrivain « sorti » de Bretagne, dans toute l'acception du terme, et néanmoins fidèle. Il ne se gênait guère pour railler le *triskell*[14], symbole de « celtitude » (matrice, selon ses chantres, fortement démarquée du judéo-christianisme et rétive au métissage), et n'a pas hésité à écrire que cet har-

14. Motif comportant trois branches recourbées suggérant un mouvement giratoire.

monieux mouvement tournant avait par trop flirté avec le svastika. Guilloux était d'abord républicain et internationaliste, obsédé par la boucherie de 1914-1918 et par la victoire du franquisme en Espagne. Il partagea, un temps, l'espérance que plaçaient maints jeunes socialistes – son père avait fondé la section SFIO de Saint-Brieuc – dans le nouvel État soviétique. Mais très tôt, notamment lors du voyage qu'il accomplit là-bas avec Gide en 1936, il passa de la méfiance à la défiance et préféra le Secours rouge, la protection des réfugiés espagnols, à la servilité aveugle des compagnons de route. L'antifascisme et la résistance étaient son lot, la dévotion lui était étrangère.

En URSS, Pasternak lui demanda : « Mais pourquoi donc avez-vous fait mourir Cripure ?... » L'heure était aux héros positifs. J'ignore ce que Louis Guilloux répondit exactement. Mais je sais ce qu'il m'expliqua beaucoup plus tard : « *Le Sang noir*, me dit-il, était pour moi le premier versant d'une œuvre en deux temps ; après Cripure, il y aurait un autre homme, un homme nouveau... Et puis j'ai compris que l'homme nouveau ne viendrait pas, j'ai renoncé au deuxième livre. » Farouchement attaché à « la Sociale », Guilloux ne croyait guère au salut collectif, partisan et guerrier, du genre humain. La lutte des classes, soit, c'est une figure imposée. Mais la haine de classe comme moteur du progrès, non, merci. Issu d'artisans, Guilloux aimait le « peuple » fraternel et différencié, mais non point les « masses » fusionnelles et manipulées, ni la nation mystique où l'âme singulière se dissout.

Il n'avait pas l'œil tendre, mon voisin l'écrivain. Plutôt las, curieux des noirceurs et des passions qu'on n'aurait pas décelées sous la banalité des codes et des jours. Il se défendait toutefois d'être un « montreur cruel », selon les termes de son ami Guéhenno[15]. « Je suis, plaidait-il, victime des évidences. Ce n'est pas ma faute si ce qu'elles enseignent est tel. Bien naturellement, il faut faire très attention. Il faut montrer la douleur, mais il ne faut pas faire la grimace. Tout le problème est là[16]. »

A ce titre, il était fort breton, jusque dans son rejet d'une « grimace » bretonne, revendiquant l'indépendance du jugement, partagé entre rester et partir, adhérer et se démettre, attiré par l'obscur derrière les façades, par le mensonge derrière le slogan. Et la mort qui croise là-dessous comme les courants assassins sous la mer.

Ce que je cherche et trouve, d'abord, en Bretagne ? La voir. L'avoir devant les yeux, à portée. A la limite, ne pas la voir, mais la savoir en vue. Certaines nuits, au cours d'un voyage ou d'un reportage, il m'est arrivé de me présenter après le coucher du soleil dans un hôtel côtier, et d'exiger – moyennant supplément, car ces passions-là ont un prix – une « chambre avec vue », sachant

15. Le propos est rapporté et contesté dans *Absent de Paris*, publié en 1952.

16. La meilleure introduction à Guilloux est l'ouvrage d'Édouard Prigent, paru dans la collection « Les Classiques bretons » (Saint-Brieuc, Presses universitaires de Bretagne, 1970).

pertinemment que je me lèverai trop tôt le lendemain matin pour distinguer autre chose qu'une embrasure noire. Avant de quitter la chambre, j'ouvre cependant la fenêtre, et j'écoute la mer, je m'applique à deviner si elle est haute ou basse, s'il y a du clapot ou de la houle, si la plage est de sable ou de gravier, je m'abandonne à ma cénesthésie aveugle. Pour rien au monde, je n'aurais dormi sur cour.

Un proche m'a raconté comment il a choisi sa maison, dans le Midi. Rapidement, il a jaugé la situation, l'état de la « coque ». Puis il est tombé en arrêt devant la « grande bleue » au bord de laquelle il avait grandi, enfant, sur la rive maghrébine. La demeure familiale qu'il occupait alors tombait à pic dans les vagues, et sa mémoire ne s'était pas détachée de cette étrave immobile. Il n'a pas mesuré les chambres ni la cuisine, il n'a jeté qu'un coup d'œil superficiel à la salle de bains. Il a dit : « Je prends ! »... et c'est lui qui était pris. Je le suis sans peine. A Terre-de-Haut, l'île principale de l'archipel des Saintes, au large de la Guadeloupe, j'ai convoité la maison du médecin, blanc et bleu, semblable à la proue d'un paquebot chimérique, ancrée sous le fort Napoléon. J'ai profité du bobo que m'avait occasionné la piqûre d'une araignée pour en explorer les coursives et, surtout, le salon de pont d'où l'on domine l'îlet à Cabrit et le plus doux mouillage des Antilles. Une maison qui flotte ainsi, une maison de pierre comme emportée par le flot qu'elle surplombe, c'est une maison double, refuge et partance confondus.

Qu'est-ce donc qui nous tire ou qui nous pousse de semblable manière ? Melville, au début de *Moby Dick*, raconte comment les populations rurales venues chercher du travail à New York, voilà un siècle et demi, descendaient fatalement jusqu'à Manhattan, jusqu'au bout des jetées, et s'immobilisaient alors, en pleine rêverie océanique. « Des foules, écrivait-il, arrivent, avançant droit vers l'eau comme si elles voulaient plonger. Que c'est étrange ! Tous ces gens pourraient flâner sous la voûte des entrepôts, là-bas, mais ça ne leur suffit pas. Rien ne peut plus les contenter sinon la plus extrême limite de la terre. Non, il faut qu'ils soient le plus près possible de l'eau, au risque d'y tomber. Sur des lieues et des lieues, les voici debout. Gens de l'intérieur des terres venus des sentiers, des allées, des rues et des avenues du nord, de l'est, du sud et de l'ouest, ici fraternellement unis... » Et le compagnon du valeureux Queequeg et d'Achab le terrible, qui veut que les albatros logent parmi les anges, invoque « la force magnétique des boussoles », certifie que « le plus rêveur des rêveurs, plantez-le sur ses pattes, faites marcher ses pieds : il vous mènera sûrement à l'eau si l'eau existe dans ce pays[17] ».

Aujourd'hui, les docks de Manhattan sont en friche, les clippers au musée. Et les *homeless*, dans leurs abris de carton, ont envahi les berges de l'East River. Il n'empêche. Les *yuppies* de Wall Street, les *working girls* de Maiden Lane s'échappent à l'heure de midi ou en fin de journée, et filent boire un verre au Pier 17, là où s'amarraient les quatre-mâts, les paquebots blancs. Ils se mêlent aux jongleurs, aux forains, aux badauds

17. J'emploie ici la traduction de Lucien Jacques, Joan Smith et Jean Giono, Paris, Gallimard, 1941.

qui ne croiseront, désormais, que sous la statue de la Liberté. Puis ils montent à l'étage, choisissent un bistrot le long du bâtiment en forme de navire, desserrent leur cravate, retroussent leurs manches et, si l'air est doux, s'étendent sur un transat face au pont de Brooklyn. Des bateaux-pompes, le soir approchant, crachent à pleines lances pour égayer la ville ou tester leurs machines. Quelques voiles sportives contournent Battery Park, minuscules près des ferries orange. Les arrière-petits-fils d'immigrants cruellement triés sur Ellis Island relisent Melville au bas du World Trade Center. Au ras de l'eau.

Mon tropisme n'est pas autre : je suis en quête de rivage, et la propriété de mon *pays* est qu'il en regorge. Le fil le plus solide qui puisse m'unir à des « compatriotes » est la connivence que nous partageons devant ce *limes*, cette ligne, ce bord.

L'affaire n'a rien d'évident. S'il paraît « naturel », aujourd'hui, de se tourner vers les sables (souvenir enfantin et sucré du Rosaria, l'hôtel de la plage des Rosaires, près de Saint-Brieuc, qui parodiait Deauville et La Baule, avec concours de tricot sur la terrasse, escrime pour ces messieurs, charleston au sous-sol, défilé d'élégantes à chienchien qui étaient les épouses, un rien dodues, des gros commerçants du canton), le « territoire du vide », selon l'expression de l'historien Alain Corbin[18], a, jusqu'au milieu du XVIIIe siècle, suscité l'aversion plutôt que l'attirance.

18. Dans un livre excitant et savant : *Le Territoire du vide. L'Occident et le désir du rivage, 1750-1840*, Paris, Aubier, 1988, et réédité par les Éditions Flammarion, coll. « Champs », en 1990.

Au commencement sont le « Grand Abyme » et les eaux supérieures et inférieures, les eaux du ciel et de l'océan que le créateur, dans sa bonté, a séparées, non sans se réserver la très menaçante possibilité d'ouvrir les vannes. Le paradis ne comporte nulle mer : s'orienter de ce côté serait profaner le mystère sombre et s'exposer au déluge. « L'océan, note Alain Corbin, apparaît alors, selon les auteurs, comme l'instrument de la punition et, dans sa configuration actuelle, comme la relique de la catastrophe. » Il témoigne, l'océan, de la puissance et de la colère divines.

L'Antiquité classique est à peine plus encourageante. Le rivage est le lieu où sont tapis les monstres. Polyphème n'est jamais très loin de Nausicaa, Charybde et Scylla se repassent leurs victimes. L'étrange et l'étranger trouvent là leur domaine, leur point d'infiltration. Qui souhaite s'en abriter se tiendra à l'écart. La mer elle-même est un théâtre lugubre, parcouru d'odeurs nauséabondes, de vents imprévus, d'algues étouffantes, de chants fatals.

A lire l'historien, le bonheur maritime (je ne parle pas de la rude condition des matelots, mais de la fréquentation des côtes) est impensé, impensable, sinon par des esprits marginaux. Quand un premier mouvement s'amorce, au mitan du XVII^e^ siècle, c'est un mouvement dévot et repentant. La nature désolée devient propice à une méditation austère et purgatrice. Cent ans plus tard, le désir s'éveille. Désir de beauté pathétique et d'hydrothérapie rachetant les miasmes urbains – mélange de plaisir et de douleur, concession au corps, mais sur le mode astringent et non voluptueux. Une étape décisive est franchie par les romantiques en quête de sublime et de « panoramas ». Le renversement est complet, « c'est le spectateur, dit Alain Corbin, qui, désormais, constitue la mesure des rivages... ». Le moi n'est plus écrasé par le chaos, il le contemple, l'admire ou le craint, mais surtout vibre de sa vibration propre, d'une émotion singulière. Et cette singularité, origine d'un discours, favorise une nouvelle approche, socialisée, du rivage.

On connaît la suite. Ce sont Turner, Boudin, Monet, Courbet, Maurice Denis (fluidité des lumières normandes). Chez moi, en Bretagne, c'est Corot, Émile Bernard, Gauguin, Whistler. C'est Sarah Bernhardt achetant le fort de Basse Hiot, à Belle-Ile, et déclamant Musset sous le phare de la pointe des Poulains *[1 éclat blanc toutes les 5 secondes]*. C'est Mme Hugues-Halett, « la reine de Dinard », conviant l'aristocratie européenne à découvrir le *cake-walk* dans sa villa Monplaisir. C'est le frisson garanti au récit des naufrages, des aventures, des déferlantes et des bordels portuaires. C'est l'arrivée des « Parisiens », arrogants et malhabiles, qu'on espère et qu'on hait. C'est l'invasion des dunes, ce sont les « stations ». Et bientôt, les touristes.

On ne l'aime pas, ce mot-là, qui date de la moitié du XIX^e^ siècle, venant des Anglais qui s'étaient eux-mêmes emparés du *tour* français pour désigner l'excursion. Les touristes, culpabilisés, essaient de le contourner, jouent les « voyageurs », se déguisent en indigènes, ce qui les rend deux fois plus touristes. Ça fait troupeau, touriste, ça fait bande, ça fait queue molle, ça fait mouton à tondre, viande à rôtir, ça sent la caravane, la bière et le *souvenir* de série. Le touriste est l'intrus nécessaire, on pleure de l'avoir dans le paysage et l'on pleure qu'il n'y reste pas assez, qu'il dort à la belle étoile et prépare lui-même ses sandwichs. Il dérange, le touriste, on se serre pour le rançonner, on loge dans le garage le temps de lui louer la chambre, on lui sourit en coin, on le flatte, on lui organise des tralalas avec biniou et *Paimpolaise*, on lui construit des routes pour qu'il puisse narguer les vagues sans quitter son break Diesel, on lui refile du lieu noir à la place du lieu jaune, on rêve de l'élever en batterie comme les cochons dont la merde corrompt les nappes phréatiques et cerne les baies d'algues vertes puantes. S'il voulait bien, le touriste, s'il voulait bien, cochon de payant, on l'alignerait en stalle, avec de la bouffe à heures fixes, et on l'expédierait au diable, toute graisse bue, dans des bétaillères infâmes. Mais il ne veut pas bien, le touriste, il rechigne, il est indocile, il compte, il compare, il se prend pour un connaisseur. Et quelquefois, même, il ne revient pas l'année prochaine. Le salaud.

J'aimerais défendre le touriste et défendre, du même coup, les professionnels qui parient sur une culture nouvelle. D'abord, parce que le touriste, c'est l'autre, et donc, tôt ou tard, soi-même : le voyageur totalement indépendant, qui se fond dans l'espace et sécrète son propre réseau d'assistants est quasiment une fiction. La « mondialisation », en ce domaine, n'est pas moins à l'œuvre que dans les autres industries. Et il me paraît sage de se comporter en touriste intelligent ou d'accueillir intelligemment les touristes plutôt que d'invoquer, contre l'évidence, le fantôme d'une alternative. Je suis, nous sommes, vous êtes touristes. Le plus désastreux est de nier le phénomène, ce qui est une manière de le laisser pourrir.

A Plougrescant, dont j'ai dit que c'était « mon coin », une petite maison est joliment encastrée entre deux rochers géants, tout près du gouffre de Castel-Meur. Elle a naguère retenu l'attention de publicitaires qui l'ont exhibée à la télévision. L'image a plu. Si bien que le Conseil régional l'a reprise pour vanter les charmes sauvages du cru, et l'a placardée sous forme d'affiches dans les couloirs du métropolitain. Elle est devenue célèbre, la petite maison, des panneaux l'annoncent, aux portes de Tréguier, sur le bord de la route. Ne manquez pas la petite maison de Plougrescant, vous l'avez déjà vue à la télévision. Et maintenant, des cars de touristes déversent leurs touristes aux portes de la petite maison – la municipalité a réagi, astucieusement, en dégageant un parking à quelque distance et en obligeant les visiteurs à se servir de leurs jambes, ce qui limite, un brin, les dégâts.

Voilà, typiquement, l'erreur. D'une curiosité plaisante, on a fait un *must.* Au lieu de laisser le touriste fouiller, flairer, demander, lire son guide, choisir son but, on lui fournit un parcours fléché, standard, tout public, ponctué d'étapes prédéfinies. Je ne vois aucune objection à ce que des « étrangers », fût-ce en grand nombre, découvrent la beauté de Plougrescant et s'arrêtent, séduits, devant la petite maison où je ne croisais, enfant, que trois ou quatre initiés en un après-midi. Avide, moi-même, d'autres horizons, je serais incohérent de refuser celui qui m'est familier à des quémandeurs dont la légitimité vaut la mienne. Mais je souhaiterais qu'ils soient là parce qu'ils l'ont choisi, parce qu'un désir ou l'espoir d'un désir les y a conduits. Quand je me déplace en terre inconnue, j'aime qu'on me renseigne et qu'on m'accorde libre accès, non qu'on m'entraîne de force. Je revendique le droit du touriste à l'autodétermination, ce qui ne signifie pas qu'on le laisse nu en plein désert, mais qu'on le laisse mûrir son appétence.

Je le défendrai aussi pour une raison plus grave. Le désir de rivage, qui est l'arête, la colonne vertébrale de mon attachement, n'est pas uniquement – l'historien l'a montré – le produit d'une culture locale. Hormis les travailleurs de la mer qui étaient contraints de la regarder en face comme le mineur de sel descend sous la terre, les Bretons, en grand nombre, se détournaient du rivage. Et ce sont, fréquemment, des gens du dehors, des « touristes » (à commencer par Loti) qui leur ont montré du doigt la merveille de leur côte et de leur savoir.

Ouessant aux herbes courtes et salées, l'île des courants fous, ce n'est pas un Breton qui l'a le mieux dite. C'est Bernhard Kellermann, un anarchiste allemand, sorte de Blaise Cendrars, qui séjourna là-bas, avant 1910, au milieu des pêcheurs, des gardiens de phare et des épouses de marins absents. Le livre qu'il a rapporté s'intitule *La Mer*[19], sans autres fioritures. Et il parle de la mer et des gens de mer comme très peu y parviennent (Conrad, qui fit son voyage de noces à l'Ile-Grande, derrière Trégastel), comme

19. Édité par Flammarion en 1924, introuvable depuis, il a été opportunément réimprimé en 1993 par les Éditions La Digitale, sises à Baye, près de Quimperlé.

personne. « Nous avions tout ce que le cœur peut désirer, écrit-il. Nous avions des femmes à foison, nous avions à boire, nous avions des tempêtes qui tourbillonnaient à une vitesse de 80 nœuds. Nous n'avions besoin de rien, merci, passez votre chemin. »

Kellermann retrace tout, l'inspiration des conteurs d'après boire, les femmes sans homme, la prospérité de l'épicier et la misère du pêcheur, les « vapeurs » qui défilent et quelquefois s'éventrent, livrant épaves et cadavres, les ruses du poisson, le manque de bois pour allumer le feu. Il dit la condamnation de Poupon l'assassin, qui tua sa moitié sur un coup de jalousie, se jeta dans une grotte, et hurle, depuis, parce que les vagues refusent de l'emporter. Il dit son amour pour la jeune et bizarre Roseher qui pressent les naufrages. Il dit surtout la mer, la mer qui prend son temps : « Jour et nuit elle était au travail. Elle trouvait une fissure et commençait à percer un tunnel. Il fallait qu'il soit percé dans mille ans, et elle se mettait courageusement à l'œuvre. Quelques pas plus loin, elle martelait dans un gouffre et burinait dans une faille. Dans mille ans, la faille devait rejoindre le tunnel. Alors, pendant les grandes tempêtes, elle lancerait en l'air des pics et des pointerolles pour creuser une galerie. Et mille autres années plus tard, le plafond serait si mince qu'il s'écroulerait sous les averses, et un rocher se dresserait, dégagé et tranchant comme une faux. »

La terre qui m'est chère s'avoue provisoire. Elle n'est pas abritée derrière des digues. Elle plonge dans la mer, elle pousse vers le large des môles, elle porte loin, et plus loin encore du haut de ses caps et de ses phares. Alors ne reste plus de milieu entre l'amour et la fuite. Si l'on aime, il faut aimer loin, il faut apprivoiser Polyphème, il faut désirer l'étranger. Il ne vient jamais que de l'autre côté de la mer qui est une quand les terres sont multiples, et qui menace et rassemble, simultanément. Les Vikings nous vendent du hareng, les Normands du beurre, et les Anglais sont nos incompréhensibles amis. Nous avons de la chance, et plus aucune excuse. Les monstres, maintenant, nous ne pouvons ignorer que nous les fabriquons.

# 4

# *J'ai marché au fond de la mer*

Mon désir de rivage n'est pas compréhensible si je ne précise que ce rivage est flou, mobile, insaisissable. On ne peut pas s'en emparer (absolue dérision des plages « payantes » à Cannes et autres lieux impayables). Même les monstres ploutocrates qui ont l'imbécile arrogance d'acheter une île, ou de soudoyer qui de droit pour jouir en exclusivité d'un fragment du littoral, ne parviendront pas à planter un pieu et à dire : Voici mon royaume, voici sa limite. Même ces voleurs, ces violeurs, qui m'inspirent une sorte de haine, n'en peuvent mais. Le jeu du sol et de l'eau ne répète pas deux fois la même figure, et je les imagine, les roitelets lamentables, leur pieu à la main, montant et descendant pour les siècles des siècles.

Allongez-vous sur une grève, n'importe laquelle, à n'importe quelle heure du jour, pourvu que la mer ne soit pas étale. Fixez le paysage. Fermez les yeux. Rouvrez les yeux. Fixez le paysage. Il est autre. Une table sous-marine a surgi, le croc d'un schiste se profile, la frange sombre du sable humide s'est étirée, des rochers épars sont unis, des champs d'algues naissent. Les cartes postales montrent, le plus souvent, la côte à pleine mer : on y gagne du bleu, un bleu vide qui n'est ni très marin ni très breton. Mais c'est à marée basse que le territoire offre sa fantaisie, ses chemins, ses pics et ses jardins cachés.

On ne voit rien, on ne devine rien, là-bas, sans s'initier aux marées, à leur formidable halètement pendulaire. A Penmarc'h, aux portes de l'Atlantique, sous le phare d'Eckmühl *[1 éclat blanc toutes les 5 secondes]*, le marnage – la différence des hauteurs d'eau entre le flot et le jusant – dépasse 5 mètres lorsque le soleil et la lune sont alignés par rapport à la terre. Au Mont-Saint-Michel, c'est 16 mètres (record absolu, n'était la baie de Fundy, au Canada). Imaginons. Cherchons le plus imposant, le plus monumental. Ce n'est pas assez. Des milliers d'Arche de la Défense, de Grande Bibliothèque, de Notre-Dame de Paris, de gare Saint-Lazare, des millions de tonnes liquides roulent et foncent plus obstinément que toutes les locomotives de la terre, s'arrêtent à peine, repartent, encore et encore. Il n'est pas pire violence. Il n'est pas, du moins, pire violence ordinaire.

Entre Ouessant et Molène, où le Gulf Stream envahit la Manche avec une rage particulière, où le flux frappe à 7 ou 8 nœuds, en vives-eaux, les phares de Kéréon *[blanc et rouge, 3 occultations, période de 24 secondes]* et de Men Korn *[scintillant rapide, blanc et rouge, période de 5 secondes]*, les autochtones ont donné au chenal profond de 50 mètres le nom de Fromveur : le « grand torrent », le grand torrent qui a trois fois submergé l'île de Sein, en 1830, 1868 et 1897. Quand vous mettez les pieds en Bretagne, il ne suffit pas de connaître l'heure pour savoir quelle heure il est.

Vous devez connaître l'état du grand torrent, s'il pousse ou se retire, s'il est furieux ou pacifique.

Anatole Le Braz (dont le père fut jadis instituteur dans mon village) a recueilli et traduit en français les « histoires » des simples gens du Trégor à la fin du siècle dernier. Il rapporte, dans un livre intitulé *La Légende de la mort*[20], celle d'un gabarier mourant qui commande le recteur au moment de la renverse, reçoit les sacrements à mi-marée, et expire à marée basse, comme il l'avait annoncé. Le Braz a donné au conte un titre lui-même venu du breton : « La vie qui va et vient avec la mer ».

Pour comprendre cela, il faut marcher au fond de la mer. En Bretagne, c'est possible. Un matin d'équinoxe (le 20 ou le 21 mars, le 22 ou le 23 septembre), à marée haute, gagnez le sillon de Talbert, sur la commune de Pleubian, entre Paimpol et Tréguier. *Talberv*, en breton, c'est « le sillon qui fait front » : une langue de sable et de galets qui s'aventure jusqu'à trois kilomètres au milieu des eaux. Le coefficient de ce jour atteindra bien 113, peut-être 115, et le grand torrent sera sans égal. Vous vous mettez en route à l'instant où la mer décroît, et vous avancez avec elle. Au début, c'est un sentier ponctué de goémon qui sèche. Devant vous, fiché sur son caillou déchiré, escorté d'autres cailloux déchirés, le phare des Héauts de Bréhat *[blanc, rouge et vert, 3 occultations, période de*

20. Le titre complet est *La Légende de la mort chez les Bretons armoricains*, Marseille, Éd. Jeanne Laffitte, 1982. La collection « Bouquins », aux Éditions Robert Laffont, a par ailleurs rassemblé, en 1994, sous le titre *Magies de la Bretagne*, les principaux ouvrages fruits de la « collecte » (et de l'adaptation littéraire très libre) d'Anatole Le Braz.

*12 secondes],* 45 mètres, un coin rude où la houle casse et où le courant atteint vite 3 nœuds. A votre droite, quasi nue hormis quelques pins, l'île Modez, du nom d'un saint irlandais qui en chassa les serpents. Vous avancez toujours et c'est comme dans *Les Dix Commandements,* lorsque Charlton Heston étend le bras et que la mer Rouge se fend, s'efface. Le sentier s'est mué en chemin sableux, le chemin en môle de pierres. La mer vous abandonne, vous fuit. Au bout de trois heures, vous êtes l'hôte d'un paysage minéral. Vous êtes au fond de la mer.

Cela s'appelle l'*estran.* Les sables, les gravières, les galets, les mares grouillent d'êtres inconnus, botrylles, ophiures, comatules (toutes espèces de petites étoiles), anémones, éponges, pourpres, littorines, chitons. Le fucus dentelé vous cerne. Les laminaires sont épandus. Sous les pierres, ça gigote, étrilles et vives furibondes. Si vous levez les yeux, un chaos de roches vous surplombe, des roches que vous n'aviez nullement pressenties, si hautes qu'il vous paraît invraisemblable que la mer réussisse à les dissimuler.

Puis un frémissement vous avertit, une respiration dans les filières. Elle revient. Elle revient à toute vitesse, escortée de crevettes, de motelles. Elle se faufile, vous assiège. Vous battez en retraite. Et vous regardez les rochers si hauts transformés en îles, en îlots, en récifs affleurants. En rien. Le grand torrent les a dissous. Il vous poursuit jusqu'à votre point de départ. Le sillon n'est bientôt plus qu'une digue étroite, tronçonnée en maints endroits. Le phare des Héauts semble jaillir des vagues. Le fond de la mer existe-t-il ?

On ne dit pas « la grande marée », en Bretagne, on dit « la marée » tout court. Elle est postulée grande, source de vents, de nuages et de pluie. Mais c'est une fête, une fête de la moisson. Quand j'étais enseignant, j'étais abasourdi par la hâte que manifestaient mes collègues de quitter le lycée sitôt les cours achevés. Je songeais que les maîtres jouissent d'une ample liberté dans l'organisation de leur temps et m'étonnais qu'il fût à ce point urgent de franchir le seuil de l'établissement, de gratter trois minutes comme un gosse vole un sucre. Je songeais aussi que c'était un curieux spectacle pour la jeunesse que ces professeurs impatients d'esquiver l'école tandis que leurs élèves, eux, y demeuraient constamment.

Les jours de « marée », pour peu que le bas de l'eau fût proche de la sonnerie finale, c'était bien pire. Deux ou trois heures avant, une nervosité collective était perceptible. Sans un mot. Tout le monde savait, et chacun savait que tout le monde savait. Les seaux, les paniers, les bottes, les crocs, les haveneaux, les épuisettes attendaient dans les coffres des voitures. Au signal, les malheureux pédagogues dont l'emploi du temps était inadéquat apercevaient, tout en dévidant une parcelle de programme, les confrères chanceux qui se ruaient sur leur véhicule, démarraient en trombe et mettaient le cap sur leur « coin », celui dont ils connaissaient, depuis l'enfance, les vallées sous-marines.

Est-ce qu'on tuerait pour un homard ? Parfois, l'hypothèse ne me semble pas absurde (il y a de la folie, là-dedans, analogue à la rage des chasseurs du Sud-Ouest interdits de tourterelles). Je n'ai pêché, pour ma part, qu'en compagnie de gens fort pacifiques. Mais, à un certain moment, l'excitation croissait de façon très aiguë. Le homard loge dans un trou, généralement guetté par un congre (une murène, dans le Midi), une bête musclée pourvue d'une denture batailleuse qui patiente jusqu'à la mue de sa proie et la dévore *illico.* Malgré les trahisons saisonnières de leur armure, les homards se transmettent leurs trous de père en fils, et les pêcheurs aussi. Quand un de ces derniers approche du trou familial, il annonce sans plus d'effet, le code est parfaitement admis, une soudaine envie de pisser. Ses compagnons s'arrêtent, le laissent s'éloigner, ont même la pudeur, si leur amitié est sincère, de se plonger dans l'examen d'une mare. Au bout d'un délai qui excède le prétexte, l'isolé revient, soit avec la tête du prostatique affligé, soit avec une bête bleue qui bat furieusement de la queue, et sur laquelle, figure-toi, elle est bien bonne, il est tombé par hasard au moment où.

Dans ma tribu, ce pour quoi l'on se damnerait, c'est l'ormeau. Un drôle d'animal, cette oreille de mer, ou haliotide, dont la coquille ovale se confond avec le rocher et dont l'intérieur nacré n'est accessible qu'en marchant loin au fond de la mer, ou en plongeant de manière plus ou moins licite. Il faut le mériter. Il faut le repérer, l'arracher. Et ce n'est pas fini. Il faut encore couper son large pied, le laisser reposer (trop frais, il est dur) et ensuite le battre. Un peu de beurre dans la poêle, ail, sel, poivre, persil. Le résultat est proche des cieux de Vermeer, des solos de Stan Getz, des variables d'Austerlitz, des orgasmes de Thérèse d'Avila, de Bernard Pivot devant un château-d'yquem. Quand ma mère annonçait : « Il y a des ormeaux ce soir », le silence qui s'abattait était aussi respectueux que celui qui précédait l'élévation du calice à l'église Saint-Michel (si laide que Louis Guilloux la surnommait « le bœuf » : elle en a le front et les cornes) quand je croyais encore que le vin de messe se changeait en sang, pour de bon. J'adresse mille excuses à ma complice Marguerite Gentzbittel dont j'aime la foi et l'espérance mais qui suspecte chez moi une très involontaire tendance au blasphème : l'ormeau, dans ma famille, est une sorte de mystère religieux, de vérité révélée une fois pour toutes et dont l'essence échappe au commentaire. On le mange, on se tait, et l'on éprouve une jouissance aristocratique à l'idée que ce plaisir n'est pas disponible chez Fauchon (sauf, peut-être, en bocal, hypothèse qui me rendrait, pour un peu, le sens du blasphème).

L'estran – le « territoire du vide » selon Alain Corbin – est cependant mal en point. Je me rappelle qu'enfant, lors de mes baignades aux Rosaires, je voyais passer des coquilles Saint-Jacques avançant à grands coups de clapet rythmé, je ramassais à volonté les petits oursins, échinodermes au parfum violent, j'apercevais, comme en Crète, des pieuvres facétieuses, et cueillais, sans autre blanc-seing vétérinaire, les moules sauvages. Aujourd'hui, la baie de Saint-Brieuc est surnommée, *in petto*, la « baie des cochons ». Les paysans, entraînés de gré ou de force dans la spirale d'une agriculture de plus en plus intensive, noient le sol de lisier destructeur et « lessivent » – c'est le terme scientifique, paraît-il – la mer toute proche (mes amis agriculteurs ne sont pas les derniers à rire jaune quand on les qualifie, à la télévision, de « gardiens du paysage »). Et ce massacre s'opère en douceur, sans écho ou presque, comme tous les massacres politiquement corrects.

Les amoureux du rivage dénoncent fréquemment les crimes perpétrés contre la côte. Ils s'en prennent, et ils ont raison, aux innombrables bâtisses construites trop près, trop mal, par esprit de lucre ou par égoïsme – l'un et l'autre à courte vue. J'ai prôné, plus haut, l'acceptation du tourisme et des touristes. Ce n'est évidemment pas l'acceptation du béton. De reste, il existe, en la matière, une justice : au bout du compte, les « investissements » destinés à drainer hâtivement les foules sont précisément ce qui finit par les éloigner. La côte sud de la Bretagne s'est laissée aller, enchaînant les *penn-ti*[21] modèle standard, encerclant les grèves d'un ruban de bitume. Il est clair, à présent, que c'est le Nord, moins enlaidi, qui suscite le rêve, malgré ses averses. En une douzaine d'années, j'ai vu se transformer la côte septentrionale de la Crète, j'ai vu devenir folle une société riche d'huile et de vin, enracinée dans sa montagne, orgueilleuse, accueillante, abandonnant les oliviaes pour faire frire à la chaîne des calamars

21. De *penn*, la tête, et *ti*, petit. Littéralement, le *penn-ti*, est « la petite maison du bout », l'appentis. Puis l'expression a désigné la bicoque traditionnelle et, enfin, les pavillons « typiques » construits en série.

congelés. Bilan : une Costa Brava lamentable qui sera bientôt, sauf miracle, tout au bas des catalogues, et qui mérite, pourtant, cent fois le voyage. L'actuel « succès » de mon pays recèle une part de danger.

Ce qu'on n'y dénonce peut-être pas assez fort, c'est le péril qui menace l'estran. Parce que la flore et la faune se raréfient. Mais aussi parce que cet espace secret, furtif, ce lieu d'« apparition » est attaqué, dénaturé. Je suis plaisancier, j'aime les ports, ils me sont nécessaires pour m'abriter. Mais quel besoin avons-nous de construire partout des marinas, ces parkings qui sont aux havres ce que l'autoroute est aux sentiers ? La leçon des rives méditerranéennes n'est-elle pas éloquente ? En Angleterre, les estuaires sont parsemés de coffres (c'est-à-dire de bouées auxquelles on s'amarre), pas de pontons, ils restent intacts sans refuser à quiconque le passage, et des bateaux-taxis, le soir, ramènent à bord les équipages quand tinte la cloche des pubs.

J'ai été, récemment, témoin de deux assassinats. Trébeurden, tout au bout de la côte de granit rose, était un site délicieux, pourvu d'une plage orientée au sud et d'un mouillage tranquille, un brin venteux. Il aurait été possible de briser la houle d'ouest par un dispositif flottant et discret. Mais le maire, M. Guénnec, a vu grand. Séduit par des promoteurs (tellement séduit qu'il s'est retrouvé en prison pour corruption), il a justifié et ratifié la construction d'une digue si haute qu'elle cache la mer, et d'une marina inutile dont les anneaux se vendent mal. Plus à l'est, Saint-Quay-Portrieux, ancienne base « terre-neuvienne » voisine de Binic, a connu un sort analogue à celui du Havre ou de Lorient : une destruction frénétique – à cela près que la France, dans les deux cas précédents, était en guerre. L'idée d'offrir un point de repli pour les navires, au creux d'une baie qui découvre à marée basse, n'avait rien d'hérétique. Mais M. Josselin, président du Conseil général, a vu grand. Et l'on a conquis, sur l'estran et au-delà, un immense port de mille places, un port rectangulaire d'où l'on n'aperçoit que des blocs entassés. Les emplois liés au projet, les activités connexes sont restés dans les cartons de leurs fumants géniteurs. Ne subsiste plus que le blockhaus.

Je suis un fervent partisan de la décentralisation. Encore conviendrait-il que les nouveaux barons qu'elle adoube ne s'estiment point propriétaires de leur fief, mais dépositaires, transitoires et révocables, d'un bien qui ne leur appartient pas et dont la valeur les dépasse. Pour marquer le coup, je proposerais volontiers que les grandes aberrations qui défigurent notre rivage empruntent à jamais – dans la mesure où elles ne sont pas réversibles – le nom de leurs auteurs. Trébeurden s'appellerait ainsi Port-Guénnec, Portrieux deviendrait Port-Josselin, le Crouesty Port-Marcellin (l'ancien chef de la contre-guérilla urbaine dans les années post-soixante-huitardes est devenu le Fidel Castro du Morbihan). Quant au Midi, ce serait un régal : la moindre crique, la moindre calanque serait égayée d'un patronyme glorieux. Et les enfants des écoles, trois générations plus tard, sauraient que ce tas d'ignominie qui défie le bon sens, le bon goût, et la modestie des hommes devant la nature, fut l'objet d'études, de délibérations, de trocs et de paraphes. Excellente leçon d'instruction civique.

Qu'avons-nous à perdre dans pareilles folies ? Le dessin d'une falaise gâché par le « mitage » (la prolifération anarchique de constructions d'autant plus importunes qu'elles sont disséminées). Le sas précieux qui devrait isoler le rivage des routes et des villes : la mer ne s'approche pas dans le bruit, les embouteillages, l'énervement citadin. C'est impardonnable. Mais abîmer l'estran m'apparaît un crime plus inadmissible encore. C'est là que l'« intimité » de la mer est perceptible et troublante. Odeurs, sécrétions, chevelures. Plus je fréquente les côtes et plus je vérifie qu'on ne les découvre « sérieusement » qu'à marée basse, que cette nudité est indispensable pour comprendre le travail des vagues, l'écheveau des courants, et la vie dont la mer est grosse. C'est à marée basse, aussi, qu'on mesure cette rétraction, qu'on se demande où elle part, l'eau, quelle lune, quelles variations de densité sont susceptibles d'engendrer un mécanisme à ce point prodigieux. L'océan fait-il le dos rond, au mitan des continents qu'il embrasse, avant de redéployer ses langues ?

J'aime ma côte, mais je ne suis pas chauvin. J'aime la Méditerranée. Il faudrait être fou pour rester insensible à cette alliance du sec et du marin, du soleil et du liquide, de la poussière et de la fraîcheur, du gris de l'olivier et de l'indigo des golfes. Il faudrait être fou pour échapper au plongeon des Calanche de Piana, où la roche est plus rouge et plus abrupte que chez moi, ou pour dédaigner, tôt le matin, l'escalade jusqu'aux tours génoises qui ceignent la Corse (profil bas, évitant les balles perdues et n'aventurant aucun commentaire sur les fièvres locales).

Et puis il y a la tiédeur qui n'est pas molle ni sirupeuse, mais consolatrice des brûlures du jour. Si je n'avais éprouvé, par deux fois, la hargne dont cette mer est capable, la promptitude de ses éruptions (je n'ai jamais été secoué de ma vie, même dans la houle formée du golfe de Gascogne, comme entre Alger et Marseille, sous un ciel dégagé, parfaitement ironique dans sa furie), je m'abandonnerais volontiers à l'illusion d'une indulgence plénière. Vous vous asseyez, au couchant, devant une des petites tables carrées de la taverne que tient Maria Galanaki, à Mokhlos. Vous commandez une dorade, du vin de Mouliana, un jeu de jacquet. Et vous laissez les choses s'accomplir, la chapelle blanche qui s'éteint soudainement, sur l'île voisine, la lumière qui s'accroche à la cime des vagues, les pêcheurs qui découpent l'appât de la nuit. Ici, les archéologues ont déniché un anneau célèbre qui représente une déesse dans une barque auprès d'un arbre en fleur. Voilà quatre mille ans qu'on y boit et qu'on y largue les amarres. Vous attendriez bien quatre mille ans de plus, paisible, sans broncher.

Oui, j'aime la Méditerranée. Rien n'y fait défaut, à mes yeux, sauf l'estran. Je ne m'habitue pas à cette mer constamment haute, j'ai le sentiment de ne l'avoir pas « méritée », de ne l'avoir pas guettée, attendue, d'en ignorer la face cachée. Il ne me suffit pas de m'immerger pour réparer l'anomalie : j'aimerais marcher, marcher au fond de la mer.

Le retour de l'eau est à la fois tourment et récompense. En bateau, quand on échoue sur des béquilles, l'équipage marque souvent un temps de silence, une hésitation, à l'instant précis où la coque flotte de nouveau. Les quelques tonnes qu'on a posées en équilibre savant, essayant d'anticiper sur la nature du sol, de flairer un caillou malvenu, retrouvent, dans la seconde, une légèreté d'oiseau. Quelqu'un dit : « Tiens ! on bouge... » Et cette liberté de mouvement reconquise, imperceptible sans effort d'attention, est une chance, un départ.

C'est aussi une musique, le retour de l'eau. Le cliché en vigueur exige qu'au Mont-Saint-Michel, par marée d'équinoxe, le flot progresse à la vitesse d'un cheval au galop. Je suis allé m'en rendre compte. C'est presque vrai. Il pleuvait, le ciel était opaque, et nous n'étions guère nombreux, les pèlerins blottis dans leur ciré sur le petit jardin qui flanque l'abbaye, tout en haut, sous l'archange, face au large. Mais nous avons touché notre salaire. Lorsque les filières ont commencé à s'emplir, les nuages se sont disloqués, çà et là, jonchant le sable de spots lumineux. J'ai aperçu quelques hommes qui refluaient, d'abord au pas, puis de plus en plus vite, en direction des remparts. Je ne voyais pas la mer, elle se cantonnait encore aux chemins sinueux qu'elle avait taillés profond. Je ne la voyais pas, mais je l'entendais. Ce n'était ni un frémissement, ni un chuintement, ni le sifflement furtif des couleuvres qui rampent sous les fougères. C'était un son de fontaine, joyeux, résolu. Fermant les yeux, il me semblait distinguer clairement l'éventail qui se déployait peu à peu, et le mascaret chevauchant ce dernier. Le premier bruit était souple, ample. Et le second, arrogant, vivace, impatient. Les eaux glissaient sur les eaux, concertantes. J'ai fermé les yeux, longtemps. Quand je les ai rouverts, je n'avais pas assez patienté. On la distinguait à peine. Et pourtant elle était déjà là, omniprésente, par son souffle et ses voix.

Le lecteur peu familier des rivages s'imagine peut-être que le flot s'avance de front, en ligne, telle une armée de jadis. Mais non. Même sur de vastes étendues planes, ou apparemment telles, la mer déploie des bras, s'insinue, multiplie les diversions, joue l'encerclement. Elle arrive toujours par surprise, on l'attendait encore, et elle est là, on l'attendait ici, et la voilà derrière. Il faut vraiment une grève plate comme une limande (une de ces plages que je ne prise guère) pour observer la progression du flux à la manière dont on observe, en vase clos, le niveau croissant d'un liquide. Même au long des dunes, où les fonds remontent brutalement, la mer se cabre tandis qu'elle enfle, s'organise en rouleaux déferlants, et dissimule sous le fracas et l'écume sa marche en avant irrévocable. Il ne faut pas croire, non plus, que les vagues gagnent du terrain l'une après l'autre. Elles fonctionnent par recouvrement, mais avec des replis, des ruses : elles paraissent buter sur une même lisière, et, à la cinquième ou la septième reprise, l'une d'entre elles s'échappe et trace la nouvelle frontière. Les enfants qui défendent leurs châteaux de sable le savent bien : le plaisir du jeu vient de ce que la mer, un temps, concède l'illusion qu'elle piétine, qu'elle s'en tiendra là, que c'est assez pour aujourd'hui. Mais ce n'est pas assez.

Au cours de mes années d'école, j'ai appris, une par une, les disparitions de six personnes, dont quatre enfants, qui n'avaient pas surveillé de près les manœuvres du flot. Sous la pointe du Roselier, le rocher Martin est surmonté d'une croix qui commémore nombre de ces disparus et offre à d'éventuels imprudents de quoi se cramponner. Quelque temps.

La mer, suivant mon regard, demeure le spectacle entre tous et, paradoxalement, la meilleure initiation à l'invisible. L'ambivalence, en tout et toujours : les caps, les écueils, même, pourvu que ça bouillonne aux environs, sont des repères autant que des dangers. Sait-on, toutefois, ce que l'on voit quand on voit quelque chose ?

En Adriatique, en Méditerranée, la navigation théorique n'est guère difficile : tracez une droite sur la carte, songez que le vent vous impose une dérive, n'oubliez pas que le nord magnétique, celui que désigne le compas, est distinct du nord « vrai », celui des géographes. Annoncez le résultat de l'opération au barreur, et allez bronzer sur la plage avant, vous êtes quitte. Mais cette hypothèse, ce calcul, ne concernent et ne délimitent qu'une aire. On ne « voit » pas la mer pour autant, on sait où l'on atterrira, et ce n'est point négligeable, on ne sait pas ce qui passe, ce qu'il advient de la mer.

Est-elle seulement accessible à la rétine? Où que vous soyez, la violence du vent est impropre à la photographie. A terre, on essaie de saisir les gerbes qui couronnent les digues quand ça chahute. Sur mer, la déception est assurée : l'objectif aplatit les lames, transforme une déferlante en terrain de *windsurf*. Du moins la pellicule n'est-elle pas vierge. Chez moi, le plus complexe, le plus acrobatique, ce qui obsède le marin et exprime l'élément dans toute sa véhémence est invisible. Ce n'est pas (d'abord) le noroît qui fraîchit ni le clapot qui creuse, c'est le courant, la force qui balaie, déporte, freine, propulse, tourbillonne, s'inverse, mollit ou croît d'un jour à l'autre.

Vous vous imaginez sur une route plus ou moins rectiligne? Allons donc! Cette route n'existe ni sur la carte ni sur la mer : vous êtes sur un tapis roulant, sur des rapides que rien, sinon votre cécité, n'atteste. Le phare que vous croyiez ici est ailleurs, la bouée que vous guettiez s'est déplacée : tous vos repères sont mouvants, capricieux. Tout flotte, tout dérive, tout fout le camp. C'est vrai au large, où les erreurs sont parfois énormes. C'est vrai près du rivage, où l'on est, soudain, aspiré vers le caillou, faute d'avoir su anticiper.

Naguère, lorsque nous n'avions d'autre instrument de localisation que le sondeur (ce qui était beaucoup), le loch et le sextant à la méridienne (pour peu que l'horizon fût dégagé), force était de se bâtir un monde imaginaire, un monde plausible, probable. Entre la Bretagne et les îles Anglo-Normandes, un plateau assez méchant, un semis de roches baptisé les Minquiers, où le courant est traître, doit être débordé avec prudence. Pendant trois ou quatre ans, je me souviens d'avoir manqué régulièrement la cardinale sud-ouest *[scintillante, blanche, 9 éclats, période de 15 secondes]* – c'était devenu un sujet de plaisanterie, elle était en réparation, les experts des Phares et balises nous la ramèneraient la prochaine fois. Ce n'était pas une catastrophe, c'était agaçant pour l'esprit, le constat d'erreur était lui-même une information, et nous finissions par atteindre Jersey.

Avec le Decca et surtout le GPS[22], une telle « perte » n'est plus pensable : le Service hydrographique et océanographique de la Marine a même estimé bon d'avertir les usagers que la précision de leurs instruments est, désormais, supérieure à celle des cartes patiemment dressées, de décennie en décennie, à coups de sonde, par des ingénieurs méticuleux. Prétendre raser une tourelle de nuit et dans la brume est périlleux, non parce que le navigateur se trompe, mais parce que la tourelle, à quelques mètres près, risque de ne pas se trouver où elle est promise.

Pour comble, le courant est plus retors que les sondes humaines et les appareils extraterrestres. Hier, on fonctionnait à l'œil et au flair. Maintenant, on doit veiller à ne pas négliger le premier ni perdre le second. Une nuit, nous rentrions du cap Lizard. A la table à cartes, je n'en

22. Le premier recoupe, avec une précision moyenne, notamment la nuit, des émissions radiogoniométriques ; le second (Global Positioning System), diaboliquement exact, se règle sur des satellites américains.

revenais pas. Bien avant de percevoir son pinceau, nous étions calés pile sur le phare de l'île aux Moines *[blanc, 3 éclats, période de 15 secondes]*. Muni de mes nouveaux instruments, je connaissais la distance exacte qui nous en séparait, et je pouvais annoncer quand, et dans quelle direction, nous apercevrions la lanterne des Triagoz *[blanc et rouge, 2 occultations, période de 6 secondes]*. Fort de ma science, j'ai arrêté l'instant où nous basculerions, sur bâbord, dans le chenal des Sept-Iles et pourrions nous axer sur le feu directionnel *[scintillant blanc]* de Perros-Guirec. Nous étions en vives-eaux, et le courant était plus fort que d'habitude entre les îles, où il nous portait, et Ploumanac'h. Je n'avais pas assez « arrondi » mon cap, trop confiant, nous dérivions vers les roches menaçantes, à gauche. Et nous avons peiné un sacré moment avant d'être tranquilles, et d'avoir escamoté les brisants de l'archipel. Deux heures pour rien, pour l'illusion de la certitude (mes compagnons ont eu l'élégance de ne point commenter). Au nez, au pif, comme on dit, j'aurais vu juste.

Impossible d'avoir raison contre le courant. Tout au plus est-il loisible d'avoir raison avec lui. J'ai régaté, il y a fort longtemps, près de l'île aux Moines, dans le golfe du Morbihan (lorsque la marée s'étrangle, accentuée par les goulets, elle monte à 8 nœuds, de quoi transformer une barque en toupie). Un garçon qui connaissait l'endroit m'avait fourni le sésame : à tel point, suivant tel alignement, tu piques au sud, tu attrapes le flot et tu doubles toute la course. C'était vrai, c'était simple, il suffisait de savoir, de jouer avec la déraison de l'onde entre Gavrinis et Port-Navalo. Les autres se demandaient pourquoi nous nous déroutions ainsi. Le temps qu'ils comprennent, nous étions devant. L'ennemi avait travaillé pour nous.

Ce n'est pas toujours le cas, loin de là. Il m'est arrivé, plus souvent qu'à mon tour, de tirer des « bords carrés » devant le phare des Héauts, déjà nommé : vous avez l'impression de gagner du terrain, le bateau gîte allégrement, vous filez à la surface de l'eau, le loch indique 4 nœuds, et, trois heures plus tard, vous êtes toujours au même endroit, immobile quoique présentant les apparences d'une route sportive. Le grand torrent se moque, vous travaillez pour rien, seule la renverse vous libérera.

Et encore, plaignez-vous, ce n'est qu'un peu de sueur gâchée. Les *Instructions nautiques* désignent quelques lieux où il est impérativement « déconseillé » de s'aventurer par vent contre courant. Le raz Blanchard, entre le Cotentin et l'île d'Aurigny, est froidement décrit comme « infranchissable » dans de telles circonstances. Et le raz de Sein requiert une tactique parfaite. Si le vent et le courant sont en phase, vous veillez à profiter de leur addition. S'ils sont rivaux (sans excès, sinon une mer hachée vous épuise vite), vous embouquez le chenal du Four, sous la pointe Saint-Matthieu, avec le renfort du courant, choisissant cependant sa phase déclinante, et vous vous débrouillez pour passer le raz à l'étale, pendant la demi-heure où le grand torrent s'endort et où le délire des vagues est suspendu. Mais l'imprévu est au programme. A vingt minutes près, petite erreur d'appréciation, fléchissement de la brise, vous restez en plan pour six heures tandis que s'éloigne d'une voile légère la coque qui vous précédait.

Ne croyez pas, non plus, que les chevaux-vapeur triomphent si facilement des chevaux de la mer. Le courant n'est jamais en panne, lui. Les deux fois où j'ai capté un *Mayday*, un appel de détresse absolue, sur la radio du bord, il s'agissait de vedettes puissantes victimes d'une péripétie misérable (le choc d'une épave contre le gouvernail, un morceau de filet dans l'hélice) et qui partaient, désemparées, sur les récifs. Les armements des grands navires, pétroliers, porte- conteneurs, rechignent à immobiliser leurs unités dans des cales de radoub. L'entretien, les réparations courantes s'effectuent en route. Il est banal, sur une mer fréquentée, de croiser un de ces géants, machines coupées par un incident, qui repartira dans trois ou quatre heures. En revanche, si l'incident se produit devant Ouessant, quatre-vingt-dix minutes suffisent pour que la côte hérissée, blanche de malheur, noire du souvenir des cuves éventrées, accoure comme elle s'est jetée au-devant de l'*Amoco Cadiz* ou de l'*Olympic Bravery*. C'est aussi élémentaire que cela.

Le tonnage, l'envergure pèsent peu à l'aune du grand torrent. Sur la passerelle d'un « gros », vous avez pourtant l'impression de tenir le flot en respect. Les bruits sont atténués, le roulis est lent, l'abondance des cadrans numériques rend plus abstraite la perception des éléments – la force du vent n'est qu'un chiffre fourni par l'anémomètre. Les écrans des radars, verts ou bleus, remplacent le danger par des lignes, des taches. Un mouvement du poignet : le gyrocompas (la barre a disparu des timoneries modernes) ordonne au géant de pivoter, et le géant pivote – tout le contraire de ce qu'on éprouve dans le cockpit d'un voilier où la nature vibre en vous et fouette votre peau d'excitation ou d'inquiétude. Tout le contraire, mais une chiquenaude est capable d'ébranler tant de sérénité. Un jour où je rentrais à Brest sur un navire tout-puissant, le lieutenant m'a dit sans émotion, juste en vue des passes :

– On approche de la Cormorandière. Attention, il va tortiller du cul...

La Cormorandière, un rocher qui ne volait pas son nom, peuplé d'oiseaux noirs séchant leurs ailes étendues, comme crucifiés, est l'ultime danger, avant le port, de ce chenal étroit où l'eau se faufile violemment. En contournant la balise, le bateau a esquissé une embardée franche, aussitôt corrigée par le second capitaine. Nous étions à 18 mètres du niveau de la mer, nous pesions des milliers de tonnes, la quille descendait à 8 mètres sous la flottaison, et nous aurions pu, bien lancés, défoncer une digue et couper en deux pas mal de confrères. Reste que cette masse formidable demeurait sensible à un tourbillon, que ce monument d'acier aussi membré qu'une cathédrale n'était, finalement qu'un bouchon, un très gros bouchon sur la mer.

C'est compliqué. A mi-marée de vives-eaux, trois heures avant la pleine mer de Saint-Malo (laquelle n'intervient que deux heures après celle de Brest, selon la progression de l'onde océanique), le courant est de 6 nœuds, d'est en ouest, devant le cap de la Hague, et de 3,7 nœuds, de nord-ouest en sud-est, entre Bréhat et le phare de Barnouic *[scintillant rapide blanc, 9 éclats, période de 5 secondes]*. Au même moment, il atteint 2 nœuds, d'ouest en est sous la côte sud de Guernesey, mais s'oriente nord-est, à plus de 3 nœuds, dans le chenal du Grand Russel qui sépare Guernesey de Sercq, où l'on se méfiera du rocher de la Noire Pute, qui dit bien ce que le marin veut dire, heureusement doté d'un feu *[2 éclats, blanc et rouge, période de 15 secondes]*. D'heure en heure, tout varie. En direction. En force, aussi. Le grand torrent serait trop bon enfant s'il partait d'une vitesse maximale et décroissait, ensuite, par étapes régulières (et *vice versa*). Non, il a choisi de se découper en douzièmes, augmentant ou diminuant d'un douzième la première heure, de deux douzièmes la deuxième heure, de trois douzièmes les troisième et quatrième heures, de deux douzièmes la cinquième heure, et d'un douzième, la sixième et dernière heure, stade où tout repart, après une courte pause, dans l'autre sens. Préciserai-je qu'aux courants de marée s'ajoutent les courants de densité (fruits de la température et de la salinité), les courants de dérive (produits par le vent), les courants de pente ? Et que le courant général, dans l'hémisphère Nord, est dévié vers la droite, tandis qu'il est dévié vers la gauche dans l'hémisphère Sud ?

J'arrête avant d'être accusé de pédanterie, moi qui ne me suis guère, au début de ce livre, proclamé savant – je ne le suis, d'ailleurs, pas devenu en chemin : ce qui précède constitue le *b a ba* d'un honnête stagiaire des Glénans [23] ou de

23. Dont *Le Nouveau Cours*, Paris, Éd. du Seuil, 1995, est la bible de l'initié comme de l'amateur. Il est désormais complété par un CD-ROM de « découverte et pratique interactives de la voile », entreprise pédagogique et ludique sans équivalent, fruit d'une coédition des Éditions du Seuil, d'In Visio et de Montparnasse multimedia. Paris, coll. « J'imagine le monde », 1996.

tout pêcheur côtier s'en allant taquiner le lieu dans son petit canot, la casquette bleue vissée sur la tête et la bouteille au frais dans le seau qui, peut-être, accueillera bientôt du poisson.

Ce que j'aimerais transmettre aux découvreurs de rivage, c'est l'idée qu'il est nécessaire de *penser* le mouvement de la mer, et qu'il n'est pas suffisant de tendre vers le ciel un doigt mouillé de salive ni d'étudier la forme des rochers en y cherchant, comme nous le faisons tous de manière un peu niaise, quelque analogie avec un animal, un personnage, un objet. Apprenez à repérer si la mer monte ou descend. Durant le flot, le sable est sec au-dessus d'elle ; au jusant, la laisse humide en est plus éloignée, parsemée de petites flaques, de reflets, d'algues, de carapaces abandonnées. Observez avec soin l'un de ces petits drapeaux flottants que les pêcheurs accrochent à leurs lignes ou à leurs casiers : ils s'inclinent, fauchés par la base, dans le sens contraire du courant, et vous en indiquent la force et la direction. Regardez encore les vagues. Si elles se succèdent sans accroc, le courant est faible ou leur est favorable. Si elles se cabrent, se hérissent à la crête, blanchissent pour dire l'adversité, c'est qu'elles luttent contre le grand torrent.

Après avoir engrangé ces indices de la nature, vous interpréterez l'attitude des hommes. Et vous saisirez vite combien la mythologie du lointain est trompeuse. Ce n'est pas le grand large qui est le plus menaçant (dans des conditions météorologiques raisonnables, la vie y est assez paisible), c'est la côte, avec ses dents, avec les violences obscures qui vous traînent vers sa gueule. Sans être spécialiste, vous comprendrez qu'il est plus difficile, et sans doute plus périlleux, d'accomplir un tour complet, sans autre ressource que le vent, de l'île de Bréhat, que de traverser la Manche.

Par vent d'ouest, vous quittez le port de Lézardrieux deux heures avant la marée basse. Vous profitez du courant descendant pour atteindre l'intersection du Trieux, orienté nord-est, désignant Guernesey, et d'un chenal vicieux, le Ferlas, qui sépare Bréhat du « continent ». Vous y serez plein vent arrière, et n'aurez donc point de peine à éviter le rocher isolé de la Rompa et franchir le goulet de Trébeyou, là où le flux est le plus vif (et où l'on ne compte plus les bateaux esquintés). Vous longez l'île rose piquée d'agapanthes bleues et atteignez son extrémité découpée, marquée d'une tour, juste après le bas de l'eau. Alors, profitant de la renverse, vous virez nord-ouest, au plus près serré, attrapez le début du flot, et parvenez ainsi à contourner Roch Guarine, la marque la plus orientale de l'archipel, qu'on ne passe guère, si le grand torrent est nerveux, par vent contre courant. Après le phare du Paon *[fixe, blanc, rouge et vert]*, fiché sur son socle de granit doré, vous retrouvez l'embouchure du Trieux, et vous êtes porté, cap au sud-ouest, par le meilleur douzième de la marée montante. Ce n'est pas un exploit, vous n'avez pas doublé le Horn, mais si vous savez réussir semblable promenade, et tomber au bon endroit au bon moment, vous connaissez un peu la mer.

Il n'est pas indispensable d'embarquer pour deviner ce savoir. Montez, à Bréhat, près de la petite chapelle Saint-Michel qui domine l'ensemble des côtes, des écueils, des passes, des phares. Suivez du regard les voiles, les chalutiers. Là-haut, sur votre piton souverain, surplombant le chenal du Kerpont qu'un seuil sous-marin rend impraticable après la mi-marée, vous commencez à tourner avec la mer, et c'est la plus belle valse du monde.

J'ai écrit, un peu à l'emporte-pièce, que tourisme et voyage (je ne parle pas du voyage « d'affaires » qui n'est qu'un voyage virtuel, une téléconférence par Boeing interposé) sont aujourd'hui pratiquement confondus. J'introduirai, cependant, une nuance. Il y a, dans le tourisme – dans la manière dont il est présenté sinon pratiqué – je ne sais quelle aspiration à épuiser le sujet. Ce qui nous vaut de jolies formules, du style : « J'ai fait le Maroc... » Le touriste, modèle standard, exécute les figures imposées puis s'estime quitte, mission accomplie, programme bouclé. Il m'apparaît que le voyageur, ou le touriste-voyageur, foin de querelles byzantines, aboutit exactement au résultat inverse : il découvre qu'il lui faut repasser sur ses traces pour commencer à voir, il creuse et, peu à peu, mesure son ignorance. Telle est la raison pour laquelle j'insiste sur la détection du halètement maritime : quiconque se pose cette question s'approche à la fois de la mer et de l'inconnue de la mer.

J'ai invité le lecteur à marcher avec moi au fond de la mer, expérience qui m'est familière. Je l'invite maintenant à marcher avec moi sur la mer, expérience que j'ai vécue en touriste, ou en voyageur, ou en touriste-voyageur, disons en homme étonné.

Du Grand Nord, je n'avais pas d'image franchement appétissante. Des silhouettes engoncées torturées par des vents hurlants, blotties au ras du sol, des Inuit d'Alaska déculturés ou clochardisés, des navires broyés. Enfant, cela me semblait, moi qui viens d'un pays où le mimosa côtoie l'ajonc et où les gelées ne sont jamais très blanches, un territoire impossible, une aire de jeu effrayante pour des aventuriers qui se disputaient le pôle. Adulte, ou supposé tel, je ne puis dissimuler une certaine répugnance devant l'exaltation de « l'extrême », exaltation que je juge ambiguë, peu respectueuse des coutumes et des hommes, gâchée de pittoresque et de narcissisme – rappellerai-je qu'Ushuaia, l'agglomération la plus méridionale du globe, était un bagne féroce avant d'être utilisée comme figure de rêve et label cosmétique ? J'aime l'aventure, mais pas en boîte ni en trompe-l'œil.

Spontanément, je suis plutôt attiré par un Nord tempéré, rustique et venteux – Aran, Shetland, Féroé, fjords norvégiens profonds et accores. C'est la glace qui me refroidit, mirifique, assurément, mais aussi faucheuse de vie, porteuse de trépas entre deux eaux jusqu'au 42e parallèle où croisait, innocemment, le *Titanic* en pleins flonflons du bal. Je comprends que John Ross, l'an 1818, ait fait demi-tour quand il a entrevu la ligne bleutée de falaises inconnues, et manqué ce matin-là, par prudence ou par crainte, le détroit de Lancaster dont il cherchait l'ouverture, au nord-ouest de la mer de Baffin. Dans l'imaginaire (ou le souvenir) des miens, gens de Ploubazlanec dont le cimetière comporte un « mur des disparus », l'inscription valant tombeau, l'iceberg n'est pas une cathédrale féerique mais l'éperon du malheur.

Et puis je me suis décidé. Renseignements pris, pour affronter « l'extrême », rien ne vaut le cuir de caribou, denrée introuvable, fût-ce Au Vieux Campeur (la visite de cet établissement, à elle seule, représente une part du voyage). Tant pis. Je me suis décidé à gagner le Groenland, un printemps commençant, alors que la banquise était encore tenace. Pire : j'ai choisi pour destination, au milieu de la côte ouest, fort au-dessus du cercle polaire arctique, la baie de Disko, la plus grande fabrique d'icebergs de notre hémisphère, où le Sermeq Kujatdleq, le glacier des glaciers, nourri de l'*inlandsis* – le désert intérieur du Groenland coiffé depuis plus de deux cent mille ans par sa calotte d'eau douce –, produit quotidiennement 22 millions de tonnes et « vêle » (c'est le mot des savants) les plus résistants vaisseaux fantômes de l'Atlantique. Une petite ville, m'avait-on dit, côtoie le mastodonte. Une petite ville de 4 000 habitants et 6 000 chiens, accessible, à cette saison, en traîneau (mais l'expédition dure des semaines) ou par les airs, un robuste Dash 7 réussissant à se faufiler jusque-là. Elle s'appelle Ilulissat (ce qui signifie « icebergs » en langue inuit), et c'est le pays natal de Knud Rasmussen, chanteur d'opéra, médecin, écrivain, explorateur, ethnologue, mort par empoisonnement, en 1933, lors d'un banquet où il avait abusé du *kiviaq* (le plat est à base de mergules, sortes de pingouins, mis à macérer, avec plumes et viscères, durant plusieurs mois, dans une peau de phoque).

Vêtu de fourrure prétendument « polaire », chaussé de Gore-tex, je n'ai pas poussé le sérieux ushuaiesque au point d'acquérir le kit de détresse, aimablement baptisé « Anna », estampillé par le gouvernement autonome du Groenland (rattaché au Danemark) : fusées, balise gonflable en aluminium, fanion, miroir, et autres ustensiles comparables à ceux que la loi française m'ordonne judicieusement de posséder à mon bord. J'avais, néanmoins, de quoi protéger mes fragiles oreilles, abriter mes yeux, réchauffer mon nez, isoler mes doigts. Je me rappelais la bise féroce qui traversait tout, lors de randonnées à ski de fond, loin des traces, au-delà de 3 500 mètres. J'étais prêt à souffrir.

Ce fut le plus suave des voyages. Plus affable qu'un verre de vin frais entre les tours de San Giminiano. Plus harmonieux qu'un saké nouveau parmi les daims en liberté du grand parc de Nara. Plus onctueux qu'une gorgée de loupiac dans un jardin bordelais au milieu des roses trémières. Plus apaisant que le nectar de mangue après les épices, chez Karl Marx, à Londres, dont le logis s'est mué en restaurant indien. Plus odorant qu'un doigt de *whiskey* face au mouillage de Kinsale, l'hiver, où l'aménité irlandaise est à son comble. Plus délectable que le thé vert, servi de très haut dans un godet minuscule, sous une tente de l'Atlas.

Aussi goûteux que l'ormeau – à ce stade, je me tais.

Un voyage dont la première étape est Copenhague ne peut être que serein : élégance tranquille, un rien austère, abondance des libraires et des livres, courtoisie de la rue, jovialité du port. Ensuite, le temps de survoler l'*inlandsis*, de changer à Kangerlussuaq (base aérienne, au sud-ouest du Groenland, qui sert de plaque tournante pour les vols intérieurs) et de se retrouver, unique étranger, à bord du petit quadrimoteur, c'est un spectacle rigoureux, blanc sur blanc, la neige infinie le disputant aux nuages. Comme toujours en avion, cela va trop vite. La tête encore habitée des manèges anciens de Tivoli, vous voici sur le court tarmac de votre destination dont vous ne distinguez rien, hormis quelques attelages de chiens, dans le lointain, et les deux ou trois véhicules tout terrain qui desservent la ville par la route, la seule, longue de cinq ou six kilomètres, croisant un enterrement, un cortège d'anoraks matelassés en marche vers le cimetière gelé où une pelleteuse a cassé la glace.

J'ai logé, ce soir-là, dans une maison noire, tout au bout de la ville, une maison de bois peint (chacun, ai-je appris, détermine à sa guise la couleur de son gîte, du rouge sang au mauve bonbon, au fuchsia, au bleu ciel, au jaune paille), une maison chaude couverte de papier goudronné, montée sur de courts pilotis afin que le dégel n'emporte point les fondations. Il n'y a pas de clé, ce n'est pas nécessaire, m'a dit en anglais l'homme qui m'accompagnait. J'ai posé mon sac sur le plancher de la chambre qui m'était dévolue. Je suis resté seul, dans un silence complet – j'ai deviné, à ce moment, la différence entre le silence, le silence ordinaire, l'absence de paroles, de bruit dominant, et ce que les cisterciens cloîtrés nomment le « grand » silence, celui qu'on entend, qu'on observe. Il a été rompu, ce grand silence, par un son de glissade brutale, de bois choqué. Je me suis penché à la fenêtre, un vaste rectangle aveuglant, et j'ai aperçu un homme vêtu de bleu, chaussé de bottes, qui sautait de bosse en bosse, tantôt assis jambes pendantes, en travers, sur son traîneau, tantôt courant devant cinq chiens blonds attelés au poitrail, puis retrouvant la position assise avec une agilité de cascadeur. La fenêtre donnait au sud-ouest, sur la baie. Je suis tombé en arrêt, et ne me suis pas relevé depuis.

Au fond, les icebergs. Le premier, arrondi, poli, luisant, était un *ilulissat*, l'enfant chéri du lieu, aimable. Le second, cyclopéen, crevassé, aigu, haché de pics, formant une chaîne à lui seul, une montagne de montagnes, capable de se fragmenter avec des craquements terribles, d'éclater comme une bombe, capable de se retourner, en tout ou en partie, provoquant un raz de marée imprévisible, lançant au ciel des éclats d'azur, était un *maniitsoq*, un « raboteux ». Et les troisièmes, blottis en troupeau, presque anodins sous la démesure de leur voisin, étaient des *nilat*, des vestiges de géant – ceux-là, pas si anodins qu'ils paraissaient, deviendraient des *growlers* en langage maritime et chercheraient, quasiment invisibles, le flanc de quelque nef.

Un peu plus près, des chalutiers. De bons et braves chalutiers rondouillards, parés pour la pêche à la crevette, la manne groenlandaise, des chalutiers semblables à ceux de Loguivy ou d'Audierne, n'était une protection métallique clouée sur leur coque. N'était, aussi, leur mode d'amarrage. Ils n'étaient pas ancrés, non. Ils étaient attachés à un pieu fiché dans la glace, fiché dans la mer, une mer solide qui les emmurait. J'ouvrais les yeux comme un gosse au matin de Noël. Cette étendue de neige, juste sous la maison, ce grand champ bosselé qui s'en allait jusqu'aux icebergs, c'était donc la mer. Je le savais, je l'avais lu mille fois, je l'avais vu en photographie, au cinéma. Mais, pour de vrai, je n'arrivais pas à le croire, j'y parvenais d'autant moins que cela s'offrait à mes yeux. J'ai regardé plus attentivement, j'ai sorti les jumelles dont je ne me sépare guère en voyage. Il y avait des silhouettes auprès des bateaux, d'autres qui montaient à bord et paraissaient affairées. Il y avait des hommes qui rejoignaient leur navire à pied, sans annexe, sans godiller. Et ces traîneaux, là-bas, tellement lestés que leurs propriétaires couraient à côté des chiens, qu'était-ce donc ? Dans mes jumelles, petit à petit, j'ai discerné le chargement : des poissons, de gros poissons assez plats, raidis de froid. Ces hommes étaient des pêcheurs, et ils s'en allaient, d'un pas allègre, faire leur métier, et ils s'en revenaient en marchant, sur la mer.

Cela m'a pris d'un coup. Je voulais vérifier le phénomène, je voulais fouler la mer aux pieds. Le prodige dépassait les prodiges dont j'avais été précédemment témoin (ainsi le souvenir précis de la première fois où j'ai percé, en avion, la couche des nuages et constaté qu'il existe, par-dessus la pluie, une mer ensoleillée, avec des reflets roses). Un souvenir m'a envahi, d'enfance très lointaine : l'image de Tintin, dans *On a marché sur la lune* (je connaissais chaque vignette d'Hergé, plan par plan), descendant l'échelle de la fusée et s'apprêtant à violer le sol lunaire. Ce qui m'attirait, là, était de cet ordre, de l'ordre de l'absolue transgression. Marcher sur la mer, ça ne se fait pas, ça ne se fait pas chez moi – où, pourtant, on connaît un peu plus la mer qu'ailleurs –, ça fait partie des choses impensables. On a tout vu, chez moi, des lames de fond, des trombes, des noyés qui remontent au bout d'une éternité. Mais la mer en dur, ça n'est pas permis.

Oui, je voulais sortir et tâter ce mirage. L'ennui, c'étaient les chiens. J'en comptais bien une trentaine autour de la maison, groupés par sept ou huit, attachés, certes, mais à de longues chaînes. Ils se vautraient sur la glace ; on les sentait toutefois en éveil, l'œil et le nez séduits par les poissons séchés que leur maître avait disposés sur des claies de bois, hors de portée, mais tout près. Assez près pour qu'ils ne cessent de flairer leur récompense. Dans un enclos grillagé, sous les claies, de tout jeunes chiots étaient isolés des adultes, sans doute pour leur protection. Une chienne avait réussi à se dégager et tournait autour de ses petits, vigilante. Ils avaient l'air tranquille, ces chiens, comme les ânes qui patientent dans les montagnes grecques, travaillent dur, reçoivent la pitance et le bâton, et n'en pensent pas moins. Mais les connaisseurs m'avaient averti qu'il était imprudent de les fixer dans les yeux, et, plus encore, de tendre la main, amorçant une caresse étrangère à leur pratique. J'avais assez bourlingué pour savoir que l'ennemi du voyageur n'est pas le fermier mais son chien. En la circonstance, j'étais cerné.

Je suis sorti, quand même, et me suis installé, sans bravoure excessive, sur la terrasse en planches qui jouxtait la maison. Les chiens m'ont regardé avec un mélange parfait d'attention et de mépris. Je n'ai plus bougé. Le froid n'était pas si vif, huit ou dix degrés au-dessous de zéro, guère moins. L'air avait une saveur neuve, un assemblage inédit de flocon et de sel, le vent mordillait mes paupières sans altérer la transparence du soir – j'étais incapable d'évaluer les distances, d'estimer la hauteur des icebergs, j'étais, à cet égard, comme en mer où rien n'est plus trompeur. Le soleil descendait, sans doute, mais imperceptiblement ; il s'attardait si longuement sur l'horizon que la couleur de la banquise était plus éloquente pour annoncer la nuit, pas avant 23 heures. Le blanc cru avait viré au bleu ténu, parsemé de plages d'or sur le versant éclairé des icebergs. Puis le bleu s'est accentué, l'ombre s'est étendue, et je me suis aperçu que cette mer était parcourue de chemins dessinés par les traîneaux.

C'en était trop. Je connaissais les routes des vents, les trajectoires impalpables et régulières dont les grands marins, au fil de leurs expéditions, affinaient la maîtrise. Mais des chemins de mer...

Les traîneaux se rapprochaient, signe que la courte nuit était pour bientôt. J'ai joué l'indifférence, et les chiens m'ont rendu la pareille. La neige, sous le froid du crépuscule, se parait d'une couche luisante et redoutable. J'ai glissé, plus que je n'ai marché, sur une cinquantaine de mètres. Tout était uni mais j'ai su, au bas de la pente, à l'endroit où les traverses avaient laissé leur entaille, que je commençais à marcher sur la mer. J'avançais, pataud, soucieux de me déporter quand surgiraient les attelages déployés en éventail. J'étais gauche, ébloui, intimidé. Je doutais de mes sens, Descartes au petit pied, comme la première fois où j'ai distingué, enfant, la chaîne d'une montagne – en l'occurrence, les Pyrénées. Je crois avoir saisi, à cet instant, ce qu'ont dû éprouver les Lorrains ou les Bourguignons ignorants du rivage qui débarquaient, en Bretagne, pour la première fois de leur vie et de leur lignée, et qui se plantaient, effarés, devant un paysage mystérieux. J'étais semblable à eux, je retournais à la case départ, j'avais tout à apprendre.

Nuance. J'imagine que les « étrangers », au spectacle de « ma » côte, étaient traversés de crainte – roulement des vagues, violence du fucus et de l'infini. Moi, j'étais en paix. La progression des traîneaux s'accomplissait en silence, la tombée de la nuit diffusait une lumière oblique dont la source n'était plus discernable. Je n'ignorais pas que les icebergs, présentement figés par la mer solide, fileraient vers le large, sitôt les eaux libres, à la vitesse horaire moyenne d'un bon demi-nœud, monteraient vers Thulé puis basculeraient plein sud, entraînés par le courant du Labrador, en direction des Grands-Bancs de Terre-Neuve. Je n'ignorais pas qu'il s'agissait de tueurs superbes. Mais, pour l'instant, jusqu'au duel de l'eau douce et de l'eau salée, ils contribuaient à l'harmonie générale. Ce n'était pas le coup de poing, c'était le pied de nez de la beauté : « l'extrême » me submergeait de tendresse muette.

Malgré la lueur tardive, malgré les mille chiens qui, à toute heure, tendaient le cou vers le ciel et poussaient ensemble, sans raison apparente, leur clameur de loup, j'ai dormi tranquille dans la maison noire. Au matin, j'ai cherché un truchement – mon lexique avait beau préciser que « J'ai besoin de me laver les mains » s'énonce *Errorusuppunga*, la cause n'était pas entendue. C'était facile d'y remédier. J'ai rencontré un Italien, originaire de Carrare, qui vivait au Groenland depuis vingt-cinq ans. Il était alors chanteur de charme et se déplaçait d'hôtel en hôtel, au gré des contrats. Le hasard l'a conduit à Copenhague. Et un rebond du hasard l'a entraîné vers Ilulissat où s'inaugurait le Faucon-Blanc, un hôtel de vingt chambres. Il a séduit la plus belle femme que le monde inuit ait engendrée, il l'a épousée, il est devenu mangeur de phoque, groenlandais de cœur. C'était un homme drôle, inquiet, généreux, efficace.

Ma première demande l'a étonné. Je souhaitais partir à la pêche, marcher sur la mer, entre les icebergs. Cela aussi, c'était facile. Rendez-vous me fut donné près de l'église (ou plutôt du temple luthérien dont le pasteur était une femme). En attendant mon mentor, je suis entré. Des colonnes blanches, des bancs bleutés : une paroissienne m'expliqua que ces couleurs évoquaient la glace et la mer. Ressortant, je me suis trouvé nez à nez avec un homme trapu et souriant qui m'a fait signe de le suivre et qui s'amusait manifestement d'emmener un Français au travail. Nous avons marché quelque temps. Je ne me rappelle plus en quelle langue nous communiquions, ce n'était ni de l'anglais, ni de l'inuit, ni du danois, mais nous communiquions – j'ai vérifié rapidement que les Eskimo (le terme, paraît-il, est suspect, mais les divers interlocuteurs que le voyage m'a procurés s'y déclaraient indifférents) aimaient rire et se montraient curieux de l'étranger. Le ciel annonçait la neige, un voile gris l'envahissait, et la température, en dépit d'un petit vent âpre, atteignait moins 5° : il fait chaud, grognait mon compagnon, s'épongeant le front, c'est moins 10° le régime idéal. Il était pourvu d'une bouteille Thermos, plus destinée à vaincre la déshydratation que le froid, et nous avons partagé un gobelet de thé sur le lieu de la pêche.

Nous étions en pleine mer, entourés de cimes d'eau douce. Un trou carré était creusé dans la glace. Le matériel était simple : deux supports en bois, plantés dans la banquise, un cylindre à manivelle, et le *tooq*, long bâton ferré au bout, l'instrument universel. J'ai commencé à remonter la ligne, moulinant des deux bras. Et j'ai mieux compris la singularité du site. 10 mètres, 20 mètres, 30 mètres, et pas un hameçon. C'est à 120 mètres que descendait l'appareil, tendu par une plaque de tôle qu'entraînait le courant froid circulant sous les icebergs (la part émergée de ces derniers n'en constitue que le cinquième), un courant délicieux au goût des poissons, riche en plancton nutritif. Je ne prétendrai pas avoir autant sué que mon acolyte, mais je n'en voyais pas la fin. Aux deux tiers du gouffre, les bêtes ont surgi, une douzaine de flétans et quatre morues – une prise moyenne, semblait-il.

C'était un monde rond. Le flétan, un animal charnu aux yeux asymétriques, servait à la fois d'aliment et de carburant, nourrissant les hommes, nourrissant les chiens qui transportaient les hommes et les flétans (la distribution de poisson aux chiens était un cérémonial savant, induisant une hiérarchie, des primes, des sanctions). C'était un monde cohérent, mais non point fermé : l'usine de crevettes était florissante, les jeunes, après le collège local, s'en allaient étudier au lycée de Nuuk, la capitale, éventuellement à l'université de Copenhague. C'était un monde frugal et plutôt prospère, fort d'une culture, dont les membres, pour beaucoup d'entre eux, avaient pris la peine de regarder ailleurs avant de s'en retourner au pied des icebergs, avaient choisi d'être là.

Le jour s'acheva sur un dîner de gala où je fus dispensé de flétan (dont j'aime la saveur bien que mes hôtes le considèrent comme, chez moi, le maquereau) mais non d'un ragoût de phoque puissant et laxatif, et surtout d'une friandise : des cubes de graisse de baleine, à demi crus, juste tièdis dans l'eau, striés de veinules et fondants comme une bouchée d'huile. Le lendemain matin, le soleil et le vent étaient fringants, le ciel d'un bleu intégral, je partis à traîneau pour Oqaatsut (« Cormorans » en groenlandais), un village de pêcheurs, distant d'une dizaine de kilomètres, accessible par la banquise et par des lacs gelés.

Le traîneau, ici, restait « maritime ». Faussement rudimentaire, il était le fruit d'une longue expérience, analogue à celle qui détermine l'allure d'une coque ou la coupe d'une voile. Pas un clou : des cordelettes nouées assez serré pour que l'ensemble soit costaud, et assez lâche pour qu'il demeure souple et absorbe les inégalités du sol. J'étais installé comme un pacha sur ma peau de caribou, cramponné aux traverses. Oono, le meneur de chiens, était un navigateur au long cours, artisan d'expéditions grandioses, féru et passionné de culture inuit (il en avait parcouru tout le territoire, depuis l'Alaska jusqu'au nord de Thulé, accompagnant des scientifiques, des cinéastes et même Jean Malaurie, qui lui laissait le souvenir d'un joyeux compère et d'un séducteur foudroyant). Il guidait ses chiens d'un mot susurré entre les dents, n'employant guère le fouet. Il était, je pense, aussi heureux que moi, heureux de filer sur la mer entre les icebergs bleutés.

Vers 11 heures, nous nous sommes arrêtés tout près de l'un d'entre eux. Oono a sorti un minuscule réchaud à kerdane, une popote. Il a détaché, avec son couteau, quelques fragments de glace plurimillénaire. Et nous avons bu le thé, assis côte à côte sur le traîneau, entourés par les chiens étendus voluptueusement contre la neige. Oono était hostile à l'extension de l'aéroport, à la perspective d'un tourisme moutonnier inadéquat au pays. Il se félicitait que l'usage du motoneige (un engin fou qui vous propulse à 150 kilomètres à l'heure sur la glace, et qui m'a tassé pour quelques semaines la colonne vertébrale) fût prochainement réglementé puis interdit dans ces zones septentrionales, où il perturbe l'odorat des bêtes. Son propos n'était pas conservateur, moins encore réactionnaire : la supériorité du chien, sous pareilles latitudes, est un fait. « Le scooter, a-t-il ajouté, ça n'est bon que pour le *fun*... »

Oqaatsut ne comportait que cinq ou six maisons et une chapelle. On ne savait pas où finissait la terre, où commençait la mer.

– Ne te fie pas à la simplicité de ces bicoques, a dit mon compagnon. Les gens d'ici vivent très convenablement, vendent le poisson qu'ils ne consomment pas. L'été, la crevette donne. Ça n'a l'air de rien, mais c'est un endroit vivant. Toi qui aimes les coins tranquilles, tu devrais y revenir l'été. Il n'y a pas un touriste.

Personne à l'horizon. Nous avons grignoté notre repas en silence, veillant à ne pas rester immobiles trop longtemps. Oono partageait mon goût des « finistères ».

Je sais bien que le voyageur s'enthousiasme vite, paralysé qu'il est par la nouveauté de ce qu'il découvre. Je sais bien qu'on boit à Ilulissat comme on boit à Paimpol, et que la nuit polaire est longue malgré les aurores boréales. Mais je n'« enjolive » pas, non, je suis fort en deçà de la joliesse entrevue. Encore n'ai-je pas connu les fêtes de la débâcle. Quand je suis reparti vers la France, le bateau en route pour Ilulissat, le premier depuis l'embâcle, en novembre, n'était plus qu'à une cinquantaine de milles et luttait contre le pack. On l'attendait, en ville. Les rayons du KONI, le magasin d'État où tous se fournissaient en denrées importées, devenaient maigrichons. L'arrivée du cargo est jour de liesse. Voici des fruits, du lait. Voici la mer libre. Et les icebergs en mouvement. On sonne les cloches, on chante, les enfants sont plus indisciplinés que d'habitude, ce qui n'est pas peu dire, le Diesel des chalutiers gronde. Et le soleil s'installe pour ne plus se coucher.

La veille de mon départ, je suis monté, avec

l'épouse d'un pêcheur, jusqu'à la colline de Hom Bakke, d'où l'on aperçoit le glacier dans ses œuvres, tirant la langue à la mer. C'est sur cette colline que, le 13 janvier de chaque année, peu avant midi, les habitants s'assemblent et attendent le retour du soleil comme ils attendent, au printemps, le premier bateau. Le soleil est plus ponctuel : il émerge à l'heure dite. C'était un jour d'argent, de demi-brume, de gris dégradés. Parvenu au sommet, j'ai été intrigué par des monceaux de pierres qu'on devinait sous la neige. C'étaient des tombes, vieilles de trois mille ans, restes d'une époque où l'idée d'enterrer les morts était inconcevable. On les recouvrait de pierres afin de les protéger des bêtes, et leurs os restaient visibles, parmi les vivants. D'ailleurs, ils étaient toujours là.

La jeune femme qui m'escortait m'a rapporté que certain été, un touriste, un Français, fut assez grossier pour écarter les cailloux et s'emparer d'un crâne en guise de souvenir.

– Je ne crois pas aux trolls ni aux esprits, me dit-elle. Mais je te jure qu'on l'a trouvé sur le chemin, allongé raide, avec la trace d'un coup au milieu du front. La pierre qui l'avait frappé et le crâne du mort avaient disparu. Lui ne se souvenait de rien.

Je ne crois pas non plus aux trolls et aux esprits (mais je crois aux frondes habiles). Je crois que les os des morts qui veillent devant la mer polymorphe ont, sur cette terre blanche, droit à la paix, une paix qu'ils partagent avec leurs visiteurs. Une paix « extrême ».

Je crois que la mer est une surprise.

# 5

# *Toutes les îles sont grandes*

Non, ce ne sont pas des navires immobiles, enchaînés et bridés, mouillés à l'approche d'une terre, d'un continent, attendant quelque autorisation des éléments ou des hommes pour s'y rallier. Les îles ne « flottent » pas, ne « surnagent » pas. Les îles ne composent pas avec la mer comme un bateau qui ruse, attaque la lame en biais et la dévale savamment. Les îles tiennent, voilà tout, et la mer les escalade, les ponce et les taille, les veut. Les îles durent, attaquées, rongées, fouillées, fouettées. Elles durent ce qu'elles peuvent, et elles savent que cela ne durera pas toujours.

Ce n'est pas un hasard si, en Bretagne, le même mot, *enez*, désigne indifféremment l'île et la presqu'île. C'est sagesse. D'abord, la marée en décide fréquemment, selon l'heure et le vent. Ensuite, la presqu'île d'aujourd'hui sera l'île de demain. Les îles sont « importantes » et mobilisent l'imaginaire, non parce qu'elles sont entourées d'eau, mais parce qu'elles nous invitent à concevoir la terre, sa découpe, son climat, sa naissance et sa mort, comme le produit de la mer. Il faut, pour les comprendre, partir du fond et remonter vers elles.

Où cela commence-t-il ? Avant de mentionner Chausey ou Cythère, je rappellerai que les « îles » sont d'abord des pierres qui vont et viennent avec la mer, des « cailloux ». Ce sont mille fragments de grès, de schiste, de granit, de gneiss, ou de tout cela mélangé, qui ne possèdent un nom que pour les gens du cru et les marins qui les frôlent. Ils se nomment les Demoiselles, les Couillons, la Chimère, la Luronne, le Chien, la Noire, le Trépied, le Buisson, la Foraine, le Videcoq, la Nuisible, le Pot-de-Beurre, le Sou, le Crapaud, la Muette, le Bouc, la Parquette, le Cochon, le Bavard, la Morgue. Un nombre incalculable de « Juments » chevauchent les brisants de nos côtes. Les baptisant, les hommes ont dit ce qui les occupe et les préoccupe, les bêtes, les travaux, les fantômes, les sexes.

Viennent ensuite les domaines négligés par les humains, les myriades d'îles rases, confidentielles, peuplées de lapins et d'oiseaux, grouillantes, sur leurs flancs, de carapaces et d'écailles. Elles s'appellent, chez moi, Er, Tomé, Stagadon, Rosservor... Ou elles s'appellent sans s'appeler. Combien ai-je croisé d'« îles vertes » au cours de mes navigations ? Sept ? Huit ? Ma préférée borde le Trieux, avec un arbre unique qui lui vaut l'épithète.

Attendez un peu avant de vous embarquer pour Groix ou Batz. Attendez. Prenez la mesure de cet éclatement, de cette dispersion de la terre, de toutes les modestes émergences qui pointent çà et là, dessinant les chaînes rompues, les arêtes disloquées. Attendez. Avant les îles « officielles », il reste les « officieuses », les petites, les ravissantes, les bizarres. Connaissez-vous les Ebihens, non loin de Saint-Cast, qui sont de belles blondes souriantes ? Connaissez-vous Saint-Gildas et Illiec – que s'approprièrent Alexis Carrel, prix Nobel de racisme, et Charles Lindberg –, face à Port-Blanc (les successeurs de Carrel lâchent aimablement les chiens si vous posez le pied sur « leur » territoire et traversent au moyen d'une étrange Jeep amphibie : puissent les vagues avoir un jour raison de ce double sacrilège...) ? Connaissez-vous Milliau (où se réfugiaient, l'été, Aristide Briand et Saint-John Perse), devant Port-Guénnec, pardon, Trébeurden ? Connaissez-vous Berder, dans le golfe du Morbihan, dont les plantes et les fleurs semblent provenir de Chypre ou de Capri ? Et l'île Harbour, à l'entrée de Port-Josselin, pardon, Saint-Quay, avec sa maisonnette blanche frappée d'une étoile, et sa tourelle rouge ? Et le château du Taureau qui garde Morlaix (Blanqui l'insurgé, un fameux connaisseur des prisons maritimes, l'a honoré d'une visite forcée) ? Attendez. Autour de Bréhat, il y a en a cent, des îles. Auprès d'Ouessant, vous connaissez Molène. Mais Banneg, Balaneg, Trielen, Quéménès, Litiry, Morgaol, Beniguet, Kervourok ? C'est un archipel d'archipels, mon pays : j'y reviens parce que je ne cesse d'en lécher les cailloux, et parce que la cisaille du grand torrent y est singulièrement féconde. Mais quand bien même j'aurais accompli le tour de toutes les îles de la planète, il me faudrait songer que l'océan nous en dissimule et nous en prépare des millions.

Mieux que n'importe quelle autre terre, les îles proclament l'ambiguïté de la mer qui s'acharne à les tuer, mais les tue en beauté. A force d'en miner les fondations, elle les enrichit. L'ennemi intime, dans toute sa splendeur.

Tel est le premier mystère des îles : d'où sortent-elles, qu'est-ce qui les incite à sortir ? Rien n'est plus marin, et elles sont, pourtant, une terre, une terre « hautaine », au sens le plus fruste, une terre qui se pousse du col, qui ne devrait pas être là. L'autre mystère, connexe, est celui des îliens. Si vous vous installez le soir au bout de la pointe du Raz, laissant à votre droite la baie des Trépassés, si vous attendez que les derniers touristes s'en aillent, vous voyez le soleil descendre exactement sur Sein, droit devant, frappant en plein l'île plate comme la main. Et c'est plus fort que vous : regardant la lande, qui n'est certes pas du meilleur terreau, mais vaste et dorée, vous vous demandez pourquoi, pour quelle folie, des hommes sont partis s'établir là-bas, sur 58 hectares, sur un affleurement long de 2 kilomètres, large de 800 mètres, à 150 centimètres du niveau de la mer. En 1919, une fois de plus, le flot a submergé l'île. On raconte que les Sénans se sont réfugiés dans le clocher et que le curé leur a donné l'absolution. Mais si vous les questionnez, ils démentent : point du tout, chacun est rentré chez soi, comme d'habitude ; quant au curé, c'était un fieffé trouillard...

Passe encore qu'une poignée de moines, disciples de saint Gwénolé, ait élu pareille retraite (reprenant, semble-t-il, le flambeau de cultes plus anciens : une divinité gauloise y rendait son oracle, vénérée par neuf prêtresses, vierges à perpétuité). Va donc pour les chastes religieux, mâles et femelles. Mais les hommes ordinaires, qui n'étaient portés ni par la faim, ni par la guerre, ni par un désespoir spécifique, qu'allaient-ils chercher dans cette existence ?

Je ne sais pas, je ne suis pas sénan et ne le serai jamais – c'est une qualité qui ne s'acquiert d'aucune façon. Mais l'expérience me souffle une hypothèse : une île, quelle qu'elle soit, c'est toujours grand.

Charters et vacances d'hiver aidant, les Antilles se rapprochent – les cocotiers coûtent moins cher qu'un séjour au ski. Et je croise de plus en plus d'amis ou de relations qui fréquentent, comme je l'aime moi-même, la Guadeloupe. C'est un pays séduisant et âpre, dont les habitants portent sur vous un œil soupçonneux, chargé de rancunes insondables (je jure qu'aucun ancêtre n'a perçu le moindre denier sur la canne à sucre, et que la tradition familiale est fort réservée envers le colonialisme de grand-papa, mais ce ne sont que des mots, la peau et l'humiliation ne sont pas objets de plaidoirie). La mangrove et les mornes, les fonds éclatants de l'anse Colas, près de Malendure, les fougères arborescentes de la forêt Guyonneau, la bouche d'ombre de la Soufrière – c'est un continent, la Guadeloupe, une avalanche de pays dissemblables. Et je ne suis pas rassasié de ces pluies tropicales qui vous rincent en dix minutes et s'évanouissent aussitôt.

A 6 milles, au sud, j'ai rencontré l'un de mes points d'attache : les Saintes, déjà mentionnées. Les deux îles principales (escortées de six îlets), Terre-de-Haut et Terre-de-Bas, ne sont guère plus grandes que Bréhat. J'y suis allé, pour commencer, trois jours. J'y retourne, maintenant, deux semaines. Et je m'étonne de l'étonnement que ces deux semaines provoquent, sur le mode : « Une journée, ça va, mais on en a vite fait le tour ! »... Il est vrai qu'en une journée, avec un peu d'entrain, on a eu le temps d'admirer la rade, auprès de laquelle Monaco ressemble au trou des Halles en cours de travaux, de grimper sur la bosse du Chameau, de croiser un ou deux iguanes, de fouiller les coraux de Pompierre parmi les poissons-papillons et les poissons-anges, de s'attendrir devant la gendarmerie bleu pastel (c'est bien la première fois qu'une gendarmerie m'attendrit), de convoiter la « case typique » que s'est octroyée naguère le fondateur de Canal Plus sous le Pain de sucre et de siroter un planteur près de la piscine du Bois-Joli, l'unique usine à touristes, de taille artisanale.

C'est exact, vous pouvez ajouter toutes ces cartes postales à votre collection, l'espace de quelques heures. Et ce que vous aurez vu n'est pas « faux ». Mais vous aurez manqué l'essentiel : l'île, c'est l'absolue connivence. A l'embarcadère, en fin d'après-midi, si vous prenez le dernier bateau, le bateau du retour, vous laissez derrière vous ce que les îliens se gardent, un secret qui demeure dans l'île, qui est impropre à l'exportation, intransmissible. Une île, une « vraie », qu'elle soit baignée par la Manche ou par la Caraïbe, il faut y dormir au moins une fois pour en parler, il faut y vivre le coucher et le lever du soleil. Sinon, c'est incurable : vous ne vous êtes pas aperçu qu'une île est grande dès lors que des hommes s'y sont donné une histoire.

L'île-éclair, cela n'existe pas. Ouessant en

hydroglisseur, le phare de Créac'h *[2 éclats blancs, période de 10 secondes]*, la tour du Stiff *[2 éclats rouges, période de 20 secondes]* et un chouchen à Lampaul, non, merci ! Belle-Ile dans la journée, le Palais - Sauzon - la pointe des Poulains - la grotte de l'Apothicairerie - les aiguilles de Port-Coton - Goulphar et cap sur Quiberon, non, merci ! Quant à Bréhat, je regarde avec effroi les copies presque conformes des bateaux-mouches parisiens qui ont remplacé les solides canots d'autrefois. Peut-être le tour de l'île sera-t-il bientôt effectué de nuit, avec projecteurs sur le granit rose, comme les compagnies parisiennes inondent de sunlights le quai des Orfèvres.

Pour l'instant, et je prie tous les saints que cela dure (vu, chez moi, l'abondance de saints concernés, cela devrait durer un peu), c'est précisément le soir, l'heure exquise. L'île est à vous – à moi, à nous. C'est comme un tomber de rideau, côté coulisses. Un calme très puissant, suspendu, s'instaure. C'est le moment de vérifier combien les îles sont vastes. Car la côte a été tant travaillée, forée par la mer, la montagne a été creusée de tant de vallées qu'on n'en finit pas de l'explorer. 7 kilomètres sur 4, dira-t-on d'Ouessant ; 17 sur 9, de Belle-Ile la géante, 4 sur 1 de Batz, l'agricole ; 8 sur 3 de Groix, la douce. Des calculs d'autoroutier. Cela n'a pas de sens, pas ici. Patientez jusqu'à la marée descendante : l'infiniment petit, cher Blaise Pascal, se déplie, se ramifie à profusion. Voilà trente-cinq années que je parcours Bréhat (à pied, hors saison, à la voile, l'été) : je jure sur la tête d'Erik Orsenna, tête ô combien amie, fertile et familière du lieu, que Bréhat reste pour moi un dédale absolu. J'en ai parcouru tous les chemins réservés aux chaussures et aux bicyclettes. Je n'ai rien épuisé.

Ne vous laissez pas tromper par le dessin, sur la carte (lui non plus n'est pas « faux », mais il induit en erreur) : une île n'est pas une côte ronde, ou ovale, ou en forme de papillon – telle la Guadeloupe –, de baleine, de nuage. Pour une raison fort simple : une île n'est pas une côte, une seule. Ronde ou pas, elle a toujours une côte au vent et une côte sous le vent, une côte (relativement) abrupte et une côte (relativement) douce, une côte rase et une côte plantée. Elle a plusieurs faces, plusieurs visages. Indépendamment du nombre d'hectares qu'elle comporte, elle forme un tout, c'est-à-dire un assemblage de contraires.

La Guadeloupe en est le parfait exemple, océan au nord, cocoteraie au sud. Si vous déjeunez chez Prudence, sous la pointe de la Petite Vigie, laissez les mots au vestiaire. N'essayez pas de lutter. Sirotez votre *ti-punch*, crissement du citron vert, suavité de la canne, braise du rhum. Et taisez-vous. Voici la langouste grillée qu'une sauce-chien a protégée de la sécheresse et pénétrée d'herbes subtiles. Voici la carafe embuée. Taisez-vous donc, ne dites pas merci, bêtement, comme la maîtresse vous l'a enseigné à la maternelle. Cela ne sert à rien. Contentez-vous d'un signe. De toute façon, les vagues se moquent des pitoyables membranes qui encadrent votre glotte et vous donnent ordinairement la sensation d'exister.

Elles s'effondrent avec méthode, les vagues, à trois mètres de la plate-forme en bois où vous êtes installé. Mur après mur, elles procèdent, s'arrondissent, cambrent leur furie verte, et explosent, d'un coup sombre, en mousse inoffensive. C'est le bruit qui est terrible. Il vient de trop loin pour s'éteindre. Ni la Grande Vigie, ni la Petite Tortue, ni la Falaise Bois Chandelle ne sont capables d'atténuer cette rumeur de l'invisible.

Plus bas, c'est la mangrove, les marécages mi-doux, mi-salés d'où s'extirpent les palétuviers juchés sur leurs racines aériennes où nichent éponges et poissons à pattes. Troublant... En face, sur l'autre versant des mornes, c'est le tourisme, cocotiers, Trigano, anses limpides, *Doudou à moué*, palmes-masques, oursins constamment traîtres, seins épars – traîtres à l'occasion. Ludique... Et au milieu, droit devant, c'est la Porte de l'Enfer, la Pointe du Souffleur, le Trou de Madame Coco. Le promontoire, le récif nu et désert, les rouleaux, les criques, les sentiers, l'eau qui enfle sous la pierre et gicle méchamment. C'est le vent. C'est l'Atlantique.

Je suis de ce côté-là. Non que je méprise les lagons heureux. Mais je ne sais résister aux terres qui ont du souffle. Ou plutôt, je crois que les premiers sont la récompense des secondes.

Promenez-vous à Belle-Ile (le lecteur, j'espère, me pardonnera la désinvolture avec laquelle je traverse l'océan), le long de la falaise qui jouxte le sémaphore, non loin du grand phare *[2 éclats blancs, période de 10 secondes]*. L'endroit est peu fréquenté, mais la pointe et la grotte du Talud ne sont pas moins spectaculaires que leurs concurrentes mieux balisées. Il faut marcher, ici, un matin de tempête, à la saison où nichent les goélands. Les guetteurs, captant votre approche, sortent de leur trou et poussent un ricanement d'alerte. En dessous, à mi-pente, on s'affole, on est prêt à combattre et à mourir. Trois ou quatre éclaireurs décollent, gardant leurs distances, évitant de déclarer la guerre mais signifiant que la mobilisation est générale. Vous ne bronchez point, vous avancez d'un pas régulier jusqu'au guetteur suivant qui reproduit la manœuvre – ricanement, émoi, décollage.

A vos pieds, très bas, le jusant s'achève. La mer est blanche, agitée de turbulences complexes, croisement de rouleaux océaniques et de pointes rêches levées par le suroît. Une mer querelleuse analogue à celle que peignit Courbet, séjournant à Kervilaouen en 1866 – il jugeait l'endroit « terrible, sinistre, mais très beau » et déclarait y peindre « avec ardeur ». En lisière de l'eau, des hommes, harnachés pour ne pas être emportés, travaillent à décoller le pouce-pied, crustacé qu'on arrache au rocher, comme l'ormeau, dont les Espagnols achètent le pédoncule aussi cher que du homard (à cette nuance près que cette pêche-là, on risque d'y laisser la peau). La roche est sombre, tourmentée comme un bloc d'Islande, les courants l'environnent de cernes concentriques. Parodiant Nietzsche, je dirai que vous êtes sur la face dionysiaque : une beauté qui soûle, une jouissance démesurée, attachante et mortelle, une fête qui dégénère, mi-noce, mi-orgie.

Apollon vous attend sous le vent, à Sauzon, le petit port d'échouage que protège la pointe du Cardinal. Tout y est placide, retenu. Les canots se sont lentement posés sur le sable. Les bateaux plus importants, ancrés dans l'avant-port, se balancent prudemment – les anémomètres, en tête de mât, n'accrochent qu'une parcelle ténue de la tempête, arasée par le plateau. On boit du vin blanc au pied du petit phare *[scintillant vert]*, sur la terrasse d'un hôtel familial aux chambres blanches. Les glycines rivalisent avec le pastel des volets et des tours de fenêtres. Courbet se prendrait pour Monet. Et la falaise bouillonnante est infiniment « loin ».

On objectera que la Guadeloupe est géante, et que Belle-Ile est la plus vaste et la plus « complète » des îles bretonnes. J'évoquerai, en retour, l'île de Batz. Elle n'est pas grosse, celle-là, juste devant Roscoff, accessible au prix d'un gymkhana méandrique de phare en tourelles, de balises en perches, le tout dans un courant infernal. Un méchant coup de vent m'y a bloqué deux jours et deux nuits. Nous avons débordé une longue digue submersible et sommes venus mouiller sous un caillou, au milieu du port – l'abri est excellent mais peu encombré, car il est nécessaire de béquiller. Dans la nuit, l'avis de vent frais qu'avait diffusé la radio s'est transformé en avis de tempête. Les drisses sifflaient, provoquant, dans la cabine, une sorte de vibration mélodieuse, comme si la coque était devenue la caisse de résonance des cordages tendus. Une pluie diluvienne, un temps, a fouetté le pont, couvrant la musique des bourrasques. Dans le ciel de traîne, le vent a encore monté. Au matin, il était enragé.

Et nous, tranquillement accrochés à notre ancre, regardant le ventre des nuages racler la lanterne du phare *[4 éclats blancs, période de 25 secondes]*, nous étions bien, nous nous sentions au chaud, lovés contre l'anse, contre les façades grises qui cernaient le port, égayées de palmiers, de plantes du bout du monde ramenées ici par des marins paysans. C'était un plaisir délicat, comme une revanche, que d'éprouver tant de quiétude parmi tant de violence. C'est la merveille des îles. Tandis que nous patientions sagement, le vacarme de la houle nous parvenait de l'autre bord, là où le flot brisait contre *Toul ar Zarpant* (le trou du serpent), *Castell Guen* et l'île des Prés, la chaîne d'écueils qui défend Batz contre le large. Quelques centaines de mètres nous en séparaient, mais c'étaient deux mondes irréductibles. Nous savions qu'à l'est les plages blanches aux fonds verts, bordées de lande où se promènent librement des chevaux gracieux et corpulents, étaient lisses, imperturbables.

L'île, c'est l'apprentissage de la différence. Rien ne ressemble moins à une côte que l'autre côte de l'île. Rien ne ressemble moins à une île que l'île d'à côté. Et rien ne ressemble moins aux îliens que le reste des mortels. Les îles sécrètent la distinction. Dans tous les sens du terme. La distinction des gens distingués qui cherchent une résidence secondaire distinguée. La distinction des curieux qui cherchent autre chose. La distinction des gens qui n'ont rien cherché du tout, qui sont nés là, qui découvrent leur distinction avec un certain embarras, et la renient ou la cultivent, c'est selon.

Ce qui est certain, c'est qu'une île, ce n'est pas banal. Des tamaris, des figuiers, des cactées et des aloès poussent dans le « jardin colonial » de l'île de Batz. Mais il ne s'agit pas que d'exotisme climatique ou végétal. Si l'on en provient, on ne se juge guère banal. Et si l'on ne se juge guère banal, on y va. Flaubert, Dumas, Proust, Mirbeau, Desnos, Derain, Matisse ou Arletty s'attachent à Belle-Ile comme Sarah Bernhardt (devancés, dans des conditions moins fastueuses, par Cadoudal et Toussaint Louverture, car les îles furent aussi les moins banales des prisons). Corot peint le Trieux, devant l'île à Bois. Calder s'installe à l'embouchure du Jaudy, où l'archipel de Plougrescant explose en récifs désolés, sous le phare de la Corne *[3 éclats, blanc, rouge et vert, période de 12 secondes]*. Léo Ferré loue le château de Costaërès, dominant la passe de Ploumanac'h. Et les acteurs de cinéma ou les animateurs de télévision se disputent les îlots, des Lavezzi aux Cyclades.

Distinguons entre les distinctions.

Il y a la distinction « fantaisiste » : Belle-Ile, précisément. Dite « en mer », ce qui ne manque pas de sel. Douce aux Grands-Sables, torturée à Port-Coton, repérée par Ptolémée, brièvement conquise par l'Anglais (rituellement, on parle de l'intrus au singulier) qui détruisit les calvaires en 1761, aimablement pénétrée par les Acadiens qui semèrent là des tubercules inconnus, dont plus tard on fit des frites, fortifiée par Vauban (êtes-vous certains que ce Vauban n'avait pas cinq ou six doublures ?), avec son bagne, et puis un bagne d'enfants dénoncé par Prévert, peinte en gris lorsque les cantonnements y abondaient, et enfin livrée aux décorateurs, aux architectes, qui ont enjolivé tout cela, mine de rien, « dans l'esprit du pays ». Belle-Ile la noire, sans un grain de granit. Belle-Ile la sardinière, qui investit maintenant dans la thalassothérapie, marinade pour marinade. Un pays de routes irlandaises, de bistrots vigoureux, de lames de fond dévoreuses. Je me souviens que le bateau de liaison, voilà vingt-cinq ans, se nommait le *Guédel.* Rouillé, poussif, il tanguait vaille que vaille et s'échouait régulièrement à l'entrée du Palais, parfois même s'offrait une voie d'eau. Et les autochtones rigolaient, disaient que le *Guédel* avait encore touché, et que ce n'était pas grave. On le renflouait, et le plus fort, c'est qu'il flottait de nouveau.

Il y a la distinction cossue : Bréhat. Depuis les années 20 ou 30, certaines familles qu'on dit grandes y ont bâti des manoirs fleuris, pesamment ornés de tours et de tourelles, à même le rocher. C'était au temps où Perros-Guirec se prenait pour Biarritz. Et les descendants de ces valeureux pionniers continuent de surgir, à l'occasion des vacances scolaires parisiennes, vêtus de cirés raides et de bottes noires : la tenue du parfait pêcheur que le parfait pêcheur a délaissée au profit d'habits plus efficaces et seyants. Cela fleure le placement confortable, l'héritage, l'impôt sur la fortune, le boucher enrichi, la noblesse d'État – selon l'expression de Pierre Bourdieu –, la progéniture ample déployée en neveux, cousins et pièces rapportées. A l'ombre des mimosas, les envahisseurs bourgeois contemplent d'un œil glacé la populace touristique et répugnent à lui fournir une signalisation qui lui permettrait de s'égailler à sa guise : les larges masses, on les préfère concentrées. Sinon, on sait où ça commence, on ne sait pas où ça finit.

Il y a la distinction intime. Batz (dont le lecteur aura compris qu'elle m'est particulièrement chère), île rurale et tendre plantée sur le plus grand champ de goémon du Finistère, parcourue de visiteurs discrets, d'autant plus douce qu'autour la nature est coriace. Groix, capitale du thon, l'île aux sables rouges et blancs dont la plage est convexe, dont le carrefour crucial est baptisé l'Apéritif. Houat (le canard, en breton), l'île aux apparences de croissant, qui essaie de contrebalancer par l'aquaculture l'omniprésent tourisme et dessale son eau de mer. Arz et l'île aux Moines, dans le golfe du Morbihan, îles de charme, de soleil, de ruelles, de siestes, îles soyeuses dont les maisons ne sont ni trop grandes ni trop petites, caressantes étoiles d'une constellation : Hur, Stibiden, Gavrinis, Er Lannic...

Il y a la distinction fabuleuse : Ouessant. La première fois que j'y ai débarqué, un cortège silencieux m'a figé net. On transportait, sur un brancard de fortune, un jeune homme qui venait de se tuer en tombant de la falaise : il était très blanc, sans trace du malheur, ce qui rendait la mort plus insupportable. Ouessant, l'île sans véritable port (celui de Lampaul manque de creux, et il a fallu en construire un contre nature, de l'autre côté, au Stiff), où le pourcentage de journées soumises aux vents violents excède vingt par mois en décembre et janvier, où poussent, malgré tout, des plantes battues, arménie maritime, cochléaire, linaigrette, où s'arrêtent des essaims d'oiseaux migrateurs, bruants des neiges, grivettes américaines, pouillots sibériens, rouges-queues, où l'agriculture est défunte, où la mer a gagné. Les Grecs, trois siècles avant Jésus-Christ, l'ont baptisée *Ouxisame*, et les Gallois, plus tard, *Ushant*. Dans un cas comme dans l'autre, il semble que la traduction donnerait « Lieu le plus haut[24] », ce qui était bien vu.

Les hauts lieux sont ceux où se rencontrent la houle et la vague – la vague est « la mer du vent » dans la bouche des marins –, couplées avec le courant. Embarquez sur le traversier qui s'identifie à l'île, l'*Enez Eussa*[25], troisième du nom, lorsque vents et courants se contrarient, un jour où le grand torrent est au mieux de sa forme. Avalez un comprimé de Nautamine, une cuillerée de Primpéran et recommandez votre estomac à sainte Anne. Vous êtes paré. Au port, sous la tour qui surveille le « Rail », la plus passante autoroute maritime d'Occident, le bateau danse, malmène ses aussières. Demandez à Michel, le capitaine, de vous admettre sur la passerelle. Il vous conseillera, simplement, de ne point lâcher la solide rambarde qui cerne la timonerie. Avant même le départ, une amarre casse, l'affaire est fréquente. Le navire se dégage en oscillant, laisse Men Korn à tribord et embouque le Fromveur. Lancée à 15 nœuds, la proue pique dans l'écume compacte qui s'écrase contre les vitres. La mer est blanche, non pas rythmée de montagnes successives, mais brouillée, noyée de cascades éblouissantes.

A hauteur de Kéréon, le dernier phare habité des côtes françaises, granit au-dehors, lambris et marqueterie au-dedans, c'est la force laté-

24. Cf. le très remarquable petit *Guide d'Ouessant* rédigé par une équipe d'universitaires fort pédagogues, Crozon, Éditions Buissonnières, 1995.

25. L'île d'Ouessant.

rale qui prévaut. Le bateau roule, bord sur bord, jusqu'à l'entrée de Molène, étroite, caillouteuse, réservée aux virtuoses de l'hélice à pas variable. Un « toucher » acrobatique, et l'on repart. Cette fois, le paysage a disparu, les embruns l'ont gommé, et la coque tosse par hoquets saccadés. Un équipage aveugle, dilué dans la mousse. Nulle inquiétude à la passerelle, sinon pour l'inconfort des voyageurs : sur l'écran du radar, le cap s'affiche, entre roches et balises, minutieusement observé par le timonier sans barre, armé d'une espèce de *joystick* qu'il manipule au degré près. Le chenal de la Helle, bientôt, calmera le jeu vers Le Conquet, puis Brest. C'est un soir comme un autre, un peu plus vif. Pas de routine ni d'exploit : on taille la route, c'est tout, entre mer et océan, avec méfiance et respect. On connaît.

Évoquer la diversité de ces univers n'est pas suffisant. Il convient de préciser que « ceux d'Ouessant » ne prisent guère « ceux de Molène », et moquent les Sénanes, réputés pour leur mine austère et leurs habits noirs. Il faut dire, aussi, que les indigènes de l'île nord, à Bréhat (l'archipel comporte deux terres principales que Vauban, ou sa doublure, a reliées par un pont), considèrent les châtelains de l'île sud comme d'étranges bipèdes foncièrement illégitimes en ces contrées. On notera, également, que d'après les sociologues qui ont écumé le terrain, 90 % des Palantais (les habitants du Palais, à Belle-Ile) vont très rarement à Bangor ou Locmaria, où l'on boude, traditionnellement, les Sauzonnais – dont les filles, selon les registres paroissiaux dépouillés jusqu'au XVII^e^ siècle, se sont gardées de convoler avec des garçons palantais, la boucle étant ainsi bouclée. J'ajouterai que les 1 550 hectares d'Ouessant furent divisés en 50 000 parcelles, phénomène que l'on retrouve à Batz où l'agriculture est toujours active : primeurs, endives, tomates, persil... La miette, sur l'île, est un domaine.

Querelles de clocher ? Pas seulement. Quand l'« autre » clocher paraît si près, l'explication est un peu courte. L'île contraint ses visiteurs et ses habitants à un complet changement d'échelle quantitatif et symbolique. Elle est si grande qu'on n'en finit pas de s'y distinguer.

Elle concentre, à haute dose, la mémoire des lieux, elle ne la laisse pas s'échapper ou se diluer. Quand vous empruntez, aux Saintes, la navette qui relie Terre-de-Haut à Terre-de-Bas, vous ne quittez pas seulement l'île touristique et heureuse pour l'île plus rude dévolue aux connaisseurs. La première, qui n'hésite pas à défier Rio de Janeiro dans ses dépliants touristiques et qui vante – à bon droit – sa baie, accessible par la passe de la Baleine, comme une merveille du monde, est une île de métis, mulâtres aux yeux clairs issus des « nègres marrons » échappés de plantations esclavagistes et d'immigrants bretons ou normands en quête de sols fertiles et contraints, devant la sécheresse inattendue, de se faire pêcheurs à bord de sublimes « saintoises », barques surtoilées, sans quille, exigeant, au près, un rappel acrobatique et, au portant, une sûreté de barre absolue. La seconde est une ancienne île à sucre, une île de la douleur, fertile hier et frugale aujourd'hui ; il faut aller la chercher pour la rencontrer, il faut frapper chez Eugénette, la bonne hôtesse, près de l'anse ouverte au vent, choisir sa langouste dans l'arrière-cour (la maîtresse de céans lui pince les yeux pour qu'elle manifeste sa vitalité d'un coup de queue protestataire), puis marcher jusqu'à l'étang, par la montagne, ne craignant ni la chaleur ni les couleuvres inoffensives, et revenir déguster la bête en bavardant par-dessus le fracas des rouleaux. De la terre « haute » à la terre « basse » (qui n'est guère moins haute que son homologue), on ne compte pas plus d'un quart d'heure de mer. Et à vingt milles, la verte et sombre Dominique dévoile ce monde qu'on dit « tiers ».

La mer unit, la terre sépare. Plus la mer est proche, présente, et plus le phénomène devient perceptible. Ce que les îles nous révèlent, ce n'est point qu'un bras de mer les isole du continent, c'est tout le contraire : terres parmi les terres, rejetons de massifs sous-marins, elles proclament l'obstination avec laquelle les hommes ne cessent d'assouvir, dans la paix et dans la guerre, une soif inépuisable de distinction. Différence belliqueuse, excentricité pacifique, elles sont ainsi troublantes et désirables. Elles énoncent ce que nous avons dans le fond.

Les îles montagnardes (et pas seulement montagneuses) sont peut-être les plus éloquentes. Quand vous êtes las, en Crète, du rivage pollué de tavernes saisonnières où l'on vous propose la moussaka du jour, c'est-à-dire celle de la veille, obéissez au réflexe qui sauve, celui des Crétois eux-mêmes face aux Mycéniens, à la « barbarie » dorienne, aux Romains, aux Vénitiens (dont les méthodes conquérantes étaient moins suaves que les fontaines), aux Turcs : grimpez. La Crète est une « île de terriens » selon l'historien Paul

Faure[26]. La plupart de ses habitants, sous Quintus Metellus comme sous Ibrahim Pacha, regardaient de haut leurs compatriotes exposés aux périls du dehors, se repliaient vers leurs grottes et leurs pics pour rester d'aplomb et, sous la férule ottomane, s'abritaient dans des monastères-nids d'aigle où ils préservaient leur langue, leur religion, dédaignaient les villages des plaines et des rivages qui acceptaient ou feignaient d'accepter l'occupant, violaient l'interdiction qui leur était notifiée de sonner la cloche.

Le plus beau tour de Crète qu'on puisse accomplir s'échelonne de refuge en refuge, monastères-forteresses triomphant des flots. Gonia, dans les murailles duquel se fichèrent les premiers boulets turcs, le 13 juin 1645. Arkadi, dont l'higoumène (l'abbé) refusa, le 9 novembre 1866, de se rendre et dont la tête fut promenée au bout d'une pique afin de terroriser les paroissiens : vaine leçon, ils préférèrent mettre le feu aux poudres et périr. Moni Preveli, au sud, face à la mer de Libye, auquel Rachid Pacha donna l'assaut l'année suivante. Khrysoskalitissa, doté d'un escalier d'or (mais seules les âmes d'exception l'aperçoivent, et je ne suis point du lot), sorte d'arche au toit couleur de ciel, hissée à trente-cinq mètres au-dessus des vagues, têtue et pathétique, à l'emplacement d'un des plus anciens phares dont se soit pourvue l'humanité navigante. Et, enfin, mon préféré, qui n'est sans doute pas le plus beau : Faneromeni, tout en haut d'un interminable chemin de terre, embrassant

26. Auteur d'une savante et controversée *Vie quotidienne en Crète au temps de Minos*, Paris, Hachette, 1973.

la baie de Mirabello secouée de frissons. Sous les Vénitiens, un « collaborateur », Kallergis, y fut jugé et condamné le dimanche des Rameaux, en 1293. Aujourd'hui, une nonne bancale interrompt sa lessive en ronchonnant et vous escorte, ronchonnant toujours, jusqu'à l'église où elle vous offre l'eau et l'étouffe-chrétien. A la porte, il est écrit : « Si vous ne voulez plus être un homme et avez en vous la brutalité de la bête, quittez ce lieu[27]... »

Toutes les îles – même l'île de Sein – sont des montagnes, et tous les îliens, pas seulement les Crétois, sont des terriens. Cela ne les empêche guère d'être fins pêcheurs, navigateurs sagaces, familiers, plus que quiconque, des ruses de la mer (je me rappelle ces pêcheurs maltais qui, le soir, profitaient de la brise de terre pour expédier au large une sorte de jouet, un triangle doté d'une petite voile et auquel une ligne était accrochée : quand le poisson mordait, ils n'avaient plus qu'à ramener, brassant le fil, leur simulacre de navire, traînant sa capture). Le paradoxe n'est qu'apparent. Les îles nous enseignent, contre l'évidence, qu'elles ne sont pas un fragment détaché, extravagant, de notre domaine ordinaire. Elles nous enseignent que la terre entière est une île baignée par l'océan, et qu'une île n'est que le comble de la terre.

L'illusion serait de penser les continents comme des étendues solides arrêtant et dirigeant l'étendue liquide à la manière des rives d'un fleuve. Parfait contresens. Nous sommes troublés

27. Cf., du même auteur, *Crète*, Paris, Éd. du Seuil, coll. « Points Planète », 1989.

par les îles, singulièrement par celles qui tombent à pic (splendeur de la Corse qui offre des lacs, des cascades, des lacets, des forêts noires à moins de deux heures de Porto) ou qui crachent de la roche liquide depuis une cheminée infernale, parce qu'elles remettent la terre à l'endroit, à sa juste place.

J'aimerais conter deux soirs, deux soirs heureux et insulaires, gastronomiques de surcroît, qui me furent plus doux que d'autres. Deux soirs où la terre me semblait à l'endroit.

Le premier se situe à Miyajima, ce qui signifie « l'île-sanctuaire », en mer intérieure du Japon. Une de ces îles quasi tropicales que Cendrars jugeait « tapies comme des jaguars », touffue jusqu'à l'eau, hérissée d'une montagne, le Misen, où l'on se trouve parfois nez à nez avec un singe. J'y ai dormi à la saison des érables, quand les feuilles virent au cramoisi. Et bien que l'endroit fût d'un romantisme légendaire, j'étais le seul étranger dans mon *ryokan* – l'hôtel traditionnel où l'on vit et dort sur le tatami. La servante qui m'était attachée, une petite bonne femme d'âge canonique à l'œil prompt et à la plaisanterie facile, déclara vouloir m'épouser parce que j'étais le seul homme qu'elle eût jamais surpris en train de cirer lui-même ses chaussures. Les clientes de l'auberge, en *yukata* (sorte de peignoir d'intérieur, très léger, dont on s'enveloppe à la maison), s'en allaient prendre le bain collectif et riaient fort. La fenêtre de ma chambre donnait sur le grand *torii* écarlate, arche dressée dans la mer, devant le temple sur pilotis, aux colonnes et aux solives rouge sang, aux planchers et aux rambardes de bois gris. Les lanternes en pierre étaient allumées, le gong annonçait la fermeture du sanctuaire marin. Des daims en liberté longeaient la plage. Les cinq toits de la pagode se reflétaient dans l'onde. Un vieillard en strict costume noir, à vélo, prenait le frais, tenant le guidon d'une main et son téléphone cellulaire de l'autre. Par intervalles, un mini-paquebot, tous hublots allumés, laissait échapper une musique confuse en glissant au loin.

Il faut au profane qui aborde ces rives un nettoyage énergique des clichés, poncifs, préjugés et allergies que véhiculent notre mémoire et notre imaginaire. La première fois que je suis parti au Japon, mon bagage initial, malgré quelques lectures raffinées ou utilitaires, s'échelonnait de Mizoguchi au *Pont de la rivière Kwaï* et de Claudel à *Madame Butterfly*. Sans étalon sérieux. Un salmigondis d'Orient subtil, élégant et mélancolique, et d'impérialisme caporalisé, « policé » au sens policier. Quelques escapades transsibériennes plus tard, j'observe toujours, dans le propos d'amis français, un message brouillé analogue à celui qui m'habitait moi-même : fascination et hostilité, mélange des temps et des genres.

Il y a de quoi se perdre, c'est vrai, au Japon. D'autant qu'on n'y est jamais perdu. Malgré l'analphabétisme auquel vous êtes condamné, malgré la langue qu'on vous coupe (au sud de Kyoto, l'anglais devient denrée rare), malgré le gigantisme des cités (Tokyo, avec ses 12 millions d'habitants, n'est pas une ville dont le « centre » serait identifiable, mais un assemblage de villes juxtaposées), vous ne risquez guère de vous fourvoyer. Des téléphones verts vous assiègent, des taxis noirs vous escortent, des employés galonnés doublent, à la gare ou dans le métro, les distributeurs automatiques. En tout lieu et à toute heure, quelqu'un vous accostera paisiblement et, si nécessaire, vous guidera jusqu'au terme. La courtoisie n'est pas un mythe, la sécurité non plus. On ne se marche guère sur les pieds, même aux heures de pointe. Rien à voir avec la cohue shanghaiaise qui vous écrase et vous emporte. Ni même avec celle du RER, au Châtelet, sur le coup de 18 heures.

On est perdu parce qu'on imaginait un Manhattan d'Asie. La fébrilité, le tapage. Et qu'on est d'abord saisi par une sorte de bonhomie tranquille, plus dérangeante peut-être. Ce monde performant est un monde de venelles, de passages étroits, de ponts arqués, de lanternes, de bistrots, de millions de bistrots. On y est fou d'images, mais la télévision, chaque soir de novembre, guette, avant de passer aux sumos, le rougissement des érables et, en mars, la floraison des cerisiers. Les banquiers de Marunouchi, non loin des toits verts du palais impérial, pédalent volontiers – sur les trottoirs, c'est l'habitude – pour quitter le bureau. Et à Shinjuku, la cité des jeux et des plaisirs, une banderole de l'administration fiscale rappelle aimablement l'échéance de leur terme aux passants et aux prostituées coréennes déguisées en infirmière ou en collégienne... L'« exotisme » japonais est d'abord fruit de la familiarité autant que de l'adversité, mais d'une familiarité détournée.

L'expression « s'enfoncer dans le pays » est ici pertinente, la témérité en moins. Quittez les artères de Tokyo, emplies de véhicules briqués avec un amour délirant, et pénétrez dans quelque ruelle adjacente. Vous voici au village, parmi les chats, sous l'incroyable entrelacs des fils électriques, dans un dédale de maisons basses. Où donc a disparu la mégalopole ? La ville elle-même vous rappelle que le Japon urbain, avec ses terrains de base-ball sur les toits et ses pieuvres d'asphalte, n'est qu'une plaine étriquée où court le Shinkansen, le TGV national, une plaine entre cimes et vagues où s'empilent les Japonais mais qui n'est point *le* Japon.

Rendez-vous au temple, n'importe quel temple, shinto ou bouddhiste, ne soyez pas plus théologien que l'indigène. Les fidèles, autour de vous, ne sont pas si fidèles que cela. Ils bavardent, plaisantent, achètent un grigri, sonnent le dieu qui passe (et sont parfois fort en peine de vous dire lequel). Lors des mariages, il n'est pas rare que la cérémonie se déroule en trois temps : shinto, bouddhiste et catholique, histoire de changer de costume et d'amplifier l'apparat. Sans doute, des sectes vénérables sont vénérées, et d'autres naissent et croissent, plus ou moins estimables. Mais la religion populaire, l'emprise bouddhiste sur la mort, le « sacré profane » du shintoïsme, ne s'encombre pas d'eschatologie.

Bref, si vous abordez l'empire du Soleil-Levant, évitez le solennel, le « forcément sublime ». Même en terre sacrée, même à Kyoto ou Nara, régalez-vous du pavillon d'or, et de celui d'argent, des portiques rouges de Fushimi Inari. Très tôt le matin, avant les touristes, grimpez au Kiyomizu et goûtez son « architecture de précipice ». Très tard, saluez l'extinction des dernières lanternes de Gion. Il n'empêche : non loin des jardins de pierre zen et des mille déesses de la compassion, une salle de *pachinko* (200 flippers horizontaux alignés en rangs compacts) flambe de néon dans l'effroyable ruissellement des billes d'acier. Et tout près, les lattes volontairement disjointes de la demeure du shogun chantent au moindre pas dans le « couloir des rossignols »...

Si doctes et complexes soient-ils, cette religion, cet art fuient l'intimidation. Je me souviens d'un jardin conçu afin que la lune se reflète dans ses eaux lorsqu'elle est pleine. Chaque pierre, chaque île a été pensée avec une minutie extrême. Mais une lanterne, aussi loin que l'œil porte, tire ce dernier vers la forêt sauvage. Les buissons ont été taillés pour se fondre dans la colline. Le jardinier s'est acharné à biffer l'artifice de sa création, à estomper la lisière entre son œuvre et la nature – qu'il a, du coup, mise en scène. Rien n'est plus « simple » que ce travail, rien n'est plus discret. Comme sont simples, à force d'élégance, les objets quotidiens, les coupelles, le *fusuma* (cloison mobile), le *shôji* (fenêtre de papier). Ce monde-là ne « frime » pas, ni dans l'admirable ni dans le prosaïque. Arrivant de Paris, on s'étonnerait à moins.

On l'aura compris, je suis sur la voie de la « tatamisation » (le néologisme est dû aux francophones qui séjournent et s'attachent). J'aime les librairies bondées, les brocantes, les sushis à l'oursin, les cartes téléphoniques irisées, les *love hotels* en forme de palais des Mille et Une Nuits, de saloon ou de tour Eiffel, refuge des couples trop à l'étroit chez eux, les filles à perruque rose des quartiers branchés et les dames trottinantes du troisième âge. J'aime le côté rigolard, bon vivant des Japonais, les longues tables d'hôte, le saké nouveau (qui est un vin, pas un alcool, nuance...). J'aime la fantaisie japonaise, cet au-delà de la convention.

Pierre Barouh (l'auteur de *La Bicyclette* ou du *Cabaret de la dernière chance* adoptés par Montand), si franchement « tatamisé » qu'il a épousé une Japonaise, me glisse entre deux tanches grillées, une nuit : « Ce pays, on peut le manquer d'un rien, on peut le frôler comme une goutte sur la plume. »

Coincés entre la montagne volcanique et la mer, les Japonais sont îliens par excellence. Et Miyajima, pour eux, est une île de rêve, une contre-épreuve. Une île « pure ». Jusqu'à l'ère Meiji, il était défendu de naître ou de mourir sur l'île sacrée, de s'y marier et d'y enfanter. Les chiens en étaient (et en restent) bannis. La règle s'est assouplie, bien qu'on ne trouve, là-bas, nul cimetière. Depuis le Misen, les autres îles chaudes et vertes de la mer intérieure tranchent sur l'eau brillante. Aux yeux des Japonais, Miyajima reste unique.

Ce soir-là, tandis que la marée montait le long des pilotis du temple, deux solides gaillards ont fait irruption dans ma chambre et interrompu ma contemplation. En un rien de temps, ils ont roulé vers le tatami une ample table basse qui s'est couverte de bols bleus, de raviers en porcelaine, de paquets mystérieux, de boîtes oblongues, de godets odorants. Tout cela codifié avec l'extrême soin des couleurs et des formes, tranchant sur le noir du plateau. La nuit était là, le *torii*, éclairé par des projecteurs invisibles, concurrençait l'orange ultime du couchant. Je me suis agenouillé et ai entrepris d'identifier, avec mes baguettes, les merveilles de la gastronomie locale – soupe d'algues, huîtres chaudes (au coin des rues, on les propose cuites sur la braise, grasses, dans leur coquille), joues de poissons aux dents aiguës, brochettes marinées, sushis, petites omelettes roulées. La servante a pointé le nez, plus curieuse d'observer un *gaijin* à table que de se rendre vraiment utile. Nous avons ri l'un de l'autre.

Pour venir, j'étais descendu à la gare d'Hiroshima. Une ville quelconque, moderne, aérée, prospère, aux larges avenues hébergeant les sièges de compagnies immenses (les usines sont en banlieue), aux trottoirs bondés de cadres, ces hommes sans femme qui se ressemblent le jour et clament leur différence la nuit, le saké aidant, leur lassitude d'appartenir à l'entreprise. Je me suis rendu au Parc mémorial de la paix. J'ai vu le dôme de l'ancien Office de la promotion industrielle, à l'épicentre des « 10 000 soleils » que largua l'*Enola Gay* le 6 août 1945 : une coupole de poutrelles tordues, fondues, étrangement rescapées. Entouré d'écoliers heureux d'échapper aux cours, coiffés de casquettes jaunes ou vertes, une teinte par classe, j'ai visité le musée du Souvenir, galerie des horreurs d'où était gommée, comme dans les manuels scolaires, toute réflexion critique sur le Japon d'avant. Une image a dominé les autres dans ma mémoire, la photographie d'une pierre, d'un bas de mur, sur laquelle transparaît la silhouette accroupie d'un homme soufflé, dont rien n'a subsisté sauf ce négatif, cette absence.

Dans le train de banlieue, entre Hiroshima et l'embarcadère de l'île sacrée, deux honnêtes travailleurs, fatigués par des horaires et des distances effrayants, dormaient contre mes épaules. Oreiller du prolétaire, je songeais, troublé par la commémoration d'un massacre qui permet à une nation coupable de se penser victime. A Miyajima, je suis enfin sorti de l'histoire tue ou récrite.

Mon deuxième soir m'entraîne vers l'autre océan, le « mien », aux îles de la Madeleine, en bordure du détroit de Cabot qui sépare la Nouvelle-Écosse de Terre-Neuve. Le sable y est blond et les caps rouges ; le courant y est froid et les lagunes affables ; la mer y est vive et le sel dilué ; la brume s'y lève et la lumière abonde. Plage et banquise, mansuétude et tempêtes : à l'ouvert du golfe du Saint-Laurent, voilà un concentré d'Atlantique, une propédeutique pour le grand large.

Il faut le mériter, cet archipel aux contours d'hameçon, grappe de terres unies, pour la plupart, sur une soixantaine de kilomètres par de longues dunes. Pas de charters, pas de vols directs : le touriste, en la circonstance, a fermement sélectionné son objectif, et le tourisme, du même élan, revêt une qualité spéciale. Observation des « blanchons » (les petits phoques nés de la grande « mouvée » qui entraîne leurs parents vers ces contrées « tempérées »), à la fin de l'hiver, pêche au sébaste, quête du grèbe cornu et du pluvier siffleur – les visiteurs des Madelinots ne sont pas là par hasard.

Pour ne manquer aucune transition, pour quitter doucement les eaux douces, évitez l'avion, au départ de Montréal. Embarquez-vous sur le *Voyageur*, le cargo qui dessert les îles. Il est lourd, trapu, les cabines des rares passagers sont monacales, mais il ne craint ni la glace, ni les 7 nœuds de courant dans le goulet de Québec, près de l'île d'Orléans, ni les baleines en baie de Tadoussac. Le capitaine, maître à bord après Dieu, voire un peu avant, a dix mille fois parcouru le même trajet, qui prend deux jours, et ne semble pas s'en lasser. Haddock d'Acadie, il gouaille, esquive les interrogatoires, descend le matin en robe de chambre et passe, chez ses compatriotes madelinots, pour un artiste. Sans le *Voyageur*, les Madeleines sont exsangues. Mais le *Voyageur* ne trahit jamais. Et puis, dit fièrement son pilote : « Il n'est pas vibreur !... »

C'est vrai qu'au fil du Saint-Laurent le navire chemine sans un tressaillement, d'abord prisonnier d'un chenal exigu, puis de plus en plus libre à l'approche de la Gaspésie dont il longe l'à-pic enneigé, perdant de vue l'autre rive. L'Atlantique est le déversoir de la planète, drainant l'apport des principaux fleuves d'Amérique, d'Europe, d'Afrique et de la moitié nord de l'Asie. Le Saint-Laurent, dont les couleurs sont miellées au crépuscule, est lui-même le produit d'une telle cascade de lacs qu'on ne saurait localiser sa source.

Où commence la mer ? La houle du loin devient sensible sous Anticosti et, le lendemain matin, lorsque se profile Cap-aux-Meules, pivot des Madeleines, face à l'Ile-d'Entrée, la mutation s'est accomplie, comme un rêve secret.

Des Madeleines, je dirai la Grande Échouerie, arc de dunes venteuses et pâles où les bateaux ne se fracassent plus mais dont les loups marins (le mot *phoque*, en ces contrées, n'est guère usité) gardent possession. Je dirai la Belle Anse, promontoire de grès friable que la marée attaque et remodèle, l'espace d'une génération. Je dirai les maisons de bois bouton d'or, roses, violettes, rouille, orientées à leur guise, fichées où bon leur semble, comme au Groenland, mais plus vastes. Je dirai l'arbuste boréal. Et constamment, pour se reposer d'un coup de vent, d'un coup de neige, les étangs prisonniers, moitié terre, moitié ciel.

Les îles nous montrent combien nous sommes gouvernés par la coïncidence. Frédéric Landry, prêtre et gardien de la mémoire locale – il a fondé un musée et rédigé une kyrielle de livres –, m'a expliqué, un verre de gin à la main, que les habitants d'aujourd'hui sont tous, plus ou moins, des rescapés. Acadiens rescapés des persécutions. Immigrants rescapés des naufrages (les ancêtres de mon logeur ont touché cette terre lorsque leur navire, le *Miracle*, fort mal baptisé, est parti à la côte, au siècle dernier). Sans compter les vocations plus singulières. Ainsi deux Bretons, deux gars de la Rance, ont-ils fui, naguère, sur leur doris, un capitaine morutier trop méchant. Poursuivis, ils ont été dissimulés dans les caves. Leurs noms, à présent, sont éminemment madelinots.

Le dernier jour, j'ai consacré mon après-midi au site qui m'avait le plus impressionné : la Grande Échouerie, immense langue de sable ponctuée d'étangs, tout au nord. J'étais doté d'une volumineuse et noire Oldsmobile qui glissait sans un bruit à travers l'archipel. La brume était tombée soudainement comme elle tombe sur les bancs de Terre-Neuve, angoissante et imprévisible, capable de se former ou de se dissiper pour une infime variation conjointe de la température et de l'hygrométrie. En chemin, je me suis arrêté près d'un bar, le dernier avant mon désert océanique, et j'ai consommé la spécialité de l'endroit : le « sous-marin », sorte de *hot dog* garni de pétoncles, arrosé d'un verre de vin blanc californien. Il était près de 15 heures, mais le ciel, ou ce qu'on imaginait être le ciel, était aussi sombre qu'à la fin du jour. Un vent acerbe remuait le brouillard sans le balayer.

Après avoir dépassé une mine de sel, j'ai atteint le village – le mot est un peu excessif – d'Old-Harry, le terme de ma route. Aux XVIIe et XVIIIe siècles, cette enclave anglophone fut le théâtre d'une guerre et d'un massacre. Des Européens de diverses provenances, notamment basques et bretons, venaient surprendre ici les « vaches marines », les morses, et se battaient à mort, entre eux, pour les tuer jusqu'au dernier. Le chemin nommé *Seacow* menait à l'abattage et au dépeçage. L'*échouerie* ne doit pas d'abord son appellation aux naufrages que les hauts-fonds provoquèrent, mais à la coutume qu'avaient les morses de se hisser, malgré leur masse, sur les rochers, s'aidant de leurs défenses prodigieuses. Les haines entre Malouins et Luziens furent, paraît-il, saignantes. Mais le combat cessa faute de gibier, exsangue : les prédateurs avaient épuisé le cheptel.

Une maison de pêcheur, reconnaissable aux *cages* (l'équivalent de nos casiers) de bois qui s'entassaient alentour, était l'ultime trace humaine avant la dune infinie. Emmitouflé, chaussé de brodequins étanches, j'ai franchi une butte ocre, contourné un amas de récifs noirs et me suis retrouvé sur le rivage. Malgré la brume, le sable était lumineux, d'un blanc cru, fusionnant avec l'avalanche des rouleaux. J'ai décidé de suivre la ligne du flot pour ne pas me perdre, au cas où la visibilité déclinerait encore. Je commençais à marcher, peinant à contre-vent, quand je me suis aperçu d'une présence. Une petite fille, assurément venue de la maison, jouait à écrire son nom en lettres géantes sur la plage vierge. Elle s'appelait Sandra et a disparu.

Au bout d'une heure, j'étais soûl d'écume, je gagnais mètre à mètre sur le sol meuble. Tout repère s'était estompé. Il ne restait plus qu'une forme noire, cernée de sable blanc, à trois ou quatre cents mètres. Je m'en suis approché. C'était un phoque mort dont les oiseaux avaient achevé de picorer les yeux. J'ai continué. L'anse s'incurvait, et la dune était si haute, à ma gauche, qu'il me semblait traverser un univers de poudre et d'eau tournoyantes. Dans aucune forêt, sur aucune montagne je ne me suis senti aussi seul, aussi loin. Au moment où je m'abandonnais à cette sensation violente – parodiant de façon présomptueuse l'illustre François René –, un phoque, pardon, un « loup marin » a sorti ses moustaches d'une vague ténébreuse et m'a contemplé avec, du moins l'ai-je cru, un brin d'ironie. Un deuxième, puis un troisième ont émergé. Ils paraissaient allègres, luisants, frétillants, point troublés du tout par la charogne voisine, ni par le vent ni par la désolation ambiante. A l'extrémité de l'Échouerie, une petite colonie m'attendait de palme ferme, prête à me démontrer que le désert n'est jamais ce que l'on croit.

Je suis revenu sur mes pas, poussé par les rafales. L'Oldsmobile noire avait l'air d'un gros phoque narquois.

J'avais rendez-vous, pour mon dernier soir, avec Patrick Mathey, un de ces cuisiniers chez qui la cuisine est plus qu'une affaire de papilles : Madelinot d'adoption, il mettait dans son art tout ce que l'île offrait, même ce dont les îliens n'avaient que faire – buccins, oursins, berniques –, rien de ce qui a du goût ne lui étant étranger. Il m'avait promis une surprise d'adieu. Son auberge, La Marée-Haute, entre le chemin des fumoirs et un havre couvert d'oiseaux, ressemblait à ses propriétaires, aimable et familiale, cachant sous la chaleur et le sourire une rude somme de travail et d'organisation discrète.

En fait de surprise, il s'agissait de surprises gigognes. D'abord, j'étais le seul client. Ensuite, il n'était pas question que je fusse un client. Enfin, ce dîner serait placé – comme l'après-midi, mais sur un autre mode – sous le signe du loup marin. J'avais raconté à Patrick mes souvenirs de ragoût eskimo. Il avait décidé de me révéler, avant mon départ, la subtilité de la viande océane (je précise, à l'attention des Tropéziens et des idéologues, que la chasse au phoque est, là-bas, strictement réglementée et que l'espèce abonde, au point de menacer le poisson, notamment le hareng). Le chef, grave, m'a entraîné dans sa cuisine, a sorti une bouteille de chablis et s'est mis aux fourneaux. Il m'a expliqué, mais je ne saurais reproduire ses paroles sacrées, combien le dos de loup marin exige une qualité exemplaire et des soins particuliers.

Une demi-heure plus tard, nous étions assis, tous les deux, à la meilleure table, devant la fenêtre. La brume s'était envolée, un héron gris s'est posé. Le monde funèbre et magnifique de l'Échouerie se dissolvait dans un jeu d'eaux mêlées, de marais tendres, de nuages. Patrick m'a d'abord servi une sorte de mille-feuille (une fine tranche de cœur, une galette craquante, et ainsi de suite). Puis le dos de loup, en sauce très légère afin de ne point masquer la saveur marine, fut l'objet d'une glose patiente. Nous ne voulions plus autre chose, nous ne voulions pas gâcher la solennité tranquille de l'expérience. Le soleil a eu la délicatesse de se coucher lentement. Et mon hôte, qui avait renouvelé le chablis, disait que l'ennui, avec les îles, c'est qu'elles sont petites mais qu'on s'y engloutit.

# 6

# *Je ne serai jamais un* yachtman

C'est une idée à laquelle il faut définitivement que je me résolve : je ne serai jamais un *yachtman*, je ne courrai jamais la Nioulargue, la régate des légendes dorées, à bord de *Tuiga*, dessiné en 1909 par William Fife Jr. Quand bien même, demain, une fortune imprévue s'abattrait sur moi, quand bien même je consacrerais cette fortune (que je postule immense, pour le coup) à l'acquisition de *Shamrock*, le « classe J » commandé par Sir Thomas Lipton, en 1930, au chantier Camper & Nicholson, doté de voiles signées Ratsey & Lapthorn, de bordés d'acajou et de robinets en or, quand bien même je régaterais élégamment contre *Britannia*, *Astra*, ou *Candida*, et démontrerais dans cet exercice un talent consommé du foc volant, je ne serais pas ce qui s'appelle un *yachtman*.

J'apprécie toutefois ces navires magistraux, je les apprécie en tant qu'œuvres d'art, l'art des artistes et celui des artisans. Je les regarde avec une passion intense comme je regarde un palais vénitien, à cette différence près que mon œil, s'agissant d'architecture maritime, est peut-être plus affûté. Mais je ne suis pas de ce monde.

Voilà quelques années, un journal très sérieux m'a suggéré d'explorer l'univers du luxe – je confesse avoir traité, dans ma courte existence, des sujets plus arides. J'ai visité des maisons de couture, rencontré un ancien professeur de philosophie, cher confrère, mué en créateur de parfums, exploré quelques palaces de la cave au grenier (ainsi ai-je appris que Mme veuve von Karajan, quand elle réside au Plazza, avenue Montaigne, sonne la réception à toute heure de la nuit parce qu'elle entend « des bruits » dans sa suite, ce qui me semble bien naturel), et je me suis présenté, place Vendôme, chez Alexandre Réza. Le maître joaillier m'a reçu dans un salon dont Arsène Lupin n'aurait su forcer la porte. Par scrupule, je lui ai avoué ma totale ignorance de son domaine, allant jusqu'à certifier que j'échangerais les bijoux de la Couronne contre le dernier Burma. Mon interlocuteur s'est-il amusé de ma franchise, était-il las de croiser des clients ou des relations qui posaient à l'expert ? Il a décidé de m'instruire. Pendant trois bonnes heures, j'ai eu sous les yeux quelques-unes des plus belles pierres du monde, assemblées en parures dont la moindre atteignait 10 millions de francs (mais laissons ces considérations annexes et quantitatives). Patient, mon mentor expliquait la recherche de la gemme inespérée, le dessin du bijou final. Sentant ma jubilation et mon ivresse, il m'a entraîné sous les combles de son immeuble où opéraient, assis à de petites tables basses, l'œil cerné d'une loupe, les orfèvres qui exécutaient ces merveilles. Des caillebotis en bois étaient disposés à leurs pieds – un diamant est si vite égaré. Je me suis retrouvé, dehors, comme étourdi, heureux de pratiquer une activité où tant de portes s'ouvrent et d'avoir salué un homme qui avait pris la peine de me transmettre, pour le plaisir, un peu de beauté. Mais ce n'était pas mon monde.

Mon rapport aux *yachtmen* est de cet ordre-là. J'ai, pourtant, d'excellents souvenirs de yacht-clubs. Par exemple celui de Salcombe, sanctuaire britannique de la voile s'il en est. La première fois que je m'y suis rendu, c'était par une nuit pluvieuse. Nous avancions, vent de travers, dans un mélange de brume et de crachin, guidés par le puissant phare de Start Point *[blanc, 3 éclats, période de 10 secondes]*. Ce temps mou était plus éprouvant que de saines risées. Nous étions fatigués, déjà rincés par un « coup de piaule » plus fort que prévu sur Guernesey. Nous avons cherché vaille que vaille l'anfractuosité, quasi indécelable dans la falaise sombre, qui conduisait à l'estuaire. Le feu directionnel de Sandhill *[éclats blancs, rouges et verts, période de 2 secondes]*, fort peu vaillant par ciel dégagé, se perdait au loin, à moitié caché derrière une tourelle ou ce que nous imaginions être tel. Nous avons pesté contre la pingrerie du balisage anglais – y décelant même le signe d'un repli farouche, du désir frénétique de rester entre soi – et nous avons fini, comme toujours, par dénicher le mouillage noir, soumis à un courant traître. Un coffre était libre, nous nous sommes jetés sur lui. Dix minutes plus tard, l'équipage ronflait.

Je ne me rappelle plus l'heure de notre réveil. Mais je n'oublie pas le spectacle qui nous attendait. L'estuaire ténébreux et inaccessible, à présent ébloui de lumière nacrée, était couvert d'un bon millier d'engins flottants. Yawls sublimes, biquilles pataudes, canots de bois, dériveurs, annexes pneumatiques, bateaux-taxis crachotants, épaves lentement et soigneusement rafistolées, unités glorieuses, tous pavillons déployés. Les uns ramaient en famille, les autres étaient engagés dans je ne sais quelle compétition, d'autres encore apprenaient à godiller. Une folie de l'eau salée, une foule dont cette eau, passion et support, constituait manifestement le liquide amniotique.

Le *harbour master*, tout en rendant la monnaie des 7 livres réglementaires, nous informa que le seul fait d'être unis au port de Salcombe par une aussière d'un pouce et demi nous transformait – provisoirement, il est vrai – en honorables membres du Royal Yacht-Club. Je lus dans la prunelle d'un de mes compagnons, marin sagace et libertaire, la résolution « inébranlable » (j'emprunte, ici, à la terminologie syndicale) de s'exprimer *illico*. L'équipage retint son souffle, pressentant l'incident. Mais notre ami, d'une voix fielleuse et conciliante, demanda si la qualité de membre – provisoire – du Royal Yacht-Club donnait accès à des douches, chaudes si possible. Le *harbour master* s'épanouit. Des Français soucieux d'hygiène ne pouvaient être complètement mauvais (ni complètement français). A la vérité, nous étions dans l'urgence, la peau râpeuse, la barbe aussi (l'équipage était masculin, cette fois, on l'aura compris), les muscles raides, frappés par cette lassitude complexe qui ne s'apparente en rien à ce que provoque, d'habitude, la pratique d'un sport – c'est tout l'être qui est engourdi et qui veut se nettoyer de la vigilance, de l'alternance d'initiative et d'immobilité, de dessèchement et d'humidité, qu'engendre la navigation.

Le Royal Yacht-Club avait le gabarit et le lustre d'une ambassade. Nous y sommes entrés le savon à la main, la serviette pudiquement roulée sous le coude, à la manière dont les militaires coloniaux, dans les films chers à Eddy Mitchell, avancent bras cassé, une badine contre le flanc. L'escalier inaugural marquait une pause sur une ample terrasse d'où l'on embrassait le ballet nautique, et où des *ladies* aux hanches copieuses, la poitrine correspondante abritée sous un corsage turquoise ou rose, s'esclaffaient entre elles. Plus haut commençait le territoire mâle. Nous ne rencontrâmes, ce matin-là, que des amiraux (par « amiral », j'entends un monsieur qui semble en uniforme même s'il est en civil, qui proclame de façon muette la caste qui est sienne et qui vous salue d'un *Nice weather today, hmm, hmm* machinal et pâteux). Une salle de réception, riche en trophées insignes, occupait le premier étage. Au second, la pièce de repos, moins cossue mais plus distinguée, avec un rien d'avachi, sentait le cuir d'*old fellow*, le tabac au miel, le *whiskey* viril et était, tout naturellement, interdite aux enfants et aux chiens (les femmes, j'imagine, sachant à quoi s'en tenir, ne se hasardaient pas jusqu'à ces sommets).

Nous sommes redescendus et avons fini par situer les douches. Elles ne comportaient pas de cabines indépendantes, comme c'eût été le cas en milieu moins homogène. Et nous nous sommes retrouvés nus au milieu d'amiraux nus, *Nice weather today, hmm, hmm,* débitant, sur un mode précieux et les couilles à la vapeur, le babil rituel qui conforte, par sa vanité, l'union des royaux membres. Me revint le souvenir de douches collectives de la même eau, quand mon indiscipline, à l'âge de treize ans, m'avait valu un délicieux exil pédagogique dans une *high school* de bonne tenue : après les séances d'éducation physique, il était convenable que les garçons de ma classe, dans une chaleureuse ambiance d'homosexualité institutionnelle, se lavent en chœur puis se sèchent, non moins en chœur, sur la pelouse de cricket, le tout assorti de commentaires salaces, ce qui n'a pas cours, en principe, chez les amiraux de Salcombe, lesquels ont cependant acquis, grâce à la *high school* et au *college*, le don de paraître plus amiraux encore à poil qu'habillés.

Ce n'est pas le bateau qui fait le *yachtman*, c'est le *yachtman* qui fait le bateau. Même si Bernard Tapie, au bon vieux temps du pas-vu-pas pris, lorsque François Mitterrand, qui connaissait le sujet, l'avait désigné comme parangon à la France du ballon rond et à l'électorat des quartiers « sensibles », si Bernard Tapie, donc, avait rehaussé le *Phocéa* d'un pont supérieur et rallongé le bout-dehors d'une dizaine de mètres, et même s'il avait installé Philippe Poupon devant la table à cartes et Isabelle Autissier aux réglages, il aurait parodié Charlie Barr mais n'aurait pas été plus *yachtman* pour autant. Ce doit être mon unique analogie avec le Wonderman du socialisme décadent. Comme dirait La Bruyère, c'est définitif, « je suis peuple »... Question de classe et de petite histoire. Je suis né du côté des galériens.

La découverte du bateau, dans mon enfance, coïncide avec la période où nous passions l'été à Saint-Cast. La « station » (drôle de mot, qui évoque la gare, la soupape et le chemin de croix) était alors scindée en trois univers très distincts. La pointe de l'Isle, où nous séjournions, était le quartier des pêcheurs, non loin du sémaphore. La pointe de la Garde, en face, était réservée aux villas bourgeoises cachées dans la verdure. Et le ventre sableux, entre les deux caps, était le quartier des Mielles qui faisait son miel, en saison, du tourisme parisien. Les navigateurs de l'Isle étaient équipés de doris, barques pointues au fond plat, résistantes à la mer mais roulant beaucoup, qu'on entassait autrefois sur le pont des navires terre-neuviers. Les navigateurs de la Garde, organisés en yacht-club, s'adonnaient à une plaisance vernie, exotique autant que le bois de ses coques. Et ceux des Mielles ne dépassaient pas le stade du canard gonflable.

Une des figures majeures de l'Isle était Albert (appelons-le Albert), un pêcheur intrépide qui n'hésitait pas à relever ses filets sous le Fort la Latte par mer houleuse – bien que son doris fût ponté, le risque de chavirer n'était pas mince. C'était aussi un étonnant soûlographe. Il enfourchait sa bicyclette et dégringolait vers le port à toute allure, esquissant, en chemin, des sinusoïdes affolantes (le port, en ce temps-là, était un simple mouillage mal abrité des vents de nord-est, sous l'îlot de Bec-Rond ; il a été, depuis, lourdement bétonné, flanqué d'une sorte de cité HLM haut de gamme avec vue « imprenable » puisqu'elle l'a prise, et mériterait, en hommage au maire qui perpétra cet exploit, l'appellation de Port-Sabouret). Albert ne freinait pas en vue du môle : d'un coup de reins, il quittait la route, mettait le cap sur la perche, en bout de jetée, s'écroulait dans un bruit de ferraille, basculait vers l'annexe où l'attendait son matelot. Dix minutes plus tard, le doris ponté passait devant Bec-Rond en pétaradant. Albert, droit comme un *i*, tenait la barre d'une poigne résolue et compensait machinalement le roulis des vagues avec la dextérité d'un danseur de corde. Il avait acquis son doris en transportant des pneus, la nuit, entre Jersey et la France. Mais il rachetait son inconduite contrebandière par une fidélité absolue, quels que fussent l'eau et le vin, aux expéditions du canot de sauvetage (un seul des équipiers de ce dernier le surpassait en héroïsme : le mécanicien, garagiste de son état, qui était malade à chaque sortie et sortait cependant).

Le quartier de l'Isle ressemblait à Albert : cabochard, artisanal, marin – quoique les vaches ne fussent guère éloignées. Tine, la poissonnière, aurait décroché un rôle dans l'opérette marseillaise. Un jour où mon père lui demandait du maquereau (sans même regarder la bête, ils étaient en confiance), elle a commencé à emballer quelques pièces puis s'est interrompue, levant les yeux, rouge de confusion :

– Excuse-moi ! Je t'avais pris pour un Parisien...

Elle allait remettre le poisson trop flasque à

l'étalage quand elle s'est ravisée encore une fois, soucieuse de se racheter :

– Garde-le quand même, t'auras qu'à boëtter avec.

Ne croyez donc pas que l'arrivée d'un bateau dans mon paysage fût comparable à celle de la *Marie-Joseph* dans le répertoire des Frères Jacques : un bateau clés en main, frais sorti du chantier, prêt à appareiller. Non, il y eut, en amont, Tine, Albert, tout un monde dont les *yachtmen* étaient absents. On en rêva longtemps et il ne prit forme que par étapes persévérantes. La coque vint de la Rance (en chemin, mon père fut victime d'un coup de vent et dut s'abriter à Saint-Lunaire, sous la pointe du Décollé). La voile, de Saint-Servan. Le moteur, un Bernard à essence, de Saint-Briac. Le corps-mort – l'objet lourd, enfoui dans le sable, auquel serait fixé le mouillage – fut déniché aux puces de Saint-Malo : c'étaient quelques maillons, géants, de l'ancienne chaîne d'une écluse. Il fallut assembler ces éléments d'occasion. Bien avant d'être paré, le bateau envahissait nos vacances. Décaper le bois au chalumeau. Tasser de l'étoupe entre les bordés. Mettre à l'eau, attendre que l'étoupe ait gonflé. Sortir de l'eau. Peindre les flancs, goudronner les dessous. Ajuster le gréement, choisir une ancre et des aussières. Raccourcir le mât, car le canot se révélait gîtard.

Ce fut un plaisir mérité pas à pas. Les écoles de voile étaient rarissimes, et nos amis pêcheurs, hormis l'usage d'un tapecul, avaient perdu la main, plus soucieux de bricoler leurs moteurs versatiles que de perpétuer la noble tradition. Mon père avait recours aux quelques bréviaires disponibles, et la méthode des essais et des erreurs prévalait. L'unique instrument de navigation était un « compas de doris », large et plat, qu'on posait à même le plancher et qu'on recalait du pied après chaque virement. Si le nordé se faisait méchant, on descendait inspecter le mouillage en pleine nuit, à marée basse (une fois, la tempête fut telle que nombre de bateaux arrachèrent leurs corps-morts et les traînèrent sur vingt ou trente mètres). Je garde de ces débuts le souvenir d'une activité permanente et multiforme, et non d'un loisir entre autres plages de temps. C'était un mode de vie ; nul doute que l'ampleur de l'investissement accentuait celle de notre plaisir.

Lorsque je prétends être « né galérien », je ne m'identifie point aux malheureux qui vivaient rivés à leur banc et dont la puanteur incommodait les riverains des ports où ils relâchaient. Ni aux jeunes banlieusards qui ont trouvé dans ce vocable la métaphore de leurs errances et de leur exclusion. Je parle, tout prosaïquement et sans misérabilisme aucun, de coups de rame dont les *yachtmen* sont ordinairement dispensés. Avec l'oncle d'Albert, ancien terre-neuvas, j'appris à souquer en cadence, les avirons engagés à bonne longueur entre les tolets, à utiliser le courant, à épargner le muscle et le souffle, à laisser le doris filer sur son erre entre deux attaques judicieusement espacées. J'appris qu'on pouvait « nager » pendant des heures sans mollir et presque sans y penser. Sur ma prame (l'annexe qui permettait de rejoindre le canot, à marée haute), engin trapézoïdal si pesant que trois hommes étaient nécessaires pour le remonter jusqu'au rivage, je connus l'ivresse d'être maître à bord, des journées entières, explorant les îlots, godillant avec enthousiasme. Je ne sais si je retrouverai jamais pareille sensation de liberté, d'autonomie princière, d'immersion dans la nature et de droit au caprice.

(Accessoirement, j'y ai gagné du coffre. Lors de la visite médicale qui précédait le service militaire, dite « des trois jours », longtemps après mon initiation castine, j'ai gonflé le spiromètre à sa capacité maximale, sous les yeux ahuris de l'aspirant – le mot tombe juste – auprès duquel j'avais plutôt l'intention de jouer les souffreteux. Cette performance inattendue, fruit des attentions de mon ancien professeur d'aviron, fut assortie d'une deuxième surprise : mes tests cérébraux, interprétés par l'« officier orienteur », établirent que j'incarnais la quintessence du travailleur manuel, verdict qui réjouit fort le jeune philosophe que je croyais être.)

Les vrais « galériens » de la famille étaient mes parents. Car le moteur Bernard, bloc de métal vert tendre fiché au centre de gravité du canot, avait la spécialité de refuser tout travail au moment précis où le vent, lui, refusait de souffler – en tout cas, dans la direction souhaitée. Quand nous rentrions du cap Fréhel, heureux d'avoir frôlé, au ras, la muraille de grès, puis d'avoir corrigé ce vertige, sur le retour, avec l'image ronde et presque sereine qu'offrait le Fort la Latte dans le commencement du soir (c'est là que furent tournés *Les Vikings*, tous les pêcheurs de Saint-Cast ayant orné leurs doris de proues vengeresses et de boucliers peints, mais ma taille et mon âge insuffisants ne me valurent qu'un emploi de figurant mort, sur le champ de bataille, d'où je n'aperçus pas même la silhouette de Kirk Douglas), quand, donc, jugeant la fin de notre croisière prochaine, nous traversions la baie de la Fresnaye, l'échappement se mettait à hoqueter. Mon père triturait quelques écrous. Mais nous savions le courant vicieux devant la dernière pointe, celle du sémaphore, et le temps manquait pour entreprendre une réparation méthodique. Ma mère s'installait à tribord, mon père à ses côtés. Je m'emparais de la barre et n'étais pas peu fier de voir mes géniteurs, ramant à pleins bras, vaincre mètre par mètre l'hostilité du flot et la mauvaise volonté des pistons.

Depuis, j'ai changé d'échelle. Ce qui me paraissait « loin » n'a plus exactement le même sens. Naguère, de Saint-Cast au cap Fréhel, c'était loin. Du cap Fréhel à Binic, c'était très loin. Et il est même advenu que du mouillage au quai, lorsque le vent contrariait la prame, ce fût si loin qu'on ne passait point. La mer est toujours grande, comme les îles, il n'est pas de route qui ne m'y ait paru compliquée, riche en détours et en imprévus. Il est vrai qu'à présent le spi ou le génois m'entraînent ailleurs, et plus vite, que 100 milles parcourus en un jour sont une honnête performance (Florence Arthaud, à ce train-là, courrait se pendre, comme quoi tout reste relatif). Mais lorsque je vois arriver dans une marina l'un de ces équipages sanglés de blanc, la poitrine barrée par le nom du navire, lorsque je retrouve l'image d'Herbert von Karajan (l'homme qui faisait du bruit) débarquant de son hélicoptère et rejoignant son yacht dont les hommes, sur le *catway*, l'attendaient au garde-àvous, je songe que ces marins ont ou avaient la science de la navigation, mais je ne suis pas sûr qu'ils en ont ou en avaient la prescience.

Je m'explique. Avant d'apprendre à régler ma voile ou à tracer une route, j'ai appris à flotter. J'ai eu la chance de ne pas me retrouver, du jour au lendemain, pourvu d'une création complète avec ses winches, ses réas, son guindeau, son propulseur d'étrave. Une mécanique dont la perfection m'aurait totalement mobilisé. J'ai eu le temps, le loisir, d'approcher la culture de la mer et l'élément marin, le temps d'observer la vague plus que la machine, avant d'ingurgiter l'indispensable technique.

Au premier canot paternel ont succédé diverses embarcations dont la plus pittoresque fut le *Micros*, un doris coupé doté d'une voile au tiers qui n'acceptait guère plus que le vent de travers. Son propriétaire d'origine, un serrurier malouin, était obsédé par la crainte que son bateau ne fût pas assez robuste. Il avait donc enrichi tous les angles de cornières soigneusement vissées, doublant la coque de bois d'une sorte d'armure métallique qui la transformait en cuirassé. Quant à la dérive de fonte, elle était si lourde que notre homme avait conçu, pour la relever, une grue articulée munie d'un treuil et de poulies. Le *Micros*, comme son nom l'indique, n'était pas gros, mais il ne passait pas inaperçu. En mer, les voisins se demandaient quel était cet étrange appareil. Et à terre, le cérémonial de mise à l'eau et d'hivernage s'accomplissait au prix d'une traversée grinçante de l'Isle, l'engin étant poussé et tiré par la famille sur un dispositif qui ressemblait à l'affût d'un canon et dont les connaisseurs, goguenards, identifiaient de loin le roulement effroyable.

Quand je visite le Salon nautique, quand je découvre ces lignes tendues, ces carènes fines et lisses qui abritent, à l'intérieur, une caravane où rien ne manque, ni le congélateur, ni la douche sous pression, ni le téléphone bidirectionnel, ni l'interface entre le GPS et le traceur de cartes, rien sauf une couchette permettant de réellement dormir en mer, je me sens agréablement vieux, je me sens le rescapé d'une époque où l'on bricolait. Non que je déplore la « démocratisation » du nautisme. Je m'en réjouis et suis vite agacé par certain discours qui jetterait facilement aux orties, ou aux goélands, le talent des constructeurs actuels et la qualité de ce qu'ils produisent. Pour le prix d'une grosse voiture, vous pouvez, désormais, entamer un tour du monde. Et manœuvrer seul un bâtiment qui, jadis, eût requis cinq ou six paires de bras. Mais, précisément, j'aimerais que cette révolution démocratique apparaisse pour ce qu'elle est : non point la multiplication des *yachtmen*, mais la revanche des amateurs.

Il a bien fallu que j'aille à l'école – moi qui, *a priori*, ne prisais guère l'exercice –, non pas l'école d'Albert et de son tonton rameur, mais une école patentée, comportant des niveaux et des grades. C'était le fruit d'une révolution technologique et culturelle. La vie associative, les

Trente Glorieuses, le *baby-boom* et l'imagination des architectes se conjuguaient pour qu'un public grandissant ait accès à la plaisance. Au commencement fut une caisse en bois : le Vaurien. Ça voguait pour pas cher et, une fois chaviré, ça ne se redressait plus. Mais ça lofait, ça abattait, ça empannait, ça comprenait deux écoutes et deux drisses, un étai, des haubans, un pataras, une barre et un stick. (*Lofer* signifie se rapprocher du lit du vent. *Abattre,* c'est le contraire. *Empanner* consiste à virer vent arrière. Les *drisses* servent à hisser les voiles, les *écoutes* à les border plus ou moins serré. L'*étai* tient le mât à l'avant, le *pataras,* à la poupe, et les deux *haubans,* sur les côtés. Le *stick,* enfin, est une réglette articulée, fixée en bout de barre, qui permet de continuer à diriger le bateau même quand on est assis très en retrait, à la contre-gîte. Ajoutez le *safran,* pièce maîtresse du gouvernail, et il n'est point besoin d'un glossaire plus épais pour aborder la suite.) Nous sommes tous passés par là et en avons rapporté les mêmes souvenirs uligineux : comment oublier ce focquier prolétaire, tourneur à Billancourt, qui négligeait de changer de côté lors des virements et s'étonnait ensuite, avec une candeur absolue, qu'une distraction aussi légère nous valût, fatalement, un bain froid ?

Avec les coques de contre-plaqué, signées Herbulot, l'ère de la barbe en broussaille était ouverte. Les *yachtmen* ont compris que le règne de la casquette blanche tirait à sa fin. Les ports ont été investis par des citoyens au nez rouge et pelé qui s'obstinaient à conserver sur terre leurs bottes et leur ciré jaune, emblèmes initiatiques, symboles d'appartenance. Le style Glénans, inimitable et inégalé, s'est imposé, mélange complexe d'ascétisme boy-scout, de convivialité façon auberge de jeunesse, de fusion républicaine et d'encyclopédisme tatillon (pourquoi se limiter aux 4 nœuds vraiment indispensables quand le catalogue en comprend 2 478 ?). La mer, ce n'était plus cher, mais cela devenait scolaire, avec ses hiérarchies du savoir, ses épreuves. L'école des flots se voulait aussi école de vie. Plus ça mouille, plus le métier rentre. Plus tu recules, plus tu comprends pourquoi tu n'avances guère. Et ne compte pas sur le moteur, les moteurs, ça lâche. Ma génération a été la première à user en grand nombre ses fonds de jean sur les bancs râpeux des cockpits. Avec l'invention du croiseur côtier, le *yachting* perdait sans retour sa connotation aristocratique – je soupçonne, d'ailleurs, les purs et durs de la « voile à l'ancienne » d'entreprendre, par-delà le judicieux sauvetage de traditions déclinantes et superbes, la restauration d'une caste supérieure, plus noble, plus légitime, en un mot moins « vulgaire ». Qui sait si l'ultime successeur de *Shamrock* ne sera pas, ironie du siècle et chant du cygne, la *Fleur de Lampaul* ?

L'apprentissage de la croisière s'effectuait dans une ambiance ouvertement machiste, les dames étant priées de ne point perturber, par leurs petites différences, la virile majorité du bord. Le sexe, la pudeur et toute cette sorte de choses n'avaient – en principe – pas de raison d'être dans un espace plus que limité où l'odeur de chambrée était inversement proportionnelle au cubage d'air dévolu à chacun : j'ai connu des nuits ruisselantes, non par cause d'éléments déchaînés, mais sous l'effet de la condensation d'haleines surabondantes. La sécurité faisait, à très bon droit, l'objet d'un souci maniaque (ricanement des *yachtmen* découvrant les stagiaires engoncés dans un gilet orange, lui-même recouvert d'un harnais qu'il convenait de crocher sur les « lignes de vie » dans lesquelles on se prenait les pieds en allant souquer le halebas). Pour la cuisine, un réchaud à kerdane. Pour la frimousse, une cuvette. Pour le reste, un seau et la mer. Au début, l'impossibilité d'avoir des toilettes à bord était technique : question de gabarit. Ensuite, j'ai été traversé par ce que Mlle Masquelier, la sainte catéchiste qui s'efforçait de m'éviter l'enfer en mes jeunes années, nommait « des mauvaises pensées ». Le refus obstiné de considérer cette ressource non comme un luxe, mais comme un facteur de sécurité (combien de marins, combien de capitaines ont été repêchés, sous le foc et le pantalon sur les chevilles, faute de poulaines acceptables ?) m'est apparu, finalement, idéologique. Il fallait que ce fût inconfortable. Il fallait, surtout, que la gent féminine y fût handicapée – ma sœur, qui gravit brillamment tous les échelons des Glénans jusqu'aux lointaines expéditions, m'a révélé qu'elle appréhendait tant d'être indisposée à la mauvaise date que ses règles se déclenchaient, par simple appréhension, juste avant d'embarquer.

Oui, il entrait, dans cet enseignement magistral, une part de rusticité rédemptrice et misogyne qui brassait du Rudyard Kipling, du Saint-Ex, du saint Paul, et de la sagesse des nations maritimes dont *L'Almanach du marin breton* (qui est au navigateur ce que le *Grevisse* est au grammairien) continue, pour la joie de ses fidèles, joie que j'éprouverai jusqu'à mon dernier souffle, de proposer un florilège annuel : *La perle est sans valeur dans sa propre coquille, Le poisson commence à puer par la tête, Il fait noir au pied du phare, Le crabe apprend à ses petits à marcher droit, On ne sait pas que le poisson pleure, Le quai s'arrête et le marin continue...* Je me souviens d'un chef de bord qui exigeait, après une longue journée de mer et une arrivée nocturne délicate, que ses ouailles missent à profit l'échouage pour caréner au balai de pont et à la lueur de la lune. Ma faible inclination pour la discipline aveugle et les camps de travail m'incita vite à retenir la leçon, qui était excellente, et à m'évader de la norme, qui était étriquée.

Ma critique remonte à trois décennies : depuis, les Glénans ont perdu leur monopole, leur misogynie, leur austérité biribiesque, et ont conservé l'essentiel, une incomparable pédagogie de la mer. Il est vrai qu'à l'époque naviguer sortait de l'ordinaire et que les néophytes de la démocratisation empruntaient à leurs devanciers et à leurs lectures un folklore trop appuyé. Le *yachtman* fleurait la naphtaline, mais le stagiaire se croyait vite au cap Horn (de reste, dans les premières éditions du *Manuel*, l'entrée de Paimpol ou de Groix équivaut, en difficulté, en précautions, en calculs, en relevés, en catastrophes envisageables, aux approches des îles Aléoutiennes par brume). La minutie, sans laquelle on ne croise jamais loin, se gâchait volontiers d'emphase. Devenir moniteur – je crains bien d'avoir succombé, moi aussi –, c'était, peu ou prou, sortir de la cuisse de Francis Drake et de Duguay-Trouin enfin réunis.

La fabrication du Golif a calmé ces fièvres infantiles. Le premier croiseur en plastique et en série – adieu le *Micros*, adieu l'âcre poésie du goudron et du calfat. Un bateau qui remonte au vent, même entre les mains d'un débutant. Un *home* confortable, un chez-soi flottant. La croisière est devenue familiale, vendue à crédit. Les colonies aquatiques nées du Front populaire et de la reconstruction n'ont pas résisté à la marée des classes moyennes. On ne s'est plus contenté de vivre en mer, on a prétendu y loger, avec réchaud à cardan et couchette double (le sacrilège par excellence). Deux pièces pour l'aventure, une capote contre les embruns et le gonio plutôt que le sextant. Les Glénanais purs et durs se sont cramponnés à leur lampe à kerdane, ont bougonné que le moteur, etc., et sont même allés jusqu'à soutenir que pisser sous le foc est le plaisir des dieux, ce qui n'est pas complètement faux. Il n'empêche : les marins de la dernière heure se sont révélés capables, en un délai record, de couper la route à ceux de la haute école, et presque sans prendre froid.

N'étant ni *yachtman* ni intégriste, je ne suis pas de ceux qui ont vitupéré, parodiant Léo Ferré, « le temps du plastique-tique-tique ». Sans la fibre de verre, les urbanisés de la deuxième génération auraient complètement perdu leurs attaches. S'il me fallait dispenser au modeste sloop dont je ne possède qu'une part le dixième des soins alloués jadis à notre canot de la Rance, je ne naviguerais pas quatre jours par an. Le temps de calfater, je serais rentré à Paris.

Ajouterai-je que la plupart de ces bateaux modernes sont beaux et fiables, que les accidents dus à une fabrication déficiente ou un accastillage médiocre sont rares ? Il suffit, fréquemment, d'améliorer la coupe ou la qualité des voiles, et d'un regard méthodique dans les haubans, pour disposer d'un engin dont l'adolescent que j'étais – et même les bourgeois de la pointe de la Garde – n'avaient aucune représentation. S'il fallait blâmer l'industrie, je lui reprocherais plutôt de vendre des unités conçues pour la régate Sydney-Hobart à des clients qui ne dépasseront guère la cardinale ouest de Fort Boyard *[scintillant blanc, 9 éclats, période de 15 secondes]*. Ou de se lancer dans des recherches de *design* branché dont les résultats, à la mer, sont rocambolesques ou dérisoires (mais les propriétaires de bateaux qui ne naviguent pas, qui cherchent l'esbroufe et non la vague, appartiennent, eux aussi, à la tradition). Pour le reste, je n'entonnerai point la rengaine de la nostalgie. La rengaine du mépris.

Plus tard, quand je retrouverai la seule liberté qui me manque, celle d'aller voir la mer chaque soir, je chercherai peut-être une de ces coques à quille longue que je caresse de l'œil. Je poncerai, je vernirai, je surveillerai les épissures, je traquerai la moindre bernique égarée. En attendant, je ne me prive pas d'un jour sur l'eau. Et je songe que vieillir comporte, aussi, des promesses. Des promesses qu'on traîne depuis l'enfance et qu'on a peur de ne pas tenir : retourner à la mer avant de retourner à la terre.

Le flot démocratique a suscité l'angoisse de la « banalisation ». Pointer son étrave vers le large risquait d'être « commun », ordinaire. Il a fallu apporter un contrepoint au spectre de la distinction évanouie. De même que la formule un, en sport automobile, a pris son essor à l'instant où les chaînes de montage débitaient des millions de véhicules standard, où les concours d'élégance et les rallyes huppés n'intéressaient plus que les collectionneurs d'archives et les brocanteurs, de même la diffusion de coques faites au moule a déclenché une quête d'exploits, de défis. Ce n'est pas un hasard si les grands ravagés de l'océan, qui filent d'une rive à l'autre comme tournent en rond les bolides à Montlhéry, ont surgi au moment où la croisière douillette devenait produit d'appel. Il fallait revigorer le mythe. Il fallait restaurer l'imaginaire. Il fallait, surtout, préserver les écarts. Quand un huit-mètres de série vire la bouée aussi bien ou mieux qu'un *Bélouga* d'hier, force est d'inventer quelques machines infernales pour entretenir le frisson et adjoindre un « label » flamboyant au constructeur qui « sponsorise » le rêve alimentaire.

Je ne suis pas hostile aux belles courses, loin s'en faut. La solitaire du *Figaro* est un chef-d'œuvre de tactique et d'endurance, le Vendée Globe Challenge ou la Whitbread exigent le talent des meilleurs marins qui soient, sur les meilleurs bateaux – ceux qui sont voués à affronter tout, et longtemps. S'agissant de nostalgie, j'avoue n'avoir pas retrouvé l'émotion de la transat Plymouth-Newport, quand Éric Tabarly, le 18 juin 1964, a demandé aux hommes du *Nantucket*, premier bateau-feu des eaux américaines, combien, parmi ses rivaux, étaient déjà au port, et s'est étonné, très sincèrement, d'être apparemment en tête, car il estimait n'avoir pas mené sa barque au maximum. Les balises Argos qui équipent maintenant les navires et permettent de les localiser à tout instant sont, assurément, des éléments de sécurité précieux. Mais elles transforment la course en une sorte de jeu virtuel, de *sail simulator* analogue aux programmes dont s'amusent les enfants sur des écrans ludiques. Et le « routage » à distance – qui n'est pas autorisé par tous les règlements – renforce encore ce sentiment : le skipper, fax et satellites aidant, est entouré d'un conclave d'experts qui l'orientent en chambre et cesse d'être un homme dans la nature, qui choisit selon son expérience et son flair, tranche entre l'orthodromie et la loxodromie [28], épluche les *pilot charts* où sont consignées les statistiques en matière de vent, de courant, de brouillard, et d'icebergs.

Une nuit, nous rentrions de l'Ile-Tudy et avons relâché à Sainte-Evette, mouillage d'attente avant le raz de Sein, près d'Audierne. C'était une nuit calme mais très noire, nous avons docilement suivi le feu de guidage de Kergadec *[directionnel scintillant, blanc, rouge et vert]*. On n'y voyait goutte au fond de la baie, quelques bateaux étaient à l'ancre, et, après un rapide coup de projecteur, nous les avons imités. Au petit matin, il s'est avéré que le coup de projecteur avait été

28. Ces options de route sont liées à la courbure terrestre. Le chemin loxodromique coupe les méridiens sous un angle constant, sans changement de cap. L'orthodromie suit l'arc de grand cercle qui relie deux points, la terre étant supposée sphérique.

trop rapide, ou la nuit trop noire. Notre voisin immédiat s'appelait *Pen Duick* et sa ligne parfaite (due à William Fife), assez basse sur l'eau et cintrée, aurait dû nous sauter aux yeux : personne, chez nous, n'ignore tant de sobre élégance. Le maître était à bord, c'était l'heure du café noir. Nous avons salué bien bas, avec une révérence dont nous n'abusons guère, malappris que nous sommes, avant de détourer la pointe de Lervily.

Tabarly, aux yeux de ma génération plaisancière, c'est le marin par excellence. Pour les coupes qu'il a remportées. Mais, plus encore, pour la manière. Les défis, soit, mais avec la ferme intention de ramener l'homme et le bateau. Le triomphateur français de l'Atlantique incarne à la fois l'innovation audacieuse (il fut le premier à partir sous spi ou à se lancer sur un trimaran) et l'idée, qui est le plus petit commun dénominateur de tous les marins du monde, qu'on ne gagne pas contre mais avec la mer. Tabarly n'a jamais décrit cette dernière comme un stade, même s'il ne cache pas son plaisir. Et il y a, dans sa bouche, un tel rejet du superlatif qu'il se garde, en réserve, tout un arsenal de nuances et d'indignations. Il ne pontifie point[29], il n'est pas indulgent non plus. Pour un peu, et ce n'est pas peu dire, il me rendrait militariste.

On l'avait critiqué quand il reprochait à son concurrent Alain Colas de sombrer dans la déme-

29. Éric Tabarly est ainsi l'auteur du meilleur et du plus simple ouvrage d'initiation à la plaisance, le *Guide pratique de la manœuvre*, illustré par Titouan Lamazou. En peu de pages et sans jargon, voilà de quoi dégrossir l'ignorant sans l'intimider. Paris, Éd. du Pen Duick, 1983.

sure (notamment en prétendant manœuvrer seul, dans l'épreuve de 1976, un monocoque de soixante-douze mètres, le futur bateau de Bernard Tapie). Il exprimait, en réalité, ce que pensaient tous les gens de mer. Colas, paix à sa mémoire, était un athlète et un homme téméraire. Mais ce n'était pas un grand marin. D'abord, il était trop bavard et il promettait trop – la mer n'est pas assez prévisible pour qu'on se hasarde à ces excès-là. Ensuite, il vivait son corps à corps avec les vagues comme un duel, comme un pari. Cet homme cherchait la mort, et l'a trouvée, malheureusement et logiquement. Nous le savions, nous le voyions pratiquer l'escalade, monter d'un cran à chaque étape, imaginer qu'on peut retourner le rapport des forces en sa faveur comme on retourne, d'un coup, le poignet de l'adversaire dans une partie de bras de fer. Colas épousait une conception de l'aventure qui n'est pas celle des marins : le « toujours plus ». Au bout de ce chemin, la mort attend, de façon certaine. L'esprit d'aventure, dans le domaine maritime, commence par l'esprit de compromis. Et c'est la justesse du compromis, la fine appréciation de ce que tolère la mer, qui fait la victoire du marin. En fin de compte, l'« exploit » fondateur, c'est de vivre, et la bonne manœuvre est celle qui réussit.

Précisément, la qualité rare de Tabarly est d'être capable, simultanément, de vivre la mer et d'aimer la course. Une qualité dont sont héritières les figures majeures de la cuvée suivante, Lamazou, Poupon et Peyron, unis par un sauvetage, Le Cam, Auguin, Isabelle Autissier (une femme qui écoute Bobby Lapointe en course et qui parle à son régulateur ne peut être que raisonnable), vrais sportifs, mais d'abord vrais marins. La cause n'est pas entendue si aisément. Pour beaucoup d'adeptes des « sensations fortes », en effet, la mer est devenue une aire de vitesse, un parcours, une surface rétive qu'on effleure au plus pressé. La confusion est croissante entre navigation et « sport de glisse ». J'apprécie le spectacle des surfeurs sur les rouleaux de Biarritz, j'admire le sens du vent dont témoignent les véliplanchistes. Mais la mer, ici, n'est qu'un prétexte, un terrain. Elle n'est que de l'eau, telle la neige artificielle crachée par les canons des stations alpines en manque d'or blanc. On organise à Bercy des régates-exhibitions où le vent est fourni par des ventilateurs qui promènent sur la mer d'un soir – Raymond Devos serait comblé : cette mer-là sera démontée le lendemain – des risées programmables à la demande. Il y a du muscle et de l'art dans ces démonstrations. Mais pas une once de nautisme.

L'exploit « absolu », selon moi, c'est l'entreprise d'Alain Bombard qui traversa l'océan, en 1952, sur un radeau gonflable, sans eau douce et sans vivres. Exploit « absolu », non parce que son auteur a mis sa peau en jeu et se serait délecté d'une étreinte perverse avec la Camarde, emporté par la spirale noire de son narcissisme, mais parce qu'il s'est, au contraire, élu pour cobaye dans une recherche dont la finalité était la vie même, la sienne et celle d'autrui. Il a réussi à démontrer que le plus fragile des hommes, celui qui est en perdition au milieu des flots, reste capable de vaincre la mer s'il utilise jusqu'au bout cette dernière, s'il s'en nourrit, s'en abreuve. Le compromis avec l'élément est porté à sa limite dernière, mais c'est un compromis raisonné, prudent – au sens étymologique du mot : tirer sagesse de l'expérience.

Le père Hugo, qui troussait les filles à Guernesey pendant que « Napoléon le Petit » le tenait en exil, était mieux placé que quiconque pour voir débouler les tempêtes, par le sud-ouest, sur sa maison-promontoire au-dessus de Saint-Pierre, maison-vigie à même le ciel. « La mer, professait-il avec la solennité d'usage, est une école de rigueur et de liberté. » La phrase ronfle un peu, mais elle ronfle juste : c'est la rigueur, en l'occurrence, qui non seulement autorise mais façonne la liberté, la fantaisie, l'audace, le rêve. N'importe quel montagnard, n'importe quel homme du désert reprendrait la phrase à son compte. L'exploit, toutes disciplines confondues, est la récolte de cette précaution. Et Bombard l'illustre avec un panache hugolien.

*Naufragé volontaire*[30], le récit de ce que l'on n'ose, en la circonstance, appeler une aventure, est une leçon émérite de courage et d'humanité. L'auteur dévide ses erreurs, à commencer par son point d'origine, au large des Canaries, où il confond la crête d'une vague avec l'horizon réel, se trompe d'heure et postule ensuite une estime qui le situe à 10 degrés, soit 600 milles de sa position vraie. Il clame ses indignations contre les auteurs de manuels ornithologiques pour qui un oiseau frégate ne saurait atteindre 1 000 milles d'une côte, affirmation qui le conduit à se juger

30. L'ouvrage a été judicieusement réédité, enrichi d'une postface de l'auteur. Paris, Éd. Phébus, 1996.

trop proche des Antilles. Il échafaude, avalant son plancton, des menus orgiaques – canard au sang, crêpes Suzette –, hésite entre le vosne-romanée 1930 et le pommard 1928 avant d'ingurgiter sa ration d'eau salée et trace, avec la cruauté et la modestie du médecin, la courbe de ses espoirs et de son désespoir, jusqu'à la rencontre de l'*Arakaka*, un cargo-passagers en provenance de Liverpool, dont le capitaine lui fournit une position sûre et promet qu'il demandera à la BBC de diffuser, la nuit de Noël, le *VIe Concerto brandebourgeois*. Beaucoup d'à-peu-près, de terreurs, d'abattements, mais une hypothèse judicieuse, un cahier des charges parfaitement rempli. Bombard n'était pas doué pour le petit commerce, sa générosité l'emportait toujours. Quand je peste contre le tarif annuel des révisions obligatoires de la « survie » du bord et réclame une conception « dynamique » (assortie d'une petite voile, notamment) des engins de sauvetage, je n'oublie pas que je suis l'éternel débiteur d'un génial hérétique : il avait la vie dans l'âme.

Il reste aux ultimes *yachtmen*, ou plutôt à ceux qui les parodient, la Coupe de l'America[31], épreuve dont la reine Victoria, en 1851, devant l'île de Wight, fut étonnée qu'elle ne comportât point de second. Mais là même, autant ou plus qu'ailleurs, le *sponsoring*, les droits de retrans-

31. En 1851, le Yacht Club de New York délègue le schooner *America* en Angleterre pour y disputer une régate dont l'enjeu est une coupe offerte par le Royal Yacht Squadron. Le bateau américain l'emporta. L'épreuve n'est pas une course habituelle sanctionnée par un classement : le vainqueur détient la coupe, est ensuite l'objet de défis, et remet la coupe à l'éventuel *challenger* victorieux.

mission télévisée, les équipages dont chaque membre est acheté comme on achète un quelconque footballeur ou rugbyman, à l'encan, ont altéré sans appel la distinction originelle – seule la ligne des bateaux est pure : la ligne d'arrivée, elle, sent la tambouille. Quant aux successeurs de Tabarly, la course à la course les épuise peut-être autant que les traversées folles ou sublimes qu'ils entreprennent – dont les plus contestables, soit dit sans offenser Peter Blake, vainqueur étincelant du Trophée Jules-Verne, sont les « records », établis, par essence, dans des conditions météorologiques inégales et destinés à susciter l'intérêt des médias et des bailleurs de fonds. Avant le coup d'envoi, l'achat du ticket d'entrée est une traverse qui vaut bien l'autre en insomnies. Il ne suffit plus d'être marin pour franchir à toute vitesse les océans, il faut être ingénieur, « dircom », informaticien, banquier, *top model*, animateur de télévision, ami du Prince ou chansonnier. C'est la ligne de départ, aujourd'hui, qui semble la plus lointaine, très loin de Joshua Slocum, d'Alain Gerbault, de Jacques-Yves Le Toumelin, voire des cinq concurrents de la première transatlantique initiée par le colonel « Blondie » Hasler, en 1960. Très loin des amateurs bohèmes, des passionnés de voile qui souffraient de la quasi-disparition de cette dernière et bousculèrent le Royal Western Yacht Club of England ainsi que son homologue américain.

Au vrai, je constate qu'un bateau ne va jamais très vite. Et que, s'il s'agit de plaisance, je m'en arrange volontiers. J'aime que les voiles soient bien réglées, que les écoutes, la chute, les rails soient calés au mieux. J'aime sentir la coque à son aise, goulue de risées, point trop pentue. J'aime encore les débats qui naissent, entre vieux complices, sur l'opportunité d'ouvrir ou non la grand-voile, d'interpréter de telle ou telle façon l'écoulement laminaire, sur le moment idoine pour prendre un ris ou réduire le foc, ou les deux. J'aime la finesse de barre, cette manière quasi inconsciente d'anticiper qui ne s'acquiert qu'à la longue et n'est décelée que par le connaisseur. J'aime accélérer en silence, allonger la foulée presque sans un bruit, sauf un chuintement menu qu'il faut aller chercher, qui ne s'entend pas sans attention, privilège qu'ignore la culture du vroum-vroum, des entourloupes assassines sur le boulevard périphérique, des cylindres en ligne, et du tac-tac-bang en Dolby stéréo avec effet *surround*. Mais ces petits savoirs ne sont source et fruit que d'un plaisir d'harmonie. Je n'y place, quant à moi, aucun esprit de compétition (et ne serais certainement pas assez virtuose pour y prétendre).

C'est une affaire ancienne. J'étais déjà indigné, à l'école, que nos pédagogues, d'un seul élan, sollicitent notre spontanéité, notre singularité, et prétendent, à l'occasion du même exercice, prononcer un classement. Je voyais une escroquerie dans cette double attente : ou bien, me semblait-il, le contrat est de produire un résultat convenu qui fournit l'étalon de la réussite et de l'échec ; ou bien le contrat est de produire un objet, un texte, un argument original, et ce produit échappe à l'étalonnage quantifié. Que mon instituteur compte mes fautes d'orthographe et applique le barème réglementaire, très bien. Qu'on me demande si Phèdre est une dame honorable, et rien ne va plus. Le jour où j'ai découvert qu'on organisait sans rire des concours de philosophie, j'ai songé que les sophistes avaient définitivement gagné, d'autant qu'il était recommandé, pour avoir tout bon, de pourfendre la sophistique. J'ai découvert, en cette circonstance, ce que mon maître devenu mon ami François Châtelet baptisait la quintessence du lieu commun[32], l'arôme spirituel de l'ordre mou et de l'insignifiance. Et je me suis reporté vers des domaines inquantifiables et inqualifiables où circulent des individus non qualifiés, l'édition, l'écriture, toutes activités qui ne fonctionnent, le plus officiellement du monde, qu'à la rumeur, au point d'exclamation, à l'à-peu-près, à la mode, à la servilité, à l'enthousiasme, à l'injustice, à l'ascenseur, à la vertu et à son contraire, au courage et au calcul, bref des activités honnêtes où blâmes et louanges sont sans commune mesure, ce qui n'est pas fatalement indice de légèreté.

Lesté d'un tel contentieux, on ne s'étonnera pas que la compétition ne soit guère, sur l'eau ou hors de l'eau, ma nourriture favorite. J'ai peiné pour échapper au concasseur – le joli terme ! – universitaire, j'ai creusé mon infime trou dans le petit monde de l'incommensurable, j'ai résisté à la sacralisation des *yuppies* et des gros malins sous

32. Cf. *La Philosophie des professeurs*, Paris, Grasset, 1970.

une présidence socialiste, j'ai refusé les innombrables gratounettes de la Française des jeux, j'ai ricané devant mon poste de télévision, pendant la foire olympique, au spectacle de ces pauvres bêtes d'athlètes pleurant de joie, comme un veau britannique, à l'idée que les perfides substances qui leur confèrent un millième de plus-value échappent au dépistage. Et vous voudriez qu'en mer je me soucie d'aller plus vite que mon semblable ?

Non, résolument non. En mer, je me soucie d'aller au gré du vent, je me repais de cette lenteur, de cet étirement de l'univers. Je voue à tous les diables ces embarcations plates et vaines, pourvues à l'arrière d'un moulin de 150 chevaux, qui vous frôlent au mépris des gens, de la réglementation et de la quiétude ambiante.

Pour me comprendre, rappelez-vous votre dernier bain de soleil, à la fin des vacances. L'air était badin, les épidermes noircis, les crabes inquiets. Les apprentis véliplanchistes observaient l'étrange rituel qui consiste à se hisser sur une banane flottante, attraper un cordage, tomber à l'eau, puis se hisser sur la banane flottante, et ainsi de suite. Vous lisiez *La Dame de Monsoreau*, déplorant que Dumas père (lui-même issu d'un Alexandre, ce qui résume bien son invention narrative) n'ait pas eu des petits-fils plus nombreux. Vos pores étaient dilatés de contentement. Et puis vvrrrrrr... VVRRRRRR.... **VVRRRRRR**... Un être hybride, mi-homme, mi-motocyclette, a traversé la baie. Au bout de ce chemin, il a viré sur l'aile – si j'ose dire –, et vvrrrrrr... VVRRRRRR... **VVRRRRRR**... il a retraversé la baie. Fort de son exploit, il a donné un coup de guidon rugissant, et vvrrrrrr... VVRRRRRR... **VVRRRRRR**... il est repassé, toutes hélices hurlantes, devant vous autres, humbles steaks sableux. Ensuite, vvrrrrrr... VVRRRRRR... **VVRRRRRR**... il vous a démontré, avec un entêtement de laboureur alignant sillon sur sillon, ce dont un sportif à quatre temps est capable. Alors un compétiteur, deux compétiteurs, trois compétiteurs ont surgi, et ce sont quatre laboureurs, vvrrrrrr... VVRRRRRR... **VVRRRRRR**... qui vous ont labouré la sieste, en vertu de leur bon plaisir et de la rage de vaincre. Car les compétiteurs sont seuls au monde, et ce qu'ils cherchent, autant ou plus que la victoire, c'est à dessiner la frontière qui les enferme dans la joute et les protège frileusement de la trivialité coutumière.

A votre place, je me serais réjoui d'être plus ou moins nu sur la plage, donc sans arme. Parce qu'à votre place, si le port de la carabine eût été l'usage entre vague et tamaris, je jure que j'eusse calé les monstres au bout de ma mire, pressé la détente, plaidé coupable et inauguré un atelier d'écriture à Fleury-Mérogis. On y aurait déploré que des ingénieurs, des industriels aient conçu un engin de plaisir capable de gâcher le plaisir d'une plage entière. Un engin méchant, dangereux, qui insulte la mer. Un hachoir marin, un casse-tête de pointe, une bécane frénétique, un requin de métal et de résine, une marteau-piqueur flottant, une chose technologique qui braille la fadaise dernier cri.

L'autodéfense est une pratique que je condamne au plus haut point, et dont chacun, moi le premier, est susceptible d'éprouver la tentation. Je serai donc lâche et retors. J'inviterai les malheureux chasseurs de tourterelles du Sud-Ouest, déjà cités plus haut tant leur détresse est poignante, tragiquement privés de leur gibier et de leurs traditions ancestrales par les directives de technocrates-de-Bruxelles dont nul ne parvient à concevoir que la ferveur écologiste et la préservation de l'oiselet migrateur aient réussi à effleurer la cervelle, je les inviterai, donc, à changer leur fusil d'épaule, à construire des huttes de bois – plus écologique, tu meurs d'une balle perdue – en bordure des dunes, et à canarder en chœur les scooters des mers, touchant la machine et non l'homme, question de principe. Je les inviterai, le soir, en treillis et chapeau à plume, pour un méchoui bleu-blanc-rouge où l'on arroserait, levant le coude comme le firent, avant nous, nos pères et les pères de nos pères, les cadavres troués, alignés sur le sable, de mécaniques Honda ou Suzuki sur lesquelles nous poserions le pied d'après safari, souriant à la chambre noire de toutes nos dents.

On m'objectera que la compétition vélique est l'absolu contraire de l'engeance sus-citée, qu'elle est douce à l'œil, fine à l'oreille, subtile et loyale. Et l'on aura raison. Mais je me méfie. Au temps où Francis Chichester, dont l'anoblissement n'altéra pas le pittoresque, fêtait son anniversaire, sur l'onde, en tenue sombre et nœud papillon, au temps où Jean Lacombe alignait dans la Transat un Golif de six mètres et demi, au temps où Tabarly, relatant son équipée[33],

33. *Victoire en solitaire*, Paris, Arthaud, 1964 ; réédité en 1995.

consacrait un gros chapitre à la tactique de ses concurrents, le péril était nul, le respect mutuel entier. Mais, pour des raisons qui n'ont rien à voir avec la plaisance ni avec la qualité des marins, ce temps-là est révolu. La fureur de foncer, de doubler, de contourner les règles, d'écrabouiller, de passer coûte que coûte, la fureur de survoler les autres, de les contraindre, de s'imposer à tout prix n'est ni une spécialité nautique ni une spécialité sportive : c'est une culture de l'époque. Elle frappe les parents d'élèves autant que les présidents de club, les exportateurs, les archevêques ou les boursiers. Et, si j'en crois quelques confidences, elle pèse fort lourd sur les épaules de navigateurs qui ont le goût du sel mais non de la rixe, et qui sont embarqués, malgré eux, dans une escalade inquiétante s'ils veulent assouvir leur passion du grand large.

Je me méfie, donc, quoique je ne cesse d'admirer. Et j'affiche ma politique : je veux aller lentement. Je veux, certes, que mon bateau « marche », mais pas qu'il coure. Je ne veux pas être le premier (ni le dernier, ne soyons pas masochiste), je ne veux pas « être » du tout, je ne veux figurer sur aucune liste, aucun palmarès. A terre, cela suffit, j'ai ma dose de rivalités, de jalousies, d'itinéraires *bis*, de raccourcis, d'émulation, de temps imparti, de *challenge*, de *deal*, de trahisons, d'avaries et d'angoisse. Ma culture maritime, celle que m'ont enseignée mon père, Albert et les ronchons des Glénans, c'est qu'il convient de mollir avant de casser, de réduire la voilure plutôt que de se vautrer, de repérer le grain assez tôt pour que la manœuvre ne soit ni trop pénible ni trop hâtive et de rentrer le spi avant qu'il ne porte à l'excès ou ne se déchire. Les trimarans sont fragiles comme des coquilles d'œuf. Et parmi les monocoques du Globe Challenge, qui sont pourtant, à mes yeux, les plus achevés des voiliers de la planète, un sur deux ne termine pas son périple. Naviguer à la limite – voire au-delà – de l'homme et du matériel est un banc d'essai draconien dont l'enseignement n'est pas mince. Est-ce, toutefois, le propre du marin ? Sûrement pas.

Plus grave, peut-être : de la casse, de la déchirure, il me semble que nous n'en manquons point, en cette saison. Et qu'il y aurait quelque faute de goût à se précipiter au-devant. J'ai côtoyé assez de malades du sida ou du cancer, lorsque j'enquêtais dans les hôpitaux, j'ai ramassé, au SAMU, assez de corps en charpie pour qu'aucun trompe-la-mort fanfaron ne me bouleverse. « L'extrême », quand la peste est là, quand on mendie, au-dehors, c'est la vie de tout le monde. La « vraie » culture maritime, celle des citoyens de Pors Even, du Guilvinec ou de Fécamp, est solidement empreinte de cette modeste conviction. Certains « mangeurs d'écoute », dans leur quête de l'aventure, cherchent à vivre avec plaisir et courage. D'autres fuient le quotidien, voilà tout, et le fuient avec une énergie suspecte, à la poursuite de leur nombril. Poe, Stevenson, Coloane, Melville ont construit leur œuvre sur cette ambivalence, et c'est pourquoi leurs voyages nous troublent et nous instruisent.

Je devine, à cette étape de mon homélie, le sourire caustique de lecteurs dont l'amitié m'est chère : les compagnons de croisière qui me connaissent un peu mieux que mes compagnons de bureau. Ils diront que je suis hypocrite. Ils témoigneront que, si un bateau du même gabarit et du même type de voilure vient à nous doubler, je ne suis pas le dernier à reprendre du creux, à surveiller « l'ennemi », en douce, derrière le génois. Ma sœur rappellera opportunément que, dans nos vertes années, j'ai rarement joué au Monopoly sans tricher (et sans remords, le Monopoly étant une école du capitalisme sauvage, lequel a toujours su modifier les règles au milieu de la partie). Ils ont raison, je plaide coupable, j'aime le jeu. Mais rien que le jeu. Je n'entends pas que la régate prenne pour devise *La course ou la vie.*

Une fois, doublant la tour d'Olénoyère, entre Loguivy et Lézardrieux, je me suis retrouvé côte à côte avec un voilier identique au mien. L'endroit est déroutant, les accidents de la rive provoquent des sautes de vent, et puis, soudain, tout tombe, sauf le courant qui profite du rétrécissement pour accélérer. L'astuce consiste à piquer vers la balise, à se planter dans le tourbillon qui s'agite alentour et à profiter de ce dernier pour s'extraire et retrouver le vent, de l'autre côté du goulet. C'est ce que j'ai fait, ce jour-là, laissant sur place mon homologue qui ne connaissait pas cette ruse, ce qui est très excusable et, franchement, dépourvu d'importance. Mais mon « rival » ne l'entendait pas ainsi : il s'est mis à glapir que j'avais triché (comme si nous pratiquions le Monopoly...), qu'il avait vu, de ses yeux vu, l'échappement de mon Diesel. Pour un peu, il aurait démoli l'arbitre. Interloqués, nous regardions ce gaillard, qui devait être cadre dans une entreprise ou une administration, ce gaillard indigné sans raison. Il souffrait.

J'ignore cette souffrance-là, et j'ai l'intention de continuer.

Mais je ne serai pas hypocrite jusqu'au bout, je confesse que me je laisse prendre. C'était l'automne 1990. Des amis m'avaient invité à observer en mer le départ de la Route du Rhum, la course Saint-Malo - Pointe-à-Pitre qui fut brillamment remportée, cette année-là, par Florence Arthaud. Nous avions projeté d'éviter la cohue de la cité corsaire, de nous positionner assez loin, sur la trajectoire des concurrents, et de les avoir pour nous seuls. Le départ devait être donné un dimanche. La veille, très tôt – le port d'attache était un bassin prisonnier d'un sas, et l'on ne sortait qu'à la marée haute –, nous sommes partis avant l'aube, dans une nuit suintante et frisquette. Le temps était bizarre, un reste d'orage, ordinairement peu compatible avec une telle froidure, crachait des éclairs. Nous nous sommes échoués devant l'île Saint-Riom, tout près d'un champ d'huîtres dont le propriétaire, mine de rien, nous tenait à l'œil. Et nous avons dormi tout notre soûl, tandis que la dépression inondait la baie d'une pluie acerbe. Plus tard, nous avons patiemment tiré des bords, dans un clapot agaçant, jusqu'au havre de Dahouet, guidés par le feu de la Petite Muette *[éclats blancs, rouges et verts, période de 4 secondes]*.

Au matin du grand jour, la nuée s'annonçait parfaite, bien que les rafales fussent mordantes.

Nous avions droit à ce que les météorologistes nomment un ciel « de traîne », quand le vent remonte à l'ouest puis au noroît en fraîchissant sur la fin, tandis que les nuages, peu à peu, se fragmentent, s'effilochent, et que la lumière, crue, exempte de la moindre nébulosité, s'installe et paie le salaire de la grisaille antérieure. Nous sommes montés au nord, vent de travers puis au près, secoués et joyeux, mangeant à toute heure pour prévenir le mal de mer qui frappe sournoisement les estomacs creux, et buvant de même, car deux précautions valent mieux qu'une.

Aux environs de midi, nous avions taillé notre chemin, et nous apercevions, fort loin, un grand remue-ménage devant le cap Fréhel. Des hélicoptères, des avions bourdonnaient là-haut. Un énorme ferry blanc précédait, en l'écrasant, une armada de barcasses tellement serrées les unes contre les autres qu'elles paraissaient fondues en un magma flottant, même à la jumelle. Et nous, dégagés et sereins, la veste de quart boutonnée jusqu'au col, les doigts et le nez au chaud dans la laine, nous étions les rois de la mer. Les vagues devenaient vertes, d'un vert irlandais, puissant et profond. Le soleil hésitait encore à les frapper carrément, mais il s'insinuait, se faufilait jusqu'à leurs crêtes, blanchissant l'écume. Autour de la table à cartes, on stipulait, on jouait les stratèges, on déterminait au degré près l'angle sous lequel la tête de course croiserait notre sillage.

Nous avons encore attendu trois ou quatre heures. Puis une silhouette griffue a paru se détacher du Fréhel et pointer sur nous. Notre bateau était exactement dans son axe, filant 8 nœuds, en pleine forme. Mais l'araignée volante qui s'avançait était d'une autre espèce. Elle semblait ne pas toucher l'eau, ne pas la défoncer comme nous en avons coutume, creusant dans la masse, elle semblait caresser l'adversaire, la coque au vent très haute, le skipper juché dans sa nacelle, incroyablement fragile et souverain. Nous avons viré pour qu'il nous dépasse sans être gêné, et il a salué du bras, fatigué, sans doute, d'avoir trop craint, devant Saint-Malo, la collision stupide qui brise le rêve avant qu'on ait eu le temps de clore les paupières.

Nous l'avons regardé, ivoirin sur le flot sombre, s'éloigner vers la Horaine *[3 éclats blancs, période de 12 secondes]* à une cadence inouïe, près de trois fois la nôtre. Il n'avait pas seulement de la vitesse, il avait de l'allure, il nous emportait, nous nous moquions de la course, des sponsors, du gagnant, mais nous étions solidaires de cet homme qui nous submergeait d'horizon. Les autres suivaient de près, dessinant autour de notre sloop des arcs bouillonnants. Florence Arthaud portait des gants roses.

Qui donc a prétendu que seule la victoire est jolie ? Mais non, c'est la mer, seulement la mer dont l'attrait partagé, fût-ce sous la forme de passions excessives, déviantes, engendre une manière de langage amoureux, que nous parlons tous, avec toutes sortes de mots.

# 7

# *Partir et revenir, c'est pareil*

Le paradoxe est cuisant. Voici le moyen de locomotion le plus lent, le plus exigu, le moins ponctuel et le moins confortable. Or je me réjouis qu'il soit lent, je goûte son agencement minutieux et l'intimité que cette minutie procure, je jouis de la part d'imprévu qu'induit l'exercice et je m'accommode sans tourment de la frugalité ambiante. J'ajouterai que je n'éprouve aucun penchant pour la mortification et que, si j'avais choisi l'habit monastique, j'aurais cherché un ordre hostile aux flagellations, macérations, jeûnes outranciers et autres insultes à la Création et à la Créature. Il s'agit bien de faire retraite, d'aller au désert, mais pas d'aller au diable. Très simplement, dans le calcul des plaisirs auquel je me livre, les restrictions précitées s'inscrivent en plus, et non en moins, ce dont je souhaiterais, ici, rendre compte.

D'abord, naviguer, c'est partir. Ce qui s'appelle partir. Je ne « pars » pas quand je prends l'avion à Roissy, quand j'enregistre mes bagages et patiente en salle d'embarquement (un sourire, tout de même, devant la méthode des compagnies américaines, qui déploient des rubans, tracent des lignes au sol avec une culture spéciale du parcours fléché). Je ne « pars » pas quand je prends le TGV : je vois la gare s'éloigner sur l'écran de la vitre. Dans un cas comme dans l'autre, je ne suis pas acteur, juste un paquet vivant qui a choisi son transporteur, et qu'on transporte. Peut-être, au demeurant, est-ce la raison pour laquelle j'ai très rarement eu peur en avion, même dans un bimoteur roumain en passe de devenir monomoteur au-dessus des Carpates, ou dans un DC 3 mauritanien qui décollait centimètre par centimètre, le ventre frôlant les arbustes. La décision m'angoisse, l'inertie me paralyse : il faut être acteur pour s'impliquer. A tout prendre, c'est encore à pied, à moto ou en voiture que je me sens partir, dès lors que j'évite l'autoroute, le non-lieu par excellence.

Mais partir, ce qui s'appelle partir, j'ai besoin d'un bateau pour cela. Même si je ne pars pas loin. Et d'autant plus que je ne pars pas vite. Car partir n'est pas seulement s'en aller, mettre de la distance entre un point et un autre. Partir, ce qui s'appelle partir, c'est assister à la transformation de ce qu'on abandonne, c'est découvrir, en partant, que le lieu qui s'éloigne n'est pas identique à lui-même. L'émotion du départ, en bateau, ne se réduit pas à l'appel de ces « horizons nouveaux » dont se repaissent les histoires de partance, les contes héroïques ou ensoleillés. L'émotion du départ, c'est avant tout l'altération progressive du paysage connu, qui devient inconnu autant que deviendra connu le paysage inconnu de l'autre rive. L'émotion du départ, c'est de laisser un doute derrière soi. Finalement, on n'emporte rien, on ne possède rien, la familiarité n'est que provisoire, elle se dilue comme la mémoire de la nudité d'une femme dont ne subsiste, ensuite, que la silhouette pâle et floue – ni les caresses ni le plaisir ne sont acquis, c'est justice, il faut recommencer. Et ce constat n'est source ni de déception ni de frustration ; c'est la plus valide des promesses : le monde est inépuisable, le plaisir est inépuisable, cela vaut la peine d'y revenir, bien qu'il nous échappe et parce qu'il nous échappe. Voyager, c'est ça.

Je ne doute point que mille manières dont je n'ai pas idée permettent de partir pour de bon. Mais le bateau est la meilleure manière d'expérimenter la rotondité de notre espace, c'est-à-dire l'écrasement de la terre, l'extrême fluidité de nos repères. Ce qui était haut devient bas, ce qui était cap devient ligne, ce qui était continu devient discontinu. Il n'est pas nécessaire de partir vers les antipodes pour partir : une simple excursion vous révèle que l'œil n'établit rien assurément, que tout est affaire d'angle, que tout cela tourne et fuit.

Les gens de mer savent qu'ils ont affaire à l'invisible, parce qu'ils ont affaire à la force la plus impalpable, la plus nécessaire et la plus rétive : le vent. Quand je m'éveille, dans ma maison bretonne, je regarde les feuilles d'un arbre précis, et je devine, à une broutille près, ce que dirait l'anémomètre. Mais au village, ou au port, plus bas, c'est déjà autre chose. Le mouillage, en particulier, est trompeur. L'effet d'encolure exaspérera le sifflement des drisses par coup de sud-est ; l'ouest, en revanche, sera masqué ou atténué par la falaise. Et au large, l'erreur d'appréciation ne menace guère moins. Il n'est pas rare, si l'on progresse au plus près serré, fatigué de cogner à chaque vague et de négocier le cap au prix d'un compromis incessant et fragile, de croiser un autre navire qui file vent portant, calé sur sa route, véloce et serein. Petit à petit, on se méfie de soi, on s'entraîne à lire le dessin, la couleur des vagues, l'irrégularité des risées, on essaie de penser que ce vent aimable qui pousse dans le dos serait, dans le nez, très déplaisant – Socrate, qui n'était pas marin à ma connaissance, fut éloquent là-dessus.

Les départs nous apprennent que nous ne connaissons pas mieux le sol que le vent. Contrairement à ce qu'imaginent les terriens (je n'ai pas écrit « les rampants », selon l'expression méprisante des aviateurs, le mot n'a pour moi nulle connotation péjorative), la disparition de la côte n'est pas, en temps ordinaire, un moment angoissant. C'est même l'inverse. Avec la côte, le danger s'écarte. Avec la côte, aussi, disparaît la preuve irréfutable de nos incertitudes. Dehors, les éléments s'organisent, à nouveau, en système cohérent : le direction du vent, le cap du bateau, l'état de la mer, le réglage de la voile, le suivi de la route, l'allure des nuages. La terre dérange, introduit du désordre. Combien de fois m'est-il arrivé de rentrer chez moi, par temps dégagé, de jour ou de nuit, et de buter cependant sur l'identité d'une balise, d'un feu scintillant (il faut dire que les messages pullulent autant que les cailloux) jusqu'à ce que je trouve, enfin, mes « marques », mais après un bref délai de latence, d'errance intellectuelle ? Très peu de choses suffisent, une tourelle ou un phare ne sont pas abordés de façon habituelle, et l'habitude se retourne contre vous, sème l'interrogation quand elle devrait conforter. Au large, malgré les courants qui vous déportent (mais dont vous observez ou prévenez l'effet), vous avez plus facilement l'illusion que tout est en place, que tout se tient. Les signes qui n'avaient, à terre, aucun intérêt – sautes de vent, pluies passagères, reste de houle, lambeaux de brume – revêtent désormais une importance prioritaire et s'assemblent : vous vous éloignez doucement, mais vous « partez » aussitôt, vous êtes en route dès les amarres larguées.

Les arrivées maritimes sont analogues aux départs, elles sont sans équivalent.

Par la douceur des transitions : on n'en finit pas d'arriver (souvenir d'Alger à l'aube, depuis le pont où j'avais dormi, en cinquième et dernière classe, à la proue, parmi des hommes tassés sur des transats et quelques femmes abritées des regards masculins sous des sortes de tentes battant au vent, constituées de tapis arrimés à des cordes ; les minarets, alors exempts de menace fondamentaliste, giclaient de la ville blanche, comme le geyser pulvérulent de la baleine que nous venions de rencontrer).

Par le plaisir du décryptage : même avec le secours d'un GPS, même avec des cartes fines et des instructions détaillées, une côte est imprévue, déconcertante. Autrefois, à l'époque où nos instruments étaient plus frustes, l'atterrissage concluait une longue rumination – je dois être trop à l'est, mais le courant porte au suroît, et cette lumière, là-bas, dont je ne puis vérifier l'origine, est probablement le feu flottant de South Goodwin *[2 éclats blancs, période de 30 secondes]*, d'autant que la brume s'épaissit et qu'il me semble percevoir deux sons par minute, ce qui est la cadence de la corne associée mais n'offre pas une garantie absolue – le bruit, sur l'eau, étant le plus capricieux des indices... Et ce monologue d'approche pouvait durer un jour, une nuit, et plus si la mer était mauvaise et qu'on attendait d'avoir la tête claire avant de toucher la côte.

Aujourd'hui, nous savons, sauf accident, où nous sommes, mais nous ne savons toujours pas ce que nous allons trouver. Un cargo est à l'ancre, attendant la marée, et cache le môle ou l'amer sur lequel on comptait. L'alignement, dont le manuel notifie qu'il doit être suivi à la lettre, est indiscernable dans la brouillasse. Les bancs de sable se sont déplacés (nul, s'il n'est du cru, n'est faraud dans les passes d'Arcachon), les récifs coralliens poussent leurs dents invisibles (plus d'un, après la transat de ses rêves, s'est « planté », *in extremis*, devant Pointe-à-Pitre). Le retour à la terre est à la fois une récompense et une épreuve. Sans épouser la mystique de Bernard Moitessier – qui craignait non seulement l'accostage, mais la furie de la course et l'escalade des enjeux –, tout modeste plaisancier expérimente l'ambivalence du retour : revenir, c'est quitter, quitter le bateau, quitter la mer. C'est encore un adieu.

Pour cette raison, peut-être, les ports sont des lieux insolites, même les terminaux de Rotterdam où les marins sont contraints d'affréter un taxi pour boire une bière sur un comptoir, même les friches du Havre, de Marseille, de Saint-Nazaire (mes parents s'y sont mariés le jour du lancement du *Normandie*, ce qui faillit les priver de nuit de noces, les hôtels étant complets) ou de Nantes. Les ports, riches ou déclinants, animés ou déserts, gigantesques ou blottis, sont le territoire de l'équivoque, de la fête et du déchirement, du gain et de la désolation. Je pense aux quais de Liverpool, là où s'alignaient, naguère, les émigrants irlandais épuisés de cultiver leurs patates corrodées par le mildiou sur le sable des dunes ; je pense à l'odeur de malt des entrepôts de Hambourg, aux *canaletti* de Venise qui confondent le raffinement et la merde, à Tanger la voleuse, où je dormais dans la rue ou dans un recoin de hammam, avec les punaises, il y a longtemps, aux simples mouillages défendus par trois rochers. Un port est fatalement un « lieu de mémoire », si Pierre Nora m'autorise cet emprunt, parce qu'il est domaine d'intrusion et d'extraction, parce que les hommes y sont en transit et y apportent ou y esquissent l'ailleurs qui habite leurs méninges mais dont ils n'ont pas l'idée nette.

Je déplore le fossé, symbolique et matériel, qui sépare la plaisance du « commerce ». Mon métier d'enquêteur m'a conduit à fréquenter nombre de marins professionnels, à monter sur leurs bâtiments, à traîner sur leurs jetées. Je n'ai jamais regretté le voyage (et la rencontre de ces hommes était un voyage dans le voyage) : mes interlocuteurs paraissaient étonnés qu'on s'intéressât à leur existence, parlaient volontiers quoique brièvement. Ils racontaient l'ennui sur les tankers qui desservent « le Golfe », les courses à bicyclette au long du pont monotone, les cassettes pornographiques dévidées et controversées, les jalousies, les hiérarchies, les silences, les fûts de n'importe quoi, d'alcool ou de tripes, amarrés à l'extérieur, qu'on arrosait à la lance d'incendie mais qui explosaient quand même sous le soleil tropical, ou les cheveux raides, les cheveux de lignite et de jais des femmes de Buenos Aires, dont elles usent savamment, formant un pinceau pour vous caresser les testicules, en préliminaires – c'était le bon temps, le temps où les syndicalistes rangeaient leur paperasse dans les menus du *France*, menus différents chaque jour et imprimés chaque jour en quadrichromie. A présent, dans les « foyers du marin » errent des Ukrainiens, des Philippins, des Maltais, des Sénégalais abandonnés par leur armement, prisonniers d'un cargo pourri contraint de rester à quai sous l'effet d'un contrôle ou d'une faillite. Et, non loin de ces zombies, c'est la noria des conteneurs, les silos où s'entasse le « vrac », les cales de radoub. Fini, Mac Orlan, fini, l'univers des goualantes et des putes, des longues escales. Finie, la virilité du cran d'arrêt chatouilleux (sur ce registre, on fera plus utilement le tour des collèges banlieusards). Le monde portuaire est cruellement partagé entre des zones industrielles arides et trépidantes, et des fantômes de ports, des fantômes gris tout près de se dissoudre.

Pendant ce temps-là, dans les marinas, des cabaretiers inventifs créent de toutes pièces un décor d'aventure, de *Vire au guindeau* et de capitaines courageux. Des copies plus ou moins conformes de pubs irlandais remplacent les traditionnels « bistrots du port » aux tables de Formica marron, et, dans une génération, nos enfants croiront peut-être que les matelots de toujours réclamaient une pinte de *stout* tirée en trois fois lorsqu'ils rentraient de campagne sardinière (nulle aversion contre les pubs, dans ce tableau – j'en suis un pilier outre-Manche –, juste une pointe d'agacement contre la tentation de mélanger la légende et la chose, le carton-pâte et les mots, l'hôtel du Nord et l'admirable copie qu'en inventa le grand Trauner). Mais le pire n'est pas là. Le pire est le fractionnement de l'univers maritime en planètes indifférentes. Un port, un port complet et vivant, ce n'est pas une rangée de *catways*, c'est un lieu où l'on aperçoit des grues, et la flamme des chalumeaux.

Si vous relâchez à Falmouth, non loin du cap Lizard, vous saisirez mieux mon propos. A l'entrée de la baie, en vue du phare de Wolf Rock *[éclats blancs, période de 5 secondes]* qui reste allumé en permanence, vous cheminez auprès de vraquiers, de pétroliers, mais aussi de pêcheurs, de régatiers, de plongeurs, de vacanciers, de *coastguards*, d'enfants des écoles qui s'entraînent à l'aviron, d'amoureux de la vieille marine, de retraités qui posent leurs lignes. Tout ce monde se côtoie, se salue, se connaît, se respecte. Et les pubs où il se retrouve, chaleureux et chantants, sont l'expression de cette alliance fort ancienne d'où les seuls absents sont les *yachtmen* qui possèdent *their own pub* à l'intérieur de *their own club.* L'Angleterre est un pays où le premier mot que vous déchiffrez (sur un ponton, un coffre, une porte de bois, un sentier) est *Private.* C'est aussi un pays qui conserve à l'air libre une culture maritime populaire.

Partir, c'est vivre un peu, et vivre, c'est s'arrêter beaucoup. J'aime la croisière dans la mesure où elle va de port en port. Je ne priserais guère une navigation qui n'aurait d'autre fin qu'elle-même, un horizon qui serait satisfait de sa vacuité. La mer est une école du départ, mais encore une école du retour, de la pause. Les purs et durs qui ne goûtent que l'ombre de leur voile sur le flot manquent une composante essentielle du plaisir marin. Il est doux de ne pas forcer le vent, de ne pas vouloir, à tout prix, atteindre un but prédéfini, d'infléchir la trajectoire au gré des fantaisies éoliennes et d'arriver où l'on ne pensait pas arriver. Mon *timing*, au fil des mois ordinaires, est assez programmé d'avance, mon agenda est assez plein. L'été dernier, je partais pour les Scilly, et la tempête d'ouest m'a ramené sur Fowey, mouillage délicat sous une tour médiévale. Que croyez-vous qu'il arriva ? Je suis allé au pub, j'ai commandé une *stout* tirée en trois fois. Et c'était bien ainsi.

Naviguer, c'est s'enfermer dehors. Même chez certains amoureux du rivage, le propos semble irrecevable. Quelle est cette extravagante « liberté » que procurerait une prison aussi étroite et humide ? Avant d'essayer de répondre, une observation empirique : je ne suis pas certain que cette impression de liberté contre nature soit le seul produit d'une origine ou d'une inclination pour le paysage marin. En deux heures, je sais qui se sent bien ou mal sur la mer, qui va s'impatienter, qui trouvera spontanément l'équilibre, qui devinera les signes avant-coureurs du mal de mer auquel nul marin sérieux ne se vante d'échapper. Je connais des Bretons très enracinés qui, transplantés sur un bateau, deviennent inertes, passifs, touchés par la beauté des côtes mais indifférents à la conduite du navire. Et je connais un garçon de Würzburg qui n'avait croisé que sur le Main et qui, l'espace d'un jour, grimpait au mât et réglait le foc.

Le phénomène est mystérieux. J'en ignore les causes, mais non les symptômes. Certaine manière de se déplacer, de choisir ses appuis, de se caler sur le plat-bord. Le sens du vent, la localisation instinctive de son lit. Et, surtout, la vigilance. Nombre de mes passagers, les jours de petit temps, s'imaginent que le bateau marche tout seul, que l'absence de geste spectaculaire – prise de ris, virements nerveux, claquement des voiles, gîte prononcée – induit l'absence de décision, comme on laisse un cheval rentrer de lui-même sur le chemin qu'il boucle par habitude. Erreur. Le temps doux, le temps « mou » est un temps à problèmes, un temps où la mer secrète, celle du dessous, des courants furtifs, essaie de prendre le dessus et impose une longue série de micro-décisions, de ruses tranquilles. Certains, à bord, jugent qu'il ne s'est rien passé. Et d'autres ont compris, ont vu que le vent refusait, qu'on risquait d'être en retard sur la renverse. Ce n'est pas une question d'érudition technique, mais de perception de l'univers maritime. J'ai fréquenté des moniteurs de voile qui n'étaient que régatiers, tout à leur circuit, férus d'astuces, de finasseries, mais imperméables au milieu où ils étaient immergés. Inversement, j'ai rencontré des néophytes qui avaient, par définition, tout à apprendre quant à la manœuvre, mais plongeaient dans l'élément avec une aisance très sensuelle, immédiate.

Je comprends parfaitement qu'on s'ennuie en mer. La routine y est non seulement fatale mais essentielle. Je me souviens d'un chirurgien auquel je demandais comment il se prémunissait contre l'erreur ou la maladresse. Il m'avait répondu que la faute, neuf fois sur dix, était le résultat de la désinvolture, qu'il fallait humblement, chaque matin, s'entourer des mêmes précautions, dans le même ordre, et se défier de sa propre expérience, de son savoir-faire ou de son talent. Sur l'eau, c'est pareil. En préalable à « l'aventure », à « l'extrême », il y a cette modestie rituelle, méthodique. Autour d'Ouessant, notre cap Horn, j'ai vu travailler des marins qui avaient un œil exceptionnel, qui connaissaient leur secteur mieux qu'Yves Montand ne récitait *Les Feuilles mortes*. Par brume, et par huit mètres de creux, ils nommaient la prochaine bouée et annonçaient sans faillir dans combien de minutes nous la frôlerions. Mais ils restaient sur le qui-vive, ils recoupaient le GPS avec le radar, et ils recoupaient leur point GPS-radar avec les plus traditionnels alignements, vérifiés à la jumelle, reportant les notations de quart d'heure en quart d'heure. J'ai rarement éprouvé un tel sentiment de sécurité, quelles que fussent les conditions : j'avais affaire à des hommes qui connaissaient leurs limites.

Pour moi, j'ignore l'ennui. Par la plus paisible des journées, il me semble, au contraire, être assailli d'informations. Le regard ne chôme pas, d'autant moins que l'environnement est familier. Plus on pratique les cailloux, plus on est débarrassé du souci élémentaire de ne point se tromper de route, et plus on est attentif aux sautes de vent, aux frasques du courant. Et, en pleine mer, on est envahi par le ciel, on a le ciel dans la tête, on surveille les nuages, on cherche la correspondance entre le très sec bulletin météorologique des sémaphoristes et la file des cirrus, le cerne qui s'établit autour du soleil, le déplacement d'un grain. On anticipe, on spécule, on compare la direction des nuages d'altitude avec celle des nuages bas, on essaie de juxtaposer le savoir abstrait des experts et l'observation sur le vif. *Grosso modo*, le schéma d'une dépression océanique tel qu'il est dessiné dans les livres est exact. Mais c'est aux marges qu'on joue son plaisir ou son déplaisir, le vent favorable ou la pluie mollassonne.

Pour une fois, on reçoit sans délai la sanction des décisions qu'on a prises. La chose est plus nouvelle qu'il n'y paraît. Nous sommes habitués, nous autres, urbains, « décideurs », camarades travailleurs, à concevoir des opérations à long ou à moyen terme. L'éditeur que je suis commande des livres dont le manuscrit surgira dans deux ans, dont la vente est imprévisible, dont l'accueil est incertain. Dix années sont nécessaires pour bâtir une collection. Et l'auteur que je suis vit le même phénomène, de l'autre côté du contrat. Nous nous trompons abondamment, et, qui plus est, nous nous trompons de longue haleine. Je côtoie tous les jours des chercheurs qui s'épuisent en joutes interminables, qui n'ont même pas le verdict du marché pour se départager, et qui ressassent des classements symboliques, des petites haines, des rumeurs, des rancœurs enfantines et incurables.

Ceux-là, je ne les plains guère. Mais d'autres

serrent le cœur. Peu après la chute de Nicolae Ceauşescu, des intellectuels roumains m'ont invité à débattre chez eux de l'édition (qui allait être, dans leur pays, soumise au marché), et de politique scolaire. Dans Bucarest affamée, un voile sombre de culpabilité collective enveloppait les controverses, des bébés étaient à vendre aux portes des grands hôtels, et certaines visiteuses américaines en acquéraient trois pour le prix de deux. Au milieu de cette folie, des hommes et des femmes courageux, éblouissants de culture (la critique littéraire avait été, sous la dictature, le refuge dernier d'une parole non autorisée), s'efforçaient de penser avec un peu de calme. En province, on trouvait à manger, et même à boire, si l'on cherchait bien. Je me rappelle un soir, dans une grande ville universitaire (j'y avais pour toit l'une des résidences d'été du prince déchu et flingué, baroque et orientale, dont le jardin était redevenu sauvage). J'étais en compagnie d'un savant, spécialiste de littérature française. Enseignant, il avait refusé, tout au long de sa vie, la carte du Parti, ce qui lui avait valu de rester pion, sans gloire et sans le sou, protégé par des collègues dont la carrière suivait son cours. Nous nous sommes assis par terre, dans un parc mal tenu, et cet homme, qui avait des yeux extrêmement beaux et tristes, m'a dit qu'il n'était pas un héros, que les honneurs qui saluaient maintenant son courage (il venait d'être promu doyen de la faculté) étaient fort ambigus, que son entêtement avait gâché la vie de sa femme, massacré les études de ses enfants, et qu'il ne savait que dire, au fond, de son choix. Qu'il ne saurait jamais si son refus du compromis n'avait pas été une péripétie narcissique, finalement inutile. Il mâchonnait un brin d'herbe en parlant, il me remerciait d'être un confident de passage, hors du coup, sur lequel il pouvait déverser son incertitude définitive. Je pense fréquemment à cet homme, avec tendresse et admiration : un autre se serait contenté du bilan globalement positif de sa bravoure, et à bon droit. Mais lui poussait l'entêtement jusqu'à relever que le pire, dans l'après-dictature, est que la vertu même appelle une sanction, et ne la trouve point.

Voilà un écart fort grave sur ma route légère – je ne recommencerai plus, je le jure. Il se trouve que mon interlocuteur roumain m'a aidé à construire une figure très simple de la liberté, figure qui détruit le paradoxe de la prison maritime : le comble de la liberté, c'est peut-être de disposer d'un arsenal de sanctions rigoureusement incontestable, instantané, sanctions « dynamiques » et non punitives, qui autorisent, dans la plupart des cas, les corrections, les ajustements nécessaires, l'évaluation sereine. Un alpiniste, un aviateur connaîtra sans doute une expérience analogue. Ce qui m'intéresse, en mer, c'est qu'il ne s'agit pas uniquement de mener une machine, il s'agit de vivre : la mécanique proprement dite doit être maîtrisée, mais c'est, *stricto sensu*, un point de départ.

Et puis, autant l'avouer, la plaisance vous transforme vite en abruti heureux. Le bateau se couche ou se redresse, accélère ou ralentit, peine ou passe. Pendant quelques semaines, rien n'est plus important que la force des airs, et la tension, correspondante, de quelques cordages. C'est l'inverse de la vie « normale », où les effets sont généralement indirects, dérivés, où les parts de l'accidentel et du calculé sont malaisément discernables, où l'on ignore, au vrai, si Jacques Chirac est devenu président de la République par qualité ou par défaut. Trouver le bon réglage, garant d'une bonne vitesse, quand l'enjeu est nul, est un honnête substitut à trois séances de divan. On objectera que l'amateur de tennis connaît, lui aussi, la sanction de son inspiration et de sa tactique. C'est vrai. Mais la navigation a ceci d'original que la partie n'est pas limitée dans le temps, que l'existence même en tient place et que la phase décisive commence plutôt qu'elle ne s'arrête avec la pluie.

Risquons, enfin, un aveu. Un bateau, c'est le dernier endroit au monde où il est loisible d'être chef en toute bonne conscience. Impératif souverain. Quiconque a parcouru quelques dizaines de milles sans escale s'est instruit sur la négociation, la délégation de pouvoir, le commandement et autres points clés de la sociologie des organisations.

En pratique, il n'est que deux façons de régler l'affaire : le règne indiscuté ou le consensus indiscutable. La première méthode a ses avantages si le tyran du bord est pacifique et compétent. Souvent, c'est l'acte d'autorité qui rassure quand la nuée s'obscurcit. Mais cette méthode, précieuse dans les écoles de voile ou lorsque le hasard d'une location, d'un voyage, réunit des compagnons qui ne se connaissent guère, reste un pis-aller. L'art complet, le bonheur azuréen, c'est le consensus. Cela ne signifie pas que l'autorité se dissout, cela signifie que chacun connaît assez adroitement le reste de l'équipage pour identifier le tempérament et les aptitudes de l'autre. Ce n'est pas l'autogestion *baba cool*, ce n'est pas l'assemblée générale, ce n'est pas la démocratie formelle – un homme, une voix –, c'est l'idée, solidement établie, que le commandement de tel ou tel repose sur sa capacité, dans tel ou tel domaine, à gouverner.

Il faut du temps et de l'amitié pour que semblable régime s'instaure. Il faut avoir commis des erreurs ensemble et séparément, et s'en être convenablement accommodé dans les deux cas, renonçant aux petites vanités et aux petites susceptibilités. Il faut de l'humour, un humour inoxydable. Il faut de l'indulgence éclairée. L'avantage, en mer, est que le barreur qui a vécu un départ au lof, sous spi (de manière irrésistible, le bateau se couche, ralentit et s'arrête vent de travers), n'ignorera plus qu'il doit être prêt, la prochaine fois, à lâcher le « bras » de cette voile pas comme les autres. Et qu'il ne pourra, non plus, dissimuler sa maladresse ou la lenteur de sa réaction. La transparence, ici, n'est pas un slogan ni une éthique, c'est un fait.

J'ai fréquemment ouï dire, à l'époque où j'apprenais les rudiments de la voile, qu'un capitaine Bligh était indispensable sur tout objet flottant, sans quoi l'inefficacité s'installait, prélude au naufrage. Cela n'est sans doute pas faux à bord de navires complexes ou en course. Mais je suis témoin du contraire. J'appartiens à un petit réseau d'associés, très méticuleusement cooptés, qui se retrouvent au fil de l'eau et des années et s'accordent sans heurt, sans bruit. Transparence : l'un sera plus expert à la table à cartes qu'à l'écoute de spi ; l'autre est doté d'un certain flair météorologique ; le troisième est frileux, mais l'ancre qu'il a mouillée ne dérapera pas ; le quatrième démonte n'importe quoi et, ce qui est plus surprenant, le remonte (les lecteurs qui me connaissent auront compris que ce « quatrième » n'est certainement pas moi : je démonte, et le « quatrième » remonte). Un *leadership* se dessine, mais implicite, spécialisé, travaillé comme les coureurs de relais se passent le témoin – si le vent se lève méchamment, celui ou celle d'entre nous qui a la meilleure expérience du gros temps, voire de ce type de gros temps, prend naturellement les commandes. Nous avons horreur des arrivées où l'un crie sur l'autre et où la famille Duraton, à elle seule, suspend la vie d'un port. Lorsque nous hurlons, c'est que le vent hurle. Ou que mon neveu entonne son air préféré, *Vin qui pétille, femmes gentilles,* ce qui est indigne d'un jeune homme si bien élevé.

J'ai écrit qu'il fallait, en bateau, de l'indulgence éclairée. J'y insiste. C'est tellement petit, c'est tellement étriqué, un bateau, qu'il n'est point de moyen terme entre le consensus et l'invivable. L'harmonie qui règne à notre bord est le produit de deux facteurs.

D'abord, nous avons vérifié ensemble que notre complicité à terre résistait à la mer. Ce qui n'a rien d'automatique : les excellents amis ne font pas obligatoirement d'excellents équipiers, fussent-ils compétents. J'ajouterai même qu'il s'agit là, en matière d'amitié, de ce que les scientifiques nomment une « expérience cruciale ». Constater qu'on est très proche à Paris mais qu'on s'accorde mal en mer d'Irlande, et le constater sans se fâcher, est une épreuve qui ne ment pas. *A contrario,* les divergences d'humeurs terrestres ne se transfèrent pas fatalement à bord. Depuis la prime enfance, j'ai souvenir de chamailleries avec ma sœur (celle qui ne triche pas au jeu), mais je ne crois pas qu'en mer nous ayons jamais eu le moindre différend.

Ensuite, nous avons confiance les uns dans les autres. Avoir confiance, cela signifie descendre se coucher par vent un peu frais, laissant la barre à ses successeurs, et dormir d'un sommeil royal, calé à la gîte, sans s'inquiéter aucunement des bruits qui viennent du pont – martèlement de pieds lors d'une prise de ris, battement des écoutes lors d'un changement de foc. Ce qui devait être décidé l'a été. Si un doute avait effleuré l'équipe de quart, elle se serait manifestée. Donc tout va bien. Donc il n'est aucune raison de refuser la torpeur très spéciale qu'accordent les nuits plaisancières : vous êtes niché contre la mer dont vous percevez l'écoulement, le clapot, les rebuffades ou l'allégresse à dix centimètres de votre oreille (je plains de toute mon âme les coureurs solitaires dont les carènes, en matériau composite, les structures raides comme des tambours vibrent au point d'obliger les plus allergiques à cette sirène ininterrompue de porter un casque assourdissant). D'autres que vous, des amis, ont charge de la manœuvre. Et vous êtes libre de vous faire lourd, inerte, grâce à ce partage des tâches. Votre tour reviendra d'accoutumer la rétine, d'utiliser la joue, le peu de peau découverte pour capter le vent et le sel. Pour l'instant, vous vous abandonnez comme on s'abandonne à une musique écoutée souvent, à un interprète qui ressuscite, chaque fois que vous le mobilisez, gratitude et paix.

Je ne suis pas sûr qu'il s'agisse là d'une jouissance fœtale, régressive, comme le souffle un cliché trop répandu. Naviguer, c'est apprendre à se maintenir hors de la mer, à la garder à distance, c'est s'en être sorti et continuer de vouloir s'en sortir. On n'est pas dans un bateau comme dans un ventre, on n'est pas sur l'océan comme en attente prénatale, et le confort n'est certes pas celui de la matrice utérine. Cette « psychanalyse » convenue (ou plutôt cette version « psy » de la convention) est un brin courte. On ne se baigne pas, ou rarement, au large, on ne pactise pas si volontiers avec un élément qui vous encercle assez comme cela, on n'a pas l'intention de s'y diluer. Précisément, ce qui est décisif, c'est la solidité de la coque, c'est la manière dont elle permet d'être, à la fois, près et loin de la mer, inondé par son frémissement, mais au sec (tout marin est d'ailleurs obsédé par ce qui risquerait de compromettre l'étanchéité du navire, l'arbre d'hélice, la tuyauterie, les passe-coque du sondeur et du loch). Non, ces nuits confiantes ne sont pas infantiles, ce sont des victoires, rançons d'une maturité commune. La mer, on la garde à l'œil.

J'atteins le plus difficile, le moment que je diffère lâchement. Essayer d'avancer une raison, fût-elle grossière, de ce qui nous réunit. Qu'est-ce donc qui nous assemble, qu'est-ce que nous désirons si fort ?

Ceci : une jubilation d'autant plus intense qu'elle est généralement tue. Quand c'est vraiment beau, violemment, nous ne disons plus rien. Nous commentons volontiers les rencontres plaisantes, pittoresques, jolies, un gréement harmonieux, une escadrille de fous de Bassan, ailes rentrées, plongeant sous le flot, une bande de dauphins que nous applaudissons et qui reviennent, les cabots, car ils goûtent les rappels et n'en finissent pas de saluer, ou le requin pèlerin, un monstre colossal et pacifique, dévoreur de plancton et non de petits enfants, qui effraya ma fille, devant Guernesey, en plein *breakfast.* Mais il est un stade, tacite, où le langage est importun.

Le raz de Sein, 6 nœuds de courant dans le safran plus 6 nœuds de vent dans le spi, juste après le coucher du soleil, quand l'île est saisie par un halo roux, quand les phares s'allument en même temps et que les marmites tourbillonnent, sous nos flancs, translucides et vaincues. On débouche une bouteille de blanc frais et l'on boit lentement, respectueux d'une beauté qui est la plus forte, intimidé d'y avoir accès.

L'aber Ildut, par temps nerveux : on ne voit que des rochers aigus, des ellipses blanches trahissant les autres, ceux du dessous, une perche, presque rien, on se dit que cela n'est pas possible, que tout le monde ment, la carte, le compas de relèvement, le Decca, les amers, les livres, et puis deux rives douces gomment l'hésitation, le village apparaît, les canots mouillés en ligne, les cormorans, le bistrot du port, un vrai bistrot du port, le cimetière, l'épicerie pauvre, le calme qui tombe, qui vous saisit aux épaules avec la même vigueur que l'agitation précédente, la lumière soudain nuancée. On débouche une bouteille de blanc frais, et vous connaissez la suite.

Un retour vers Bréhat, juste après l'aube, avec un vent gai et froid, cap sur les Héauts dont le pinceau avait pris le relais de la lune, autour de 4 heures. Nous étions partis depuis longtemps, nous étions heureux et tristes de revenir. Le courant nous a obligés, saloperie de coin, à tirer un bord sous le phare pour s'aligner dans le chenal de la Moisie – le clocher de la chapelle Saint-Michel par l'amer blanc, près du sémaphore, et pas de fantaisies, deux pavés sous-marins ne ratent pas les myopes. Nous n'avions pas changé d'amure[34] durant une vingtaine d'heures, et la plus simple des manœuvres bousculait notre ankylose. Nous nous sommes secoués, l'un au winch de foc, l'autre à la barre. Et nous avons foncé tout droit sur l'île dorée, laissant à tribord la Vieille du Tréou et à bâbord le feu du Rosedo *[éclats blancs, période de 5 secondes]*. C'était mi-marée, le mouillage de la Corderie, où l'on pénètre entre deux perches mais dont les fonds remontent vite, était placide et quasi désert. Nous avons jeté l'ancre le plus discrètement possible – en bas, cela dormait –, affalé la grand-voile. Les roches, hautes et arrondies, s'éclairaient d'elles-mêmes, paraissant produire et non refléter le jour. Ce n'était pas l'heure du blanc frais mais du thé chaud, accompagné des dernières *pasties* cornouaillaises dont nous avons abandonné les restes aux goélands, la poubelle argentée du navigateur. Nous ne voulions plus bouger d'un milli-

34. Le côté du bateau qui reçoit le vent. Un bateau tribord amure, au près, est prioritaire.

mètre, nous ne voulions plus boire ni manger, absolument immobiles sur les bancs du cockpit, rassasiés.

Il me faudrait d'autres livres et d'autres mots pour énumérer tant d'images. L'Ile-Tudy et ses maisons blanches. Le clocher de Saint-Malo qui n'a pas l'air si haut, vu de terre, et qui pointe franc, vu du large. Les écueils de Chausey. Certain repli de la côte belliloise, après la pointe des Poulains, où l'on se croirait près de Scandola, en Corse volcanique. Et le contentement, aussi, d'arriver par la mer dans un pays qu'on foule aux pieds de toute éternité, et de s'apercevoir qu'il est neuf, qu'il est autre, que tout ce qu'on a déjà « fait » est à refaire.

Mais mon propos n'est pas d'effeuiller le livre de bord. Mon propos est de comprendre, si possible, ce silence collectif. J'ai employé à la légère, devant le raz de Sein, l'adjectif « respectueux ». Il y a de cela, vraisemblablement. On se tait, on respecte l'irruption du sublime, d'une beauté romantique et forcenée, excessive, presque douloureuse, on se tait comme on chuchote dans les musées, pour ne pas gêner l'autre, pour dire, parodiant le refrain de Barbara : « Merci, et chapeau bas... » Pourtant, l'explication n'est que partielle. Car le respect, je l'avoue, n'est pas notre point fort, j'écrirai même sans crainte de démenti que l'irrespect nous unit autant et plus que son contraire, et qu'il ne serait pas étonnant que nous crevions la gueule ouverte et le verbe haut même si France-Musique diffuse, à l'heure de notre dernier souffle, le *Requiem* de Fauré. Au-delà du respect, un argument suprême nous cloue le bec : le plaisir n'est pas racontable, et je me suis fort aventuré à lui prêter des lignes. L'énigme du plaisir, qui n'est ni triste ni soluble, c'est la certitude qu'autrui l'éprouve et la méconnaissance de ce qu'il éprouve, c'est l'évidence du partage et l'inconnue du partage, irrévocablement associées. Alors on se tait, on n'a plus qu'à se taire, un peu par respect et surtout par plaisir.

J'ai clamé mon admiration pour l'audace et la technique des coureurs maîtres de leur bord. Mais je n'envie pas leur plaisir solitaire. Le bateau, en équipage (en équipage complice), est justement un lieu où la convivialité et le désert s'accouplent sans effort, puisque le lien majeur, le plaisir de mer, est indicible. Lors d'une sortie à la journée, d'une brève promenade, on risque de se disputer l'espace, d'étouffer un brin. Paradoxalement, c'est au long cours que l'on respire. On apprend à tenir sa place, on identifie les compromis nécessaires, on répartit le travail. On entre dans un autre temps, celui des marées, celui du vent. Le temps de l'imprévu. Même si la Météorologie nationale concède – du bout des lèvres – une tendance à 5 jours, le projet qu'on forme reste une hypothèse. On ne sait pas. On ne sait pas si l'on ira vite ou lentement, si ce sera douillet ou pénible, si l'on aura peur. On ne sait pas quelle route on suivra demain, on ne sait pas si la mer sera dure, on ne sait pas quand on se reposera, et l'on ne sait pas – exactement – dans quel port. C'est le luxe de la plaisance, son exorbitant privilège : tandis que les navires de commerce obéissent au plan de marche, coincés sur leur rail, suivent le cap et l'horaire parce que le client n'attend pas, les voiliers continuent de fonctionner comme les embarcations éternelles, à cette différence près qu'ils remontent au vent et chavirent peu. Et s'offrent la prérogative d'une vacance.

Une transition très progressive est requise pour que l'intimité du bord s'affirme, s'échafaude. L'acceptation de l'imprévu en est la cheville ouvrière – on ne peut pas naviguer durablement avec quelqu'un qui est « déçu » de l'orientation du vent ou de la mauvaise volonté de la mer, qui avait son programme rigide dans un coin du cerveau et proteste que le service n'est pas à la hauteur, que la ligne n'est pas droite, que les calmes sont assommants ou les risées irrégulières. Celui-là n'est pas encore « parti » (et ne « partira » peut-être jamais). Il ne ressentira pas l'allégresse que ces contraintes, ce règne du probable – soit, mathématiquement, le rapport du nombre des cas favorables à la réalisation d'un événement aléatoire au nombre total des cas possibles – finit par engendrer. L'enjeu n'est pas uniquement de redécouvrir la Nature, ce qui ne fait pas de mal aux urbains que nous sommes par obligation, pestant que l'autoroute n'est pas encore salée une heure après la neige. L'enjeu le plus excitant est d'être indéfiniment replacé, seul et en groupe, devant les conditions nouvelles de choix nouveaux. Quand un équipage réussit à vivre harmonieusement ce flottement perpétuel, il y a gagné, et pas seulement sur l'eau.

Pour sceller la connivence, il faut une nuit, au moins une. Le reproche principal qu'on est tenté d'adresser aux excellents bateaux construits aujourd'hui est qu'ils ne sont pas pensés pour qu'on y vive, la nuit, en mer. Le *mobile-home* qu'ils abritent (quelquefois désopilant, avec coussins de velours, coiffeuse pour madame, couverts « personnalisés » et vaigrage blanc qui jaunira dès l'automne) affiche clairement l'intention : on s'en va camper de marina en marina, et se comporter « comme à la maison ». Je ne parle pas des mini-paquebots, fréquents surtout dans le Midi, dont l'intérieur parodie l'hôtel voisin, tapis passe-partout, lampes passe-partout, aquarelles passe-partout et télévision passe-partout – nous les appelons des fers à repasser. Je parle de voiliers qui sont réellement des voiliers pour la part diurne de leur activité et qui se transforment, le soir tombé, en *Sam Suffit* ou en *Abri côtier*.

Dommage. La nuit, au large, c'est la nuit intégrale – il n'est pas donné à tout le monde de voir le soleil se lever et se coucher sur l'horizon. Rien ne se déroule comme on l'imaginerait. La fin du jour, qui annonce des complications multiples, est un curieux moment, presque tendre, même si cela se gâte ensuite. Et l'aube, qu'on désire avec impatience, à l'heure où Véga brille plus qu'aucun feu, est souvent précédée d'un épisode blafard, inquiétant, confus. Hormis les pleines lunes qui vous enveloppent de soie et d'argent, la nuit est bizarre, quelquefois effrayante. On ne sait plus très bien à quel océan on a affaire, une mer courte, au près, vous semble méchante, et les creux, au portant, vous rattrapent à l'improviste, dramatisant leurs crêtes blanches qui déboulent d'un coup. Elles sont toutes longues, les nuits, nuits de rêve ou nuits de labeur. Elles sont toutes froides, notamment celles qui vous bernent, au début, par une tiédeur fugitive. Et les bateaux qu'on rencontre, eux-mêmes, sont étranges. Les gros navires vous foncent dessus, les pêcheurs ont l'air de paquebots, avec leur timonerie étincelante. On n'en finit pas de se tromper, la nuit, de ruminer, d'attendre que ça passe et de se demander pourquoi on voudrait à la fois retenir et accélérer le temps. C'est vachement beau, comme on dit.

Pour un équipage solidaire, les nuits, les drôles de nuits sont le grand test de l'indulgence. On se ménage, on se prête des petites laines, on se prépare des soupes entre 2 et 3 heures – la période fragile où la nuit commence à n'en pas finir –, on laisse dormir celui ou celle qui trahissait une fatigue évidente, on repère les amorces de mal de mer dont la victime, parfois, n'est elle-même pas consciente et qu'elle risque de laisser s'installer. On veille, on veille les uns sur les autres, on parle juste assez pour bavarder, pas assez pour faire du bruit. Et, au matin, on émerge, gourd, ni éveillé ni somnolent, content de retrouver la saine mesure des vagues.

Après une nuit en mer, on sait ce qu'est la fatigue marine, qui parfois vous écrase, cette usure, cette épreuve d'endurance, avec des lassitudes soudaines, des gorges nouées, des envies que cela s'arrête, que cela cesse de secouer, des envies de rentrer à la maison, mais escortées d'une griserie, d'une exaltation qui vous transportent. C'est trop d'un côté, et trop de l'autre. Au bout de quelques jours, on est « amariné », on se laisse moins surprendre mais on reste étonné.

Et puis c'est le port, c'est la cocasserie des débarquements : l'annexe est toujours trop petite, on s'y mouille inévitablement les fesses, on se hisse, pataud, sur une jetée. On a le mal de terre, la tête qui clapote. On n'a pas l'air fin, on est gauche, déplacé. Et cela aussi, c'est nécessaire. Je me méfie des chantres du « grand » voyage, qui veulent quitter ce bas monde jusqu'à la fin des temps et s'imaginent qu'ils enfouiront leurs peurs dans le sable blanc des atolls inviolés. Carte postale. D'abord, il n'est pas de « petit » voyage, on voyage ou l'on ne voyage pas. Ensuite, il n'est point de voyage sans retour. La mer ramène toujours à la côte ce qu'elle brasse. Elle a raison. Partir et revenir, c'est pareil, c'est tout un. J'ai besoin de la mer pour toucher terre.

# 8

# *Enfin une bonne raison de mourir*

(final)

Voilà une décennie, je tournais à Marseille une longue séquence d'un film sur l'enseignement secondaire. Patrick Rotman et moi avions entrepris de montrer ce qu'est un lycée d'enseignement professionnel quand l'« orientation » vers une carrière technique est perçue comme une sanction, et quand l'institution fonctionne sans se préoccuper de l'environnement économique. Je me rappelle ces deux professeurs de mécanique automobile, très affables et sincères, auxquels nous demandions pourquoi ils s'entêtaient à perpétuer une filière qui ne débouchait que sur 5 % d'emplois. « Mais vous voulez nous mettre au chômage ! » s'étaient-ils étonnés, levant, d'excellente foi, les bras au ciel.

Nous avions dédaigné l'hôtellerie standard pour une adresse un rien poussiéreuse mais dotée des meilleurs balcons dominant le vieux port. Le soir, nous allions au cinéma (inoubliable souvenir des *Dents de la mer III*, en couleurs et en relief) vers le haut de la Canebière où prennent racine les classes dangereuses, sermonnés par le réceptionniste de notre auberge, fort inquiet que deux hommes frêles et sans défense se risquent en territoire ennemi. Nous revenions vivants, ce qui était peut-être impardonnable, aux confins de la provocation.

Marseille est une vraie ville, avec des secrets, des passions, des intrigues, de l'ombre derrière les volets, des mouvements de foule, des métissages. Une cité d'où n'a pas disparu ce qu'on nommait, autrefois, « le peuple ». Je ne me demande jamais si c'est une « belle » ville (belle comme sont belles les rues toulousaines qui ressemblent à celles de Rome, ou la Petite France strasbourgeoise, ou le vieux Bordeaux) : je ne manque pas l'occasion d'y être, sans discussion. Et j'aurais voulu connaître le port d'avant-guerre, celui que les Allemands ont assassiné, qui devait être la quintessence du port, des coulisses du large. C'est sur les quais de Marseille que, pour la première fois, avant mes vingt ans, j'ai franchi la coupée d'un paquebot, non point un Las Vegas mobile promenant des mémères désœuvrées entre Miami et les Bermudes, mais une cité mouvante, avec ses riches, ses immigrés, ses émigrants, ses pousse-café-cigare, ses petits salons dont les fauteuils s'accrochaient au plancher par une chaîne, en cas de bourrasque (l'image me reste d'une nuit agitée où la plupart des passagers étaient hors d'usage et où un jeune lieutenant m'avait, ni vu ni connu, refilé une suite meublée XVIIIe dont tables et chaises, sous l'effet du roulis, dansaient en cadence).

Les jeunes Marseillais issus des quartiers nord, que nous interrogions, étaient lucides, c'est-à-dire pessimistes. Curieusement, ils formaient tous le même rêve. Non pas la mécanique, en laquelle ils ne plaçaient ni intérêt ni espoir, mais une activité qui exigeait des talents multiformes, du jarret, de la vivacité, du jugement : ils voulaient unanimement devenir « marins-pompiers », emploi noble dont ils précisaient qu'il procure, outre ses vertus propres, une bonne retraite.

*Marin* et *pompier*, voilà deux termes qui, selon ma culture originelle, étaient peu compatibles – le premier évoquant le sel, et le second l'eau douce. A la réflexion, et sans prétendre me mêler de casques luisants et de vestes en cuir, les deux vocables, rapprochés par la singularité méridionale, sont bien assortis et m'ont donné à réfléchir, dans une acception différente de celle qu'entendaient mes lycéens marseillais, mais que je leur sais gré de m'avoir inspirée sur le chemin du coq à l'âne.

Car il est vrai que le monde marin suscite ou réveille une emphase, un pompiérisme (le terme date de 1888) dont je ne cesse de constater l'omniprésence et les dégâts. Dès qu'on aborde ou chante la mer, dès qu'on écrit sur la mer, un trémolo s'empare du narrateur, et l'on bascule en plein solennel. Comme si la mer n'était pas fraîche, ni plaisante, ni joyeuse. Oserai-je suggérer que même Baudelaire (homme libre...) et Lautréamont (... vieil océan) – je ne parle pas des œuvres, restons courtois et révérencieux, mais des citations qui en sont extraites et « pompiérisées » – me pèsent un peu. On se sent obligé de saluer comme on se tait au passage d'un corbillard, ce qui trahit les géants précités. Entre le « territoire du vide » et la saison vacancière, entre Polyphème et le Club Méd, une place importante a été prise par des artistes qui s'approchaient de la mer à la façon dont on s'approche d'un navire échoué ou fracassé : cette blessure est si vive, elle témoigne si fort de l'autre monde, que l'épave devient relique. Le siècle dernier a été doublement tiré dans ce sens. Par la recherche esthétique et spirituelle d'un vibrato inconnu. Et par l'actualité industrielle : les armateurs et les chantiers attachés aux savoirs traditionnels ont imaginé, pour contrer l'essor de la machine, des navires extraordinaires, goélettes vouées à la pêche, clippers destinés au transport de fret ou de passagers, qui prenaient tous les risques pour vaincre la concurrence des autres compagnies et pour durer face aux technologies nouvelles (elles-mêmes bouillonnantes comme la vapeur de leurs chaudières, et tentant le diable). Rien d'étonnant si cet âge-là fut placé sous le signe du naufrage, de la crainte et du tremblement.

Je ne soutiens pas que la mer ne doive inspirer l'effroi. J'ai peur, en bateau, fréquemment, et je ne garderai pas longtemps à bord quelqu'un qui soit inaccessible à la peur, par ignorance ou par témérité. Un des signes d'homogénéité de l'équipage, un de ceux qui trompent le moins, est précisément la réaction synchrone et convenablement étalonnée à une situation préoccupante. C'est l'assise même du sentiment collectif de sécurité, sans lequel une croisière un brin venteuse tourne vite au drame ou au psychodrame. Si le vent forcit plus que prévu, si le bateau fatigue, ce n'est pas le moment d'entamer un colloque ni de se jeter, sauf problème très « pointu », sur le *Cours des Glénans.* Il fallait le lire plus tôt, et dépister plus tôt les symptômes alarmants. Hormis l'incendie, le démâtage soudain (qui menace le coureur plus que le plaisancier) ou la rencontre nocturne d'un objet flottant non identifié (cela va du squale au conteneur tombé d'un cargo), la navigation offre cet avantage que le péril s'annonce, se flaire : un naufrage est rarement comparable au *crash* d'un avion, une marge de manœuvre existe le plus souvent, un délai pendant lequel on conserve une part d'initiative. Ma sœur et moi, depuis l'adolescence, avons vérifié que nos peurs sont identiques et déclenchent les mêmes procédures. La confiance naît, aussi, de la peur partagée.

Les gens de mer multiplient les précautions. C'est la préparation du bateau et du voyage qui augure de la suite, autant que l'intuition ultérieure. La règle première de cet art est d'anticiper, et de rester au port s'il le faut. Je connais quelques « loups de mer » bravaches qui se lancent d'abord, nez en l'air, et ajustent ensuite. Ils ont coutume de répéter que les bulletins météorologiques sont bons pour le journal de 20 heures et que leur expérience instinctive est la mesure de toutes choses. Je n'embarquerais pas avec eux. Les marins que j'ai fréquentés, pêcheurs, hommes du long cours, régatiers, accumulent toutes les données possibles, sachant que l'imprévu ne fera pas défaut, qu'il sera utile d'ajouter le savoir empirique au savoir estampillé. Les montagnards que j'ai rencontrés me semblaient obéir aux mêmes lois, se heurter aux mêmes imbéciles. On a beaucoup raconté que les sauveteurs bénévoles tirent fréquemment les oreilles de leurs débiteurs : ce n'est pas complètement faux, mais, quand on veille le canal 16 de la VHF (le canal de sécurité réservé aux communications urgentes), on est vite édifié sur la légèreté de certains skippers – je me rappelle un fou rire, entre Groix et les Glénans, oyant un capitaine en « détresse » qui réclamait de l'aide parce qu'il n'y avait plus de vent, ou notre effarement, sans aucune envie de rire cette fois, quand une vedette en difficulté, souffrant d'une voie d'eau maîtrisable, annonçait aux secours qu'elle bifurquait vers la côte, c'est-à-dire vers les rochers...

Le « vrai » naufrage, l'instant où tout échappe, où les éléments sont définitivement contraires et où force est de choisir entre quitter ou non le bateau, cela existe, assurément. Un de mes amis, qui descendait vers les îles du Cap-Vert avant une traversée de l'Atlantique par la route des Alizés, a été pris dans une tempête exceptionnelle, si forte que l'équipage (ils étaient trois, et tous expérimentés) a décidé d'amarrer la barre et de se blottir à l'intérieur pendant trois jours. La coque d'acier était robuste, le bateau a tenu mais n'était guère qu'à 40 milles de Casablanca quand il a été possible de renvoyer la toile. Quelques heures de plus, et c'était la fin, une fin certaine sur ce rivage dépourvu d'abri où les rouleaux déferlent et broient leur prise. Après son retour, mon ami était anormalement silencieux. Il faisait des cauchemars, il entendait les voix hurlantes (pas des sons, des clameurs telles que les décrit l'*Odyssée*) qui semblaient provenir du pont durant la tempête. Puis il a changé d'attitude, il a délaissé le traumatisme pour le commentaire. Il a soutenu que ses compagnons et lui avaient été trop passifs, terrés comme des bêtes (je le cite), mangeant n'importe quoi, urinant dans une bassine, attendant que les choses évoluent d'elles-mêmes et leur rendent la faculté d'agir.

Je ne sais si ce discours visait à évacuer le cauchemar, à réintroduire une distance critique, un raisonnement posé, loin de l'émotion. Je n'étais pas avec eux. Ce que l'observation m'a enseigné, c'est qu'aujourd'hui, en règle générale et en croisière classique, l'équipage « casse » plus vite que le bateau. Je pense à cette camarade anxieuse qui descendait se coucher dès que le vent atteignait force 5. En fait, notre matériel de sécurité et de communication, notre accastillage, la facilité avec laquelle nous obtenons, même par très mauvais temps, un point assuré (je ne m'habitue pas encore au miracle du GPS portable), multiplient nos chances de nous en tirer au prix de quelques connaissances et d'une jugeote bien tempérée. Le boulevard périphérique parisien emprunté à moto, où l'on se faufile entre des assassins qui ne se savent même pas assassins – je leur préfère un honnête exécuteur *mafioso* –, comporte plus de périls que le raz Blanchard où chacun évalue la menace. Nous ne sommes plus dans la situation de ces navires qui se perdaient dans les sables des îles de la Madeleine, le deuxième (et le moins connu) site de naufrage au monde, sur la route des immigrants et des morutiers, déboussolés par un brouillard qui règne un jour sur trois, notamment au printemps, quand le vent vient du sud ou du sud-est[35], et dont l'ultime recours était l'énergie des chiens de Terre-Neuve.

Ce n'est pas rien, sans doute, d'aller se livrer

35. Frédéric Landry, déjà mentionné, a dressé l'inventaire de ces catastrophes dans *Pièges de sable*, Havre-Aubert (Québec), Éd. La Boussole, 1994. Ce livre complète un travail antérieur, *Dernière Course*, publié aux mêmes Éditions en 1989.

au vent et aux vagues. Lorsque la météo est incertaine, nous questionnons les bateaux qui rentrent, nous leur demandons comment c'est, réellement, « dehors ». Et ce « dehors » dit clairement ce qu'il veut dire : à quelques milles du port, on est complètement ailleurs, sur une autre planète. Là-bas, l'inconfort vous assujettit en l'espace de quelques minutes, il faut s'y installer, s'y caler, et durer. Après un coup de chien (qu'on ne va pas chercher mais qui est toujours concevable : c'est l'histoire de la petite dépression, cachée par une grande et qui se creuse sans préavis), on demeure sous l'emprise d'un étourdissement, d'une ivresse, on ne quitte le « dehors » que par étapes lentes.

Non, ce n'est pas rien. Mais ce dont nous avons peur n'est point forcément ce qu'imaginent les terriens. Nous avons certes peur des lames géantes, de la déferlante qui noie tout, qui contraint le multicoque à sancir (à se planter dans le creux et à se retourner) et le monocoque à chavirer (en principe, il se redresse). Reste que nous adoptons, contre ces monstres, une tactique préventive : se trouver ailleurs, contourner, s'abriter. La peur « ordinaire » n'est pas celle-là et prête moins au pompiérisme. Notre obsession, c'est l'homme à la mer, par une nuit banale, à la suite d'un faux pas. C'est le petit caillou de trop, sur lequel on se déchire, après en avoir évité tant d'autres, parce que celui-là, justement, on le connaît par cœur. C'est l'erreur bête dans un calcul de marée. Ce sont les cargos et les tankers du « Rail », l'autoroute qui relie le Pas-de-Calais à la Corogne, qui ne vous aperçoivent ni de jour ni de nuit, et vous écrabouilleront, 100 000 tonnes à

15 nœuds, sans que l'homme de quart, sur la passerelle, perçoive l'once d'une secousse, et poursuivront leur chemin, l'âme en paix, avec une régularité de locomotive au galop. Ils sont beaux, à minuit, les feux du Rail, beaux comme des sapins de Noël aveugles et meurtriers. Pour comble, par brume, on les regrette.

Si l'on commence à naviguer, on a peur de tout, et l'on a raison : c'est une excellente manière d'affiner son regard. Puis on se fabrique une échelle de l'inquiétude, indéfiniment corrigée. On retranche des peurs, parce qu'on a traversé sans encombre des difficultés inconnues. Et l'on en ajoute qu'on ne soupçonnait pas. On les déplace, on les affûte. Chacun détermine ses propres seuils d'angoisse, et la mise en commun de ces expériences n'est pas facile : comme le plaisir, la peur est malaisément racontable. Après quelques centaines, quelques milliers de milles, on parvient à mettre sa peur en cage, derrière des barreaux finement gradués. Et la grande peur, la peur ardente, devient fille de l'anomalie.

Une de mes plus belles frayeurs remonte ainsi à une vingtaine d'années. Nous étions cinq, nous avions loué un bateau de bonne taille, et, le premier jour, un temps « de cochon », aussi détestable que mon écriture enfantine, nous imposa de rester à quai. C'était frustrant, mais indiscutable : un ciel lourd, une pluie battante, un vent brutal – la panoplie complète du désastre coûteux. Le lendemain matin, le ciel restait lourd, la pluie tournait à l'averse, et le vent avait un peu molli. Ma sœur et moi avons contemplé ce spectacle où le gris sombre le disputait au gris moyen : ce n'était guère engageant. Un de nos compagnons, qui n'y tenait plus, dit alors sa déconvenue, fort légitime. Nous avons analysé de près le dernier bulletin météo, qui promettait du force 5, passagèrement 6. Pour ce bateau, pas de problème. Nous avons décidé de rincer l'impatient, le temps d'une brève sortie, gageant que le port, ensuite, lui paraîtrait accueillant. Trois heures plus tard, en mer, nous avons pris un deuxième ris ; la promenade était désagréable, mais sans complication aucune. Tout à coup, l'horizon est devenu noir, d'un noir inédit chez moi, un noir d'Atlantique Sud, d'océan Indien. En dix minutes, le vent a forci, *crescendo*, et forci encore. J'étais à la barre, j'ai vu défiler tous les focs, sur l'avant, jusqu'au tourmentin. Nous étions au bas ris, mais bientôt cela même était excessif. Le phénomène était si furieux et rapide que les voiles de rares voisins explosaient, transformées en charpie. L'anémomètre s'est bloqué au-delà de 45 nœuds. Et le vent, toujours croissant, portait à la côte, il était impossible de se mettre à la cape, sèche ou sous tourmentin, ni de fuir : nous n'avions guère d'eau à courir. Tout le monde, à bord, était harnaché, gilets et harnais capelés. Nous n'avons pas pensé que nous allions mourir, mais que nous risquions sérieusement de perdre le bateau, et c'était une sage pensée. Au loin, nous distinguions les unités sur ancre ou sur coffre qui dérapaient, cassaient leurs aussières ou les taquets d'amarrage. A peine sorti, un Zodiac de la gendarmerie s'est retourné sur ses pilotes, cul par-dessus tête, littéralement soufflé. Gardant le tourmentin, nous avons décidé de viser l'entrée du port, en affalant et en nous appuyant au moteur quand nous serions légèrement déventés par le môle. La consigne était de laisser le bateau se briser si nous déviions de notre axe, et de se jeter auparavant à l'eau. Mais ce ne fut pas nécessaire, nous avons réussi à franchir la passe, à pivoter et à saisir l'extrémité d'un ponton, aidés par une vingtaine de bras, tandis que les premiers *catways*, plus exposés, commençaient à se disloquer.

Ce n'était, pour nous, qu'un incident (il y eut quatre morts, en différents endroits de la côte, nombre de blessés et de navires endommagés). La mer n'avait pas eu le temps de se former, et nous n'avons pas dû affronter le flot « déchaîné » qui alimente les récits grandioses. Mais cette aventure-là me reste présente parce que je n'ai pas vraiment compris, à ce jour, ce qui s'est produit : une « tornade » de dix kilomètres de large, aussi fatale qu'évanescente, cela dérange mes repères. Je connais le Meltem égéen et le Notos crétois, les cyclones tropicaux, les ouragans océaniques (mon bateau a failli être détruit par l'un d'entre eux, les pointes atteignant 100 nœuds, avec le port où il était amarré), mais je ne connais pas d'épisode analogue à ce que nous avons traversé ce matin-là (j'ai lu les bilans météorologiques publiés ensuite, ils concluaient que l'événement fut « atypique » : nous sommes bien d'accord). Et cela me fait peur. Cela signifie que le divers et le bizarre sont possibles, à défaut d'être pensables.

Justement. Pareille éventualité est une raison supplémentaire de prohiber le « marin pompier ». Le langage maritime préfère la litote à l'emphase, conservant, par précaution et humilité, des épithètes en réserve. Un souffle « modéré » n'est pas négligeable. Un « grand frais » gonfle énergiquement les voiles, un « coup de vent » serait aisément décrit par le néophyte comme une « tempête » (mais le terme n'est employé que deux crans au-dessus, à partir de 48 nœuds). Une mer « peu agitée » est susceptible de vous secouer énergiquement, au près, et par vent contre courant. Une mer « grosse » est effrayante. Si vous croisez un amateur de trombes, passez votre chemin : vous avez affaire à un fou, un incompétent, un hâbleur ou un désespéré.

Il est un livre qui ne quitte jamais notre bord. C'est le témoignage, longuement mûri, de l'Anglais Adlard Coles[36], plaisancier acharné, de l'Espagne à la Finlande, et ce depuis 1923. Sans compter des épreuves transatlantiques, la course du Fastnet, bref, tout ce qu'un passionné est susceptible d'accumuler. Le propos de l'ouvrage est de rapporter, de façon précise et critique, l'expérience de coups de vent et la valeur des méthodes adoptées pour en pallier les dangers ou les désagréments. Coles n'oublie rien, ni l'ancre flottante (qu'il ne prise guère), ni les traînards (aussières filées par l'arrière pour freiner le bateau en fuite), ni la cape sèche (qu'il recommande en maintes circonstances), et j'en passe. La qualité très spéciale de ce livre, outre l'enseignement pratique, vérifié, qu'on en retire, est qu'il est impossible de déterminer où finit l'examen technique et où débute l'humour. La préface donne le ton : « Les tempêtes sont rarement agréables, en dehors de l'impression vivifiante qu'elles don-

36. *Navigation par gros temps*, 3e éd. (1re éd., 1967), Paris, Gallimard, 1979.

nent à leur amorce, et du soulagement que procure leur terme. » Et Mr. Coles narre des nuits éprouvantes, où il opta pour tel ou tel remède, cependant que Mrs. Coles, dans le carré, préparait le thé.

Les grands auteurs de fiction – qui ne sont pas légion, s'agissant de la mer – prouvent qu'ils sont des marins avertis autant que des écrivains talentueux dans la mesure où ils réussissent à évoquer le délire des éléments sans complaisance outrancière. Conrad en est l'exemple parfait, Conrad qui se réjouissait d'avoir quitté la mer « sans avoir jamais vu passer par-dessus bord cet immense échafaudage de baguettes, de toiles d'araignées et de fils de la Vierge ». A la fin de *Typhon*, le capitaine MacWhirr, qui a frôlé le naufrage sur son navire, le *Nan-Shan*, écrit à son épouse une de ces lettres qui trahissent la routine propre à l'honnête laboureur de lames. Une de ces lettres qui commencent par « Ma très chère femme » et concluent « Ton mari affectueux ». Il essaie de forcer son naturel, prononce même, du bout de la plume, le mot « typhon » (ajoutant, pour tempérer semblable licence, que son second n'est point sûr de la validité du terme), il se retient si farouchement que, chez elle, Mme MacWhirr, « à demi étendue sur un fauteuil pliant en bois doré », ne prête aucune attention à la confidence exceptionnelle. Inutile d'encombrer l'océan de superlatifs, il reste capable d'en abuser, et il aura le dernier mot.

L'authentique Ushuaia, je la goûte sous la plume de Francisco Coloane, Chilien de Chiloé, à la pointe de tout, rejeton d'un baleinier, matelot, berger, ami des chasseurs de phoques, contremaître d'*estancia*, chercheur d'or noir dans le détroit de Magellan. En 1941 (il avait tout juste franchi la trentaine), Coloane a conté son *cabo de Hornos*, son cap Horn[37], d'une langue aussi accomplie que maigre. C'était à la mi-décembre, dans le canal Beagle – celui, précisément, qui permet de gagner Ushuaia par le nord de l'île Hoste – sur un petit cotre, voiles bordées. Les matelots qui bourlinguaient entre Pacifique et Atlantique prétendaient qu'un iceberg bizarre, guidé par un fantôme, pourchassait âme qui vive. Mais le capitaine Fernández ne croyait pas aux fantômes. Enfin, pas plus qu'il ne convient. Le cotre peinait dans la nuit. Et tous aperçurent une masse blanchâtre, piédestal carré d'une statue affreuse. « Quand l'iceberg fut plus proche, rapporte Coloane, je distinguai nettement une silhouette humaine debout, enfouie jusqu'aux genoux dans la glace et vêtue de haillons flottant au vent. Sa main droite tendue et raide semblait dire "Hors d'ici !" et montrait le lointain... »

Le conteur a la sagesse de ne pas épaissir le prodige. Le passager des glaces à l'index pointé sur les profanateurs de solitudes fut identifié : il s'agissait d'un jeune Indien yahgan, victime d'une chasse intrépide. L'histoire est plus forte, plus brumeuse et inquiétante, parce qu'elle est ainsi dépouillée de l'arsenal des bonimenteurs, débordants de mystères et boules de gomme, de légendes vénales et de perlimpinpin.

Le lecteur doté d'une mémoire exceptionnelle se souviendra peut-être qu'au début de ce

37. Sous ce simple titre, *Cap Horn*, Paris, Phébus, 1994, et Éd. du Seuil, coll. « Points », 1996.

livre j'ai déclaré mon amour du music-hall. Si étrange que cela puisse paraître, je ne m'écartais pas de mon sujet. J'apprécie, dans la « variété », l'art d'assumer la peur et la peine, l'art de rendre « facile » ce qui est difficile. Montand, qui rejoignait sa loge de l'Olympia dès 17 heures, crevait de panique jusqu'au lever de rideau, et au-delà. En début d'après-midi, pour bercer son trac, pour le promener faute de l'endormir, il marchait sur les grands boulevards, entrait dans un cinéma où les mères de famille amenaient leurs enfants et regardait les dessins animés parmi les gosses braillant et hurlant. En scène, tout semblait tellement simple, tellement naturel, il avait l'air de s'amuser, et il s'amusait, barbotant dans la joie et le frisson. « Léger, disait-il, il faut rester léger... »

Rien n'est plus exaspérant que ces artistes et ces intellectuels qui portent leur douleur en bandoulière, qui vendent leur sueur au compte-gouttes avec des mines de rescapés, à la manière dont certains athlètes certifient que leur performance, qui l'eût cru ?, est le fruit d'un effort. L'autre jour, sur les ondes, une romancière touchée par le succès expliquait qu'il est épuisant d'écrire et que, du reste, elle écrit lentement, « comme Flaubert ». Avouerai-je que j'ai gloussé d'allégresse : si tous ceux qui peinent le stylo à la main, tous ceux qui pratiquent ce métier de terrassier besogneux qu'est notre métier, sont touchés par la grâce flaubertienne du seul fait qu'ils en bavent, la vie deviendra aussi « simple et facile » que les longues chaînes de raisons déroulées par le jeune Descartes, lequel se gardait bien, alors, de rendre la philosophie absconse. Léger... J'échangerais volontiers, de temps à autre, une minute de Peter Handke contre une minute de Fred Astaire, l'amuseur, le bourreau d'amusement.

Mais non, je n'oublie pas le « marin pompier ». Pas le moins du monde. J'observe que les gens de mer jugent inutile de rappeler, à temps et à contretemps, qu'un certain courage est salutaire pour affronter les vagues, et que ce courage, lui-même, s'enrichit de peurs. Les gens de mer sont « légers » en mer comme Montand (qui avait horreur de l'eau, soit dit en passant) était « léger » en scène : attentifs, minutieux, aimant jouir, prévenant l'erreur si possible et ne chargeant pas le bateau.

La catastrophe est assez menaçante pour qu'il soit vain ou ridicule de pontifier. Si vous visitez Portsall, commune discrète du Finistère nord dont le mouillage est protégé par un amas de roches, à mi-chemin des Abers Benoît et Ildut, une sculpture excentrique vous prend l'œil, sur le rivage même. Une sculpture métallique qu'on imaginerait plus volontiers plantée devant le Centre Pompidou, empruntée à Calder, César ou Arman. Mais, si vous approchez, vous découvrez que cette sculpture est un instrument, un simple outil, simple quoique étranger à l'échelle humaine : c'est l'ancre de l'*Amoco Cadiz*, pétrolier libérien transportant, naguère, 230 000 tonnes de brut. La verge tordue de l'ancre résume le drame, la nuit du 16 au 17 mars 1978 où, par mer coriace, une assez banale avarie de gouvernail transformait le géant technologique en barge désemparée. L'armateur avait négocié pied à pied, différé l'acceptation d'assistance. Et le tanker s'était éventré sur les brisants de Portsall, polluant trois cents kilomètres de côte. En arborant, pour mémoire, le symbole de leur malheur, les Bretons ont tenu à signifier que la rancune face à l'injustice et à l'argent est plus solide qu'un maillon d'acier.

Mais ils ne se sont pas contentés de brandir contre le ciel et l'impéritie un poing vengeur. Ils ont analysé le danger – 160 navires, chaque jour, à proximité immédiate d'Ouessant, 90 000 tonnes de produits nocifs (gaz, acides, pesticides, substances radioactives) et 650 000 tonnes d'hydrocarbures dévalant quotidiennement la Manche. Ils ont perfectionné le « Rail », contraignant les monstres à circuler au large. Ils ont bâti, sur l'île, une tour-radar de 72 mètres et, sur le continent, à la pointe de Corsen, un centre de contrôle où opèrent les aiguilleurs de la mer. Ils ont investi une autorité unique, le préfet maritime qui occupe le « Château » brestois, du pouvoir d'obliger les naufragés potentiels à recevoir assistance, sans marchandage. Et ils ont installé au centre de ce dispositif un bateau de légende, l'*Abeille-Flandre*, un des plus puissants remorqueurs du monde, capable de tirer un pétrolier de 300 000 tonnes en charge, affrété par l'État 365 jours sur 365.

J'ai voulu examiner cela de près. J'ai voulu vérifier comment la « fortune de mer » cesse d'être un destin. C'était en janvier. La nuit était ponctuée de rafales irascibles, de giclées de pluie qui frappaient la fenêtre comme des paquets de mer. L'hôtel où je logeais ressemblait au Metropol de Berlin-Est, avant la chute du mur. A 6 heures, Charles Claden, le commandant de l'*Abeille*, a téléphoné pour m'avertir qu'il partait en alerte et que j'avais tout juste le temps d'embarquer. Inutile, à Brest, de consulter le baromètre pour connaître l'évolution des cyclones et des anticyclones. Jetez un regard vers le quai Malbert. Si la coque noire et blanche, et les deux cheminées du remorqueur sont visibles, le ciel sera clément. Si l'anémomètre du Stiff atteint 25 nœuds, le bateau est dehors, sous Camaret ou Ouessant, ou encore croisant sur le Rail, afin de gagner deux ou trois heures en cas d'intervention. C'est le bateau qui sort quand tout le monde rentre.

J'avais en tête *Remorques* de Roger Vercel[38], et le film de Jean Grémillon où Gabin est partagé entre la souffreteuse Madeleine Renaud et la troublante et moderne Michèle Morgan, avec ses cheveux courts, ses bas à couture et son air d'être ailleurs. Le successeur de Jean Gabin, qui me conduisit à ma cabine, ne roulait pas des épaules, ne gouaillait nullement et ne jouait point le fauve embusqué. « Carlos » – c'est son appellation dans le monde du Rail, et le surnom n'est pas pour lui déplaire, la consonance évoquant son grand-père, ancien ministre du gouvernement républicain espagnol –, Carlos est un homme posé, rigoureux

38. Les Éditions Albin Michel ont republié l'ouvrage en 1988, accompagné de deux autres titres, *La Caravane de Pâques* et le surprenant *En dérive*, sous l'appellation générale *Romans de mer.*

et souriant, émotif et cachant ses émotions sous la compétence et le cahier des charges, un fou de mer qui m'a avoué, après quelques jours de vie commune, qu'il avait trouvé dans cet emploi le moyen de ressentir sur un « gros » le même plaisir qu'à la voile, lui qui fut le capitaine du *Bel Espoir*, le bâtiment du père Jaouen.

Une sacrée houle nous attendait au sortir de la rade, la houle d'Iroise qui venait de beaucoup plus loin et s'était aggravée pendant la nuit. L'étrave plongeait complètement dans la plume, et une barrière d'embruns nous submergeait, filait au-dessus de nos têtes, alors que nous surplombions l'océan comme d'un immeuble de cinq étages. La passerelle, vitrée de tous côtés (les répétiteurs de commandes permettent de piloter le navire indifféremment vers la proue ou vers la poupe afin de contrôler les passages de remorque et la traction), ne ressemblait à celle d'aucun autre bâtiment. Ici, on était au comble de la mer, on éprouvait ce qui s'éprouve, sentiment mêlé de puissance et de sujétion, dans la lanterne d'un phare fiché à même l'eau, martelé de courants. Sauf que ce phare-là tanguait à plein pot, libérant contre une infinité de haies blanches quelques-uns des 23 000 chevaux de ses moteurs Mack. J'ai compris ce qu'est un bateau « tous temps ». Dans le cockpit de mon petit sloop, on touche la mer, on touche le vent, mais on file doux. A la timonerie des unités marchandes, on jouit du spectacle, mais de loin, derrière un hublot, les sens débranchés. Sur l'*Abeille*, qui cache la vigueur d'un porte-avions dans 70 mètres, qui pivote sur place avec la souplesse d'un patineur, on a la mer à portée, et l'on s'autorise à lui rentrer dedans.

L'équipage de 12 hommes vit à bord 45 jours de rang, relayé par une deuxième équipe. La règle est simple : le bateau, quoi qu'il advienne, est prêt à appareiller en 40 minutes ; le chef mécanicien ne quitte jamais son poste, même à quai ; les autres, où qu'ils soient, ont 10 minutes pour embarquer quand leur bip résonne. Entre 1979 et 1995, le remorqueur a inscrit à son actif 612 interventions, représentant 244 alertes, 149 escortes, 159 sauvetages (9 pétroliers, 7 transporteurs chimiques, 2 ferries, 36 chalutiers). Au total, 300 hommes sauvés d'une mort certaine. Aucune catastrophe majeure n'est intervenue autour d'Ouessant depuis une décennie. Des compagnies pétrolières acceptent d'apporter leur concours aux exercices en vraie grandeur. La guerre du Rail est-elle gagnée ? Les professionnels concernés restent prudents, rappellent que la mer est la plus forte, comme il convient devant la fureur du « grand torrent ». Mais la bataille du Rail est bien engagée.

A bord, tandis que nous foncions vers le large, non sans nous être annoncés au sémaphore de la pointe Saint-Matthieu, l'ambiance n'était guère au « marin pompier ». Un apéritif robuste, sur la table du carré recouverte d'un linge humide qui empêche les verres de déraper. Un point à la passerelle, en liaison avec Corsen : un chalutier avait des problèmes de machine et un catamaran britannique s'inquiétait pour son safran. Tout cela entrecoupé d'exclamations enthousiastes du second capitaine qui n'était pas de quart et suivait, à la télévision, le championnat du monde de ski alpin, puis grimpait nous informer des prouesses de son favori. Et bientôt un déjeuner royal (il était temps, la transition était rude entre l'hôtel Metropol et la balançoire océanique), rôti en croûte et vin de pays, servis par les blanches mains du coq, un as, un cégétiste inspiré, capable de rédiger une motion en vingt minutes et de préparer un homard aux algues par force 9. J'ai compris que j'allais me plaire.

Ouessant était blanche. Les phares de la Jument *[3 éclats rouges, période de 15 secondes]* et d'An-Ividig *[scintillant rapide blanc, période de 10 secondes]* encadraient la baie de Lampaul noyée sous l'écume. Je regardais la Jument avec une considération particulière : cette tour-là encaissait de telles lames qu'une d'entre elles, en 1911, secoua l'édifice jusqu'à vider la cuve de mercure. Aucun marin ne s'habitue à l'idée que les phares, désormais, seront exempts de présence humaine. Peut-être faut-il s'en réjouir, peut-être était-ce une torture que le sort de ces hommes juchés sur la tempête, accrochés à la nuit. Peut-être la nostalgie qui nous prend est-elle corporatiste et réactionnaire. Je ne sais. Mais aucune administration, non plus, n'imagine ce que cela signifie, d'avoir l'œil d'un homme derrière l'œil du phare, ce que cela prête à cette lumière. Aucune administration n'imagine la « portée » de ce message, la beauté d'une lueur qui naît des vagues, fort avant que n'émerge l'ampoule qui la produit, et l'idée qu'une main de chair, pas une onde radiocommandée, est la source de cette merveille. Les phares ne sont pas, tout bêtement, une « aide à la navigation ». Les phares proclament la rage des hommes d'habiter le monde, et aussi la folie qu'ils poursuivent de se déplacer. Rien n'est plus « déplacé » qu'un phare, rien n'est plus incongru, sauf un homme. Le jour précédant la retraite de Jo Donnard, le gardien de la Vieille, l'*Abeille* s'est glissée au bas de la tour, et la sirène a salué la dernière nuit du dernier homme qui allumerait la lanterne du Raz.

Tandis que le bateau montait au nord, j'ai commencé à fouiner, à descendre dans son ventre, jusqu'aux câbles et aux pantoires enroulés sur des treuils géants, dignes des *Temps modernes*. Et je me suis découvert en famille. Un des mécaniciens, tout d'orange vêtu dans le fracas des cylindres, venait de Ploubazlanec. Le lieutenant, Gaëtan, était originaire de la Rance mais était tombé amoureux d'Ouessant, où il s'était établi. Tous des Bretons ou des Fécampois, et beaucoup, chez les plus anciens, de survivants de la grande pêche. C'était un univers ordonné, chacun tenait exactement sa place, et chacun comptait sur chacun. Nul besoin de hiérarchie étouffante ni de rappel au règlement. Quand on devine qu'il sera bientôt nécessaire de mettre à l'eau le Zodiac, par sept ou huit mètres de creux, et de se rendre sur le navire en difficulté dont l'équipage, qui parle quatre ou cinq langues, risquerait de mal tourner la remorque, on compte que le bosco aura veillé à la maintenance du pont, que le chef aura faxé à qui de droit, en sorte qu'aucune pièce ne soit défaillante ou manquante, que le lieutenant visera juste pour expédier la touline, et que le commandant, à la passerelle, dirigera l'orchestre en mesure.

Raison de plus pour être paisible, pour rire. Au soir tombant, nous nous sommes abrités dans le Fromveur – un abri tout relatif où le courant divague –, et j'ai pris le quart de nuit avec Carlos.

Nous étions seuls, tirant bord après bord, roulant assez. Carlos aime la nuit, j'ai vite compris qu'il ne déteste pas assurer les quarts tardifs, lorsque l'équipage dort ou vaque, et que la passerelle glisse, suspendue, entre les feux et les brisants, dans un silence qu'interrompent uniquement les radios, dans une obscurité dont ne sont exclus que le gyrocompas et le radar. Ce n'est pas une croisière, une nuit sur l'*Abeille*, la vigilance y est tatillonne, le chalutier qui achève sa réparation peut être tranquille, et l'on souhaite bon vent aux Anglais rassurés. Ce n'est pas une croisière : en dix minutes, ça pourrait cracher des projecteurs hollywoodiens, ça pourrait grouiller d'hélicoptères Super-Frelon dont les pales tutoient les cheminées dans un boucan d'*Apocalypse Now*, ça pourrait déchaîner quatre turbines démoniaques, ça pourrait vous expédier à l'arrière, sur la plage de travail nue où les déferlantes font leur sale travail, une main pour l'homme une main pour l'armement, un homme pour la pantoire un homme pour la sécurité de l'autre homme. Ce n'est pas une croisière, mais la nuit n'est pas moins ample ni belle.

Carlos m'a parlé comme on parle dans la nuit, paisiblement. Il m'a dit que, sur le Rail, l'ère du marchandage entre le remorqueur et sa « proie » appartenait à Roger Vercel et Jean Grémillon. Il m'a dit que son bateau n'était pas un bateau de « sauvetage », mais d'assistance et de protection du littoral ; que l'« exploit » maritime n'était pas d'entrer dans l'épopée, mais de l'éviter, d'empêcher que l'avarie, l'incident ne se transforment en catastrophe. J'ai insisté : les catastrophes surgissent quand même, et l'*Abeille* sauve des vies. Sans doute, a répondu Carlos. Mais il faut se méfier de l'excitation qui nous saisit alors, il faut se retourner vers les collègues qui sont à terre, qui ne sont pas dans l'émotion et qui analysent les données plus à froid. Ils ont besoin de moi, ajoutait-il, parce que je suis sur place, dehors. Mais j'ai besoin d'eux, et de leur distance.

Nous avions sur bâbord le mouillage du Stiff, où le vent, qui virait au nordé, nous interdisait de nous arrêter. On apercevait clairement le feu de guidage *[directionnel scintillant, blanc, rouge et vert]* et, droit devant, la tonne réservée au bateau. Mais ce n'était pas pour cette nuit, cette nuit se poursuivrait en mer, encore une nuit où – l'équipage n'avait pas manqué de le rappeler à son ange gardien en allant se coucher – l'on dort bien si le capitaine barre bien.

Demi-tour. Nous sommes repartis vers Kéréon. Le gardien de quart, l'ultime gardien de la zone, qui devait vérifier quelque chose au pied du phare, nous a souhaité la bonne nuit d'un signe de lampe électrique. Carlos continuait de raconter son métier. Il ne s'agissait pas seulement de conserver son calme. Il s'agissait encore de le rendre contagieux. Mon premier travail, expliquait-il, quand je prends contact avec un commandant en difficulté, c'est de le rétablir dans son autorité, de solliciter son avis : il arrive de loin, il n'a pas vu la côte depuis longtemps, ses hommes ont peur, l'urgence est de lui redonner une assise.

Plus tard, allongé sur ma bannette, j'ai songé que ces hommes du grand vent ne cessaient de recommander le calme, de chercher à l'obtenir.

D'autres jours et d'autres nuits ont été nécessaires pour que d'autres récits me parviennent (mais nous avions progressé dans la familiarité et l'amitié naissante). Le commandant Claden n'avait pas oublié cette nuit où le lieutenant Claden, en 1986, dans l'opacité d'une mer folle, s'en était allé sauver, un à un, en Zodiac, les passagers d'un cargo polonais dévoré par les flammes, et, sa mission achevée, était remonté à bord sur la crête d'une lame, s'écrasant au sol, pleurant d'épuisement et tremblant de tout son corps, sans comprendre, ni alors ni maintenant, pourquoi il était vivant.

Des histoires de cette veine, dans les coursives de l'*Abeille*, on en ramasse quelques-unes, et non des moindres. Mais la génération d'aujourd'hui place l'accent sur une culture nouvelle (nouvelle en matière d'assistance, parfaitement traditionnelle quant au fond). Hier, le commandant d'un remorqueur se vantait d'être « à l'affût », de prendre une « route de chasse », se qualifiait ironiquement de « chacal ». Ce vocabulaire est à présent désuet, le « marin pompier » est définitivement proscrit. Ce qui reste, et qui n'est pas mince, c'est le sens du devoir, sans trompettes et sans tralala. Vous attendiez le récit palpitant d'un sauvetage ? Je me contenterai d'une anecdote. Un soir, nous étions au coffre sous le Stiff. Il avait fait un temps de chien pendant deux jours, et l'équipe était lasse. Carlos et Gaëtan, à la passerelle, lorgnaient le bistrot du port. Gaëtan, le Ouessantin d'adoption, était presque chez lui. Presque. Il a blagué :

– Ça sentirait l'odeur des moutons...

Carlos, par l'odeur alléché :

– On pourrait se faire une mousse.

Ils le pouvaient, assurément. Et sans violer la loi : il n'y avait pas cinq minutes de canot entre le bord et la terre. Mais Carlos a repris :

– Non, il vaut mieux ne pas jouer à ça.

On se déconcentre, on se raconte, on s'éloigne du bateau... Ils sont restés à bord, pour ne pas mollir, pour ne pas affadir leur vigilance. Les héros ne sont pas fatigués, ils sont méthodiques, tranquilles comme des marins.

La salle des fêtes de Paimpol jouxte le bassin à flot. Elle était pleine, en cette fin d'après-midi. Un groupe d'universitaires rennais, autour de l'historien François Chappé[39], s'était déplacé pour présenter aux indigènes, dont ma modeste personne, un film pédagogique retraçant l'aventure des « Islandais » (les Paimpolais pêchaient « à Islande », directement du bord, tandis que leurs voisins de Binic ou de Saint-Malo, *a fortiori* ceux de Fécamp, préféraient les bancs de Terre-Neuve qu'ils écumaient en doris, rejoignant le soir leur goélette d'attache).

Après la projection, qui mesurait l'écart entre Pierre Loti et la réalité, la discussion s'est engagée. Prudent mais ferme, François Chappé a écorné la légende. Non, les armateurs paimpolais,

39. Auteur d'une thèse publiée dans une version très accessible, *L'Épopée islandaise, 1880-1914. Paimpol, la République et la mer*, Thonon-les-Bains, Éd. de l'Albaron, 1990.

bien qu'ils fussent républicains, n'étaient point hommes de progrès. Ni de progrès social – la sécurité était le cadet de leurs soucis, et ils inscrivaient, bon an mal an, un ou deux bâtiments dans la colonne des pertes admissibles. Ni de progrès technologique – ils n'ont pas su enfourcher à temps le cheval vapeur, et le port de Paimpol a décliné dès 1914. Quant à l'abondance des naufrages, l'historien incriminait le bourgeois et les éléments, mais aussi maints capitaines tyranniques, incompétents, pingres, noyés dans l'alcool. La convention entre l'armateur et son commandant voulait que l'achat des cartes fût à la charge de ce dernier : il se trouva quelques fous pour économiser sur ce poste. De même, l'entretien des navires laissait fréquemment à désirer, on carénait à la sauvette, on négligeait le gréement courant, on affrontait les pires conditions avec des voiliers fragiles et parfois bons pour le cimetière.

Le cimetière... 2 000 hommes (ou enfants, car les mousses avaient douze ou treize ans) sont morts devant l'Islande entre 1852 et 1935. 117 noyés en 1901, 157 en 1905. A lui seul, le naufrage de la *Tourmente*, en 1913, coûta la vie à 8 enfants de Pors Even. Triste fortune de mer, sans doute. Et tristes fortunes tout court.

Mouvements divers dans l'assistance. Ce sont les familles des capitaines qui ont protesté les premières : on salissait l'honneur professionnel et moral de leurs valeureux grands-pères, des marins intrépides. D'autres ont pris la défense de Pierre Loti : l'écrivain, ému par la disparition de la *Petite Jeanne* (20 hommes furent perdus en 1887), n'avait-il pas ouvert une souscription en faveur des orphelins dans les colonnes du *Figaro* ?

Au fond de la salle, une vague d'indignation déferla, concernant les abus d'alcool : l'eau-de-vie n'était-elle pas contingentée, distribuée mesure par mesure, à l'aune du « boujaron » ? J'ai admiré la précision souriante de François Chappé, qui connaissait, autant que son public, les objections probables et le désir, plus obscur, de muer les victimes en martyrs. Posément, il a maintenu que nombre d'officiers n'étaient pas à la hauteur, que la gnôle du bord était effroyable en qualité et en quantité, que Loti avait le cœur généreux mais n'était pas ethnologue. Et que l'historien, le pauvre, est condamné à dépouiller les archives et à interpréter les faits.

Alors Yannick s'est levé. Yannick est le président du syndicat des pêcheurs locaux, les pêcheurs d'aujourd'hui. A tous il a clamé que ça suffisait comme ça, qu'il en avait par-dessus la tête de ces histoires de naufrages, de cadavres, de souffrance, de matelots « en dérive » perdus dans la brume, de panaris transformés en gangrène. Ras le bol des Islandais, et des touristes qui ne connaissent, de la pêche, que les ex-voto, à la chapelle de Perros-Hamon. Il s'est tourné vers l'expert et lui a demandé pourquoi, avec tous ces détails sinistres, il essayait de salir un métier qui est un beau métier, un métier de vie et pas un métier de mort. L'historien, à qui rien de paimpolais n'est indifférent, a rétorqué que, justement, les morts, c'est son boulot, et que c'est son boulot, aussi, de séparer le présent du passé. Mais Yannick était lancé. Paimpol, a-t-il crié, est un des seuls ports de pêche artisanale qui embauche encore ; et l'on s'amuse à dégoûter les jeunes d'embarquer, on leur raconte qu'ils vont y laisser la peau et les os !

En sortant, j'ai pensé que, malgré l'altercation, François Chappé l'historien et Yannick le pêcheur étaient complices, complémentaires. Le premier rappelle que la célèbre « croix des veuves » qui surplombe, à Pors Even, l'anse Launay et permet d'embrasser Bréhat, les îles de la baie paimpolaise et le phare de Lost-Pic *[blanc et rouge, occultations, période de 4 secondes]*, la croix d'où les femmes guettaient les goélettes rescapées, se nommait, en breton, la « croix du loin », sans autres fioritures (c'est Loti qui l'a rebaptisée dans son roman, et les gens du pays, flattés d'être mis en scène sur le mode épique, se sont approprié l'invention). Le second voit devant, craint que la pêche ne meure tandis que prospère le folklore. Ils ont le même ennemi, le « marin pompier », et le même scrupule, la juste mémoire.

J'ai souhaité la découvrir, cette Islande où l'on gagnait gros et où l'on perdait plus encore. Avant de partir, j'ai consulté, au musée de Ploubazlanec, musée discret et poignant, d'initiative locale, les journaux de bord prêtés par les descendants des capitaines de la haute époque. Si l'on sait combien l'écriture leur était difficile, combien ils retenaient leurs mots, on jauge la violence des lignes brèves et appliquées – « Aujourd'hui, ouragan... », « Aperçu l'île, en fin de nuit, mais je ne la croyais pas si près, et cela m'inquiète... »

L'Islande, c'est le monde à l'envers pour qui est habitué au fil net des falaises. La terre n'y bouge pas moins que la mer, parfois plus, et de façon plus meurtrière. Des îlots naissent, moins prévisibles que le flot, les volcans ruminent, le sol est une déferlante pétrifiée. En vingt minutes, le schéma complet d'une dépression, orage et grêle inclus, parcourt l'horizon. Des essaims de sternes agressives menacent de vous picorer la fontanelle, et de gros labbes noirs, inquiétants, vous encerclent quand vous abandonnez le 4 x 4, noirs comme le sol craquelé. L'herbe et les mousses ont un air d'oasis. Le soleil, en juin, frôle la ligne des eaux et remonte aussitôt, triomphant et pâle. On roule phares allumés sous ce soleil de minuit, et les chambres, dans les fermes, n'ont pas de rideaux pour vous en défendre, comme s'il était imprudent ou désinvolte de dormir quand on a de la lumière à profusion. C'est beaucoup plus que beau, d'une beauté révolutionnaire. « Ici, a écrit Gilles Lapouge[40], on mesure que l'homme est un supplément ou un hasard, un pygmée tombé dans un décor qui l'ignore, et la tentative toujours recommencée de nier les chagrins de la mort. »

J'ai quitté les navires baleiniers de Reykjavik, qui grondent au port, interdits de baleines, mais restent sous pression pour dire que le capelan et le hareng ne suffisent pas à l'appétit d'un pays pareil, je suis monté, au nord-ouest, vers le Snæfellsjökull, le mont Fuji de l'Islande, au cône régulier dominant l'unique plage de sable blond (c'est ce cratère que choisit Jules Verne pour entamer son voyage au centre de la terre). Plus loin, plus loin que les falaises d'Anarstapi couvertes de milliards d'oiseaux, plus loin que Dritvík, l'anse sombre et désolée où ne tranche

40. Dans un magnifique récit de voyage publié par le magazine *Géo* et repris dans *Le Bruit de la neige*, Paris, Albin Michel, 1996.

que le bois blanchi des épaves, plus loin que les fjords étroits et profonds, curieusement sereins, où le soleil ne pénètre point huit mois sur douze, j'ai pris le bateau, vers un archipel désert, à Stykkishólsmur : les courants ressemblent aux miens, ainsi que les cormorans furieux d'être dérangés au nid, et les pétoncles qu'on déguste crus, frais remontés par la drague, avec un coup de blanc chèrement importé. Seuls les phoques diffèrent des créatures furtives que nous surprenons parfois autour de l'île Rouzic : ils se pavanent, s'installent sur un écueil, la queue arquée, sûrs de leur plastique comme une diva du Crazy Horse. Il faisait froid, là-haut, il pleuvait dru entre deux rayons, mais j'en garde le souvenir aussi fort que de ces tronçons de requin, séchés sous claie puis affinés en terre, dont on gobe un cube et qui ne vous lâchent plus, ravageant vos papilles jusqu'à la fin des jours.

Je serais tenté de vous égarer vers les lignes de failles volcaniques, à l'intérieur, dessinant des forums où naquit une démocratie prophétique, vers l'élan des geysers (Melville a-t-il imaginé que Moby Dick, Léviathan plus puissant que les boussoles, n'est pas morte mais s'est déguisée en pierre poreuse, et souffle encore, à jet continu ?). Je serais tenté de partir en promenade, mais ce n'est pas le propos. C'est la côte sud, mon propos, c'est là que croisaient les « Islandais » de chez moi.

Entre Selfoss et Höfn, où l'on pêchait la morue, il n'y a pas un port. Il n'y a que l'Atlantique extrême – pour une fois, l'adjectif n'est pas surfait – et une côte, ou plutôt une sorte de terre, quelque chose d'analogue à la terre, entre la montagne gelée et les vagues. D'abord, le glacier, piqué de bouches ardentes dont l'une, le Grimsvötn, fait fondre 40 000 mètres cubes d'eau solide par seconde, cependant que j'écris. Ensuite, le sable, un sable noir, noir comme le jais des femmes habiles de Buenos Aires. Enfin, la mer, dont les langues brillantes hachent le rivage. Les goélettes morutières, drossées vers les hauts-fonds, achevaient leur course dans les moraines. Et c'est parfois à pied, avalés par des filières, que les naufragés mouraient, marchant en direction de lueurs où ils voyaient le salut. Les Islandais, depuis leurs maisons couvertes de tourbe et d'herbe, les entendaient se perdre, agitaient leurs lanternes et priaient.

A Vik, le bourg le plus méridional de l'île, surmonté d'une chapelle au toit rouge et blotti, à l'américaine, autour de la station-service qui offre tout, l'essence, la bière, le pain, l'ordinaire, j'ai voulu prendre la mer. C'était possible. Mais il fallait, pour cela, renoncer aux drakkars d'Éric le Rouge. Le seul esquif disponible était une péniche de débarquement amphibie, repeinte en bleu tendre et qu'avait achetée un villageois dans l'espoir d'y embarquer des touristes déterminés. Un vendredi matin, par vent vif, nous avons roulé, pétaradant et fumant, cernés de sternes colériques, jusqu'aux vagues. Mon pilote, mon conducteur (il avait un volant, un changement de vitesses, comme dans un camion), m'a signifié que le moment avait sonné d'enfiler ciré complet et gilet de sauvetage. Et nous avons plongé dans la mer. Ça flottait, de justesse, mais ça flottait, c'était même capable d'avancer, et de contourner des aiguilles, des arches où grouillaient les macareux. L'engin s'est ainsi propulsé jusqu'à une plage fouettée de rouleaux. Mon conducteur a levé le bras, je me suis cramponné, et nous avons foncé vers le sable, tanguant de partout. Les pneus du bateau ont violemment touché le rivage, rebondi. Et nous nous sommes extirpés de la mer.

J'ai oublié le pittoresque de la machine. Devant, une grotte de basalte m'attendait. Je m'y suis installé, et j'ai regardé ce que je ne réussissais pas à admettre. Ce sable noir contre l'écume, ce cap de lave, et les chevaux, les petits chevaux islandais purs et nacrés, qui s'approchaient aimablement.

J'ai repris la « route numéro un », la piste qui suit la mer. A quelques kilomètres de Vik commence l'Eldhraum, un désert de poussières volcaniques crachées par le Laki, hier, à la fin du XVIIIe siècle. A gauche, les crêtes. A droite, le flot. Devant, un crachat plus gros que les autres, 12 kilomètres cubes, une table d'enfer. J'ai enclenché les quatre roues motrices et patiné dans sa direction. Des traces indiquaient qu'il devait être concevable d'en faire le tour. Ce fut très lent. Aucun désert ne m'avait paru si désert. Je me suis arrêté au sud du plateau noir, face à l'océan. Une petite cabane en bois, une cahute sans porte, annonçait qu'elle pouvait, au besoin, servir de refuge. Contre quoi ? Contre les volcans ? Contre les marées ? Pour les hommes de la terre ? Pour ceux de la mer ?

En Islande, j'ai reçu une bonne leçon. J'ai complété sérieusement mon éducation maritime. J'ai compris que la terre bouge encore plus que la mer ; que le moins solide des deux, le plus imprévisible, celui qui lâchera prise, celui qui mourra, finalement, c'est le rocher. Je n'étais pas habitué à penser une chose pareille.

Le hasard d'un travail a voulu que je me trouve à Kyoto juste après le tremblement de terre de Kobe. C'était la fête des pêchers et tout le monde s'en moquait. Du train de banlieue, après Shin-Osaka, les premiers signes étaient perceptibles. Les maisons anciennes, les maisons de bois au toit concave, couvertes d'épaisses tuiles d'un bleu cru, s'étaient cassées par le milieu, et la terre qui sépare ordinairement la toiture de la charpente enfouissait les meubles, les vestiges de la vie. Le train a stoppé à hauteur d'Ashiya. Les immeubles anciens avaient tassé leur béton, gommant le premier étage. Les pavillons préfabriqués, eux, avaient basculé d'un seul tenant, semblables à des bateaux échoués, à des coques retournées.

Il fallait marcher, ensuite. L'autoroute du Hanshin, la voie expresse surélevée, s'était pliée, couchée. J'ai parcouru quinze ou vingt kilomètres, je ne sais, parmi les ruines, puis autre chose que des ruines : au centre de Kobe, l'incendie avait englouti jusqu'aux restes du désastre. Le petit peuple des décombres errait parmi les verres de lampe fondus, dressait des autels, piquait, ici ou là, un chrysanthème. Les bulldozers commençaient le nettoyage. Les gens, les survivants prononçaient des phrases étonnantes : « Je n'ai rien entendu, rien, j'ai vu la commode s'envoler... », « La façade des voisins s'est effondrée, il n'y avait plus que leur gamine, sur les gravats... » Tous disaient la même chose, le caractère absolument injuste et instantané de ce malheur.

A Kobe me revenaient des images d'Islande. C'est la terre, au fond, qui fiche le camp, qui s'effondre, qui se soulève. Les raz de marée eux-mêmes, les tsunamis, sont le produit d'un séisme. Moi qui ai grandi dans un monde de granit, où la vague est « mouvante » et la pierre « éternelle », je dois fournir un effort pour remettre tout cela en place, je dois endurer ce tremblement de la terre. Ce n'est pas, dans ma culture, une perspective spontanée, elle me dérange. Je n'admets pas l'idée qu'un jour, fût-ce dans trente mille ans, Bréhat se délitera, partira en sables. Je n'admets pas que le cap Fréhel s'en ira de la base, et se fractionnera, et plongera. Je n'admets pas l'érosion de Plougrescant, dont la roche est altière et n'est pas taillée pour s'arrondir – pas celle-là, pas cette beauté-là. J'ai appris que Ploumanac'h, voilà quelque temps, abritait des rhinocéros bleus, et que l'actuelle Manche fut un désert de silice. Tant pis.

Au moins, cette idée présente un avantage. Elle m'exerce à mourir, comme eût dit Michel de Montaigne qui aimait la vie et qui savait l'aimer. Elle m'exerce à mourir, mais de façon raisonnable. En exergue aux œuvres cinématographiques ou littéraires figure souvent (un peu trop) une phrase attribuée à Homère ou Platon : il y a les vivants, les morts et les marins – ces derniers figurant une sorte d'intermédiaires, par leur absence, et l'attention qu'ils portent aux autres mondes. Elle est si fréquemment convoquée, cette citation sans source, que je serais tenté de l'aménager, et de l'arracher au « marin pompier » qu'elle ne mérite pas. Il y a, dirai-je, les vivants, les morts, et les mortels. Car on se sait ou l'on ne se sait pas mortel, ce n'est pas une notion acquise, je connais beaucoup de mes semblables qui consacrent une énergie farouche à l'écarter (délicieux médecins de thalassothérapie qui vous promettent la vie éternelle pour le prix de quelques oligo-éléments), il convient de s'en approcher, de s'y faire, comme on découvre que la mer est plus solide que la terre.

J'ajouterai qu'un marin n'est pas un demi-mort (je lui souhaite même, et me souhaite, d'être bien et bon vivant), mais qu'il ne peut ignorer sa condition mortelle. Le « marin pompier », c'est une pirouette, une enflure, une cérémonie distrayante pour emballer la certitude de la mort, pour la recouvrir d'oripeaux tonitruants, comme on crie trop fort ce qu'on ne veut pas entendre. Le « vrai » marin, le marin-tout-court, est une femme ou un homme qui a envisagé sa mort, obligatoirement. Il ne détient certes pas l'exclusivité de cette pensée, mais il la pense.

Et cela me fournit, enfin, une bonne raison de mourir. J'ai l'intention de mourir avant que « mon » rivage ne soit plus ce qu'il est, avant que la mer n'en invente un autre. Je ne suis pas pressé d'aller au paradis de ma catéchiste (je n'y trouve signe d'aucune mer, loin de là, juste de l'herbe : ce paradis est un rêve de Bédouins, et les dames ne s'y aperçoivent même pas, misère ! qu'elles sont nues – Dieu me garde de passer l'éternité sur un carré de trèfle). Je ne suis pas pressé d'aller au ciel : j'y suis souvent, et il n'est, chez moi, jamais vide. Mais je suis mortel, je le sais, et je me résous à l'idée que je quitterai la terre, et la mer qui la crée, d'ici trente mille ans.

C'est à la fin des livres que l'on comprend pourquoi on les a écrits. Au commencement de celui-ci, j'ai proclamé qu'il ne s'agissait pas d'une histoire d'amour. J'ai menti. Cela doit être une histoire d'amour, puisqu'on en meurt. Lentement, si possible.

# *Merci à...*

... mes éditeurs, Françoise Peyrot et Claude Cherki ; mes critiques vigilantes et amies, Monique Cahen, Anne de Cazanove, Anne Sastourné. Merci à Dominique de Libera, qui a préparé le texte de ce livre, à Annie Hamonic qui l'a mis en pages, et à Bénédicte Roscot, qui a en a conçu la maquette de couverture. Merci à Jean Gaumy, photographe tous temps. Merci à Charles Claden, Marc Chomet, Gaëtan Glémot, et à tous mes hôtes de l'*Abeille-Flandre.* Merci à *Geo.* Merci à Silver et Oono, mes guides d'Ilulissat, à Claude Nadeau et Ghislain Cyr, pêcheurs de homards aux îles de la Madeleine, ainsi qu'à Frédéric Landry, Patrick Mathey et Pascale Saint Jean. Merci à Pierre Allard, voyageur dans l'âme, qui fut un chaleureux compagnon de cargo. Merci à Didier, Jean-Paul, Lionel, Stella, les bons petits diables des *Petits Saints,* à Terre-de-Haut, terre de haute amitié. Merci à l'équipage de *Rosebud,* notamment à Pierrick Maisonneuve, son fier matelot, vainqueur toutes catégories du mal de mer.

# *Table*

## DU MÊME AUTEUR

L'Affaire Alata
Pourquoi on interdit un livre en France
*en coll. avec Patrick Rotman*
*Seuil, « L'histoire immédiate », 1977*

Les Porteurs de valises
La Résistance française à la guerre d'Algérie
*Albin Michel, 1979*
*Seuil, « Points Histoire », 1982*

L'Effet Rocard
*en coll. avec Patrick Rotman*
*Stock, 1980*

Les Intellocrates
Expédition en haute intelligentsia
*en coll. avec Patrick Rotman*
*Ramsay, 1981*
*et Complexe poche, 1985*

La Deuxième Gauche
Histoire intellectuelle et politique de la CFDT
*en coll. avec Patrick Rotman*
*Ramsay, 1982*
*et Seuil, « Points Politique », n° 122*

Tant qu'il y aura des profs
*en coll. avec Patrick Rotman*
*Seuil, « L'Épreuve des faits », 1984*
*et « Points Actuels », n°A76*

Génération
1. Les Années de rêve
*en coll. avec Patrick Rotman*
*Seuil, 1987*
*et « Points » n°P497*

Génération
2. Les Années de poudre
*en coll. avec Patrick Rotman*
*Seuil, 1988*
*et « Points », n° P498*

Crète
*Seuil, « Points Planète », 1989*

Tu vois, je n'ai pas oublié (Montand)
*en coll. avec Patrick Rotman*
*Seuil/Fayard, 1990*
*et « Points », n° P445*

La Cause des élèves
*(avec Marguerite Genzbittel)*
*Seuil, 1991*
*et « Points », n° P478*

Nos médecins
*Seuil, 1994*
*et « Points », n° P193*

Les Bancs de la communale
*Éd. Du may, coll. « Album de famille », 1994*

L'Abeille d'Ouessant
*Seuil, 1999*

## *Œuvres audiovisuelles*

Tant qu'il y aura des profs
*(avec Jacques Brissot et Patrick Rotman)*
*Trois émissions de 52 minutes, Antenne 2*

Génération
*(avec Daniel Edinger et Patrick Rotman)*
*Quinze émissions de 30 minutes, TF1*

Madame le proviseur
*fiction (avec Chantal de Rudder)*
*Trois émissions de 90 minutes, France 2*

Montand
*(avec Jean Labib et Patrick Rotman)*
*140 minutes*

Nos médecins à cœur ouvert
*(avec Irène Richard)*
*52 minutes, « Envoyé spécial », France 2*

Le Prix de l'espoir

*fiction (avec Chantal de Rudder)*
*90 minutes, France 2*

Sécurité sociale, trente ans d'indécision

*(avec Irène Richard)*
*52 minutes, « Les dossiers de l'histoire », France 3*

Chasseurs de tempêtes

*(tournage et réalisation)*
*50 minutes, France 2*

IMPRESSION : S. N. FIRMIN-DIDOT AU MESNIL-SUR-L'ESTRÉE
DÉPÔT LÉGAL : MARS 1999. N° 36714-2 (47307)